一小片浮雲

唐寅九——著

目次

小說・一小片浮雲

名稱：無題
規格：120×150 cm
材質：布面丙烯
年代：2020
繪者：唐寅九

第一章　一小片浮雲

一

「癢呵，外外。」他帶著哭音，邊撓邊對外婆說。那是十二月底的一個陰雨天，天上飄著細雨，冷風瑟瑟。一大早，村裡就在乾塘了，空氣中有一種久違的生機在瀰漫。這是一年中最快樂的日子，是沉悶生活裂開的一道可以歡笑的口子。對孩子們而言，那是幸福的狂歡。他和所有的孩子一樣期待著乾塘。頭天下午，孩子們就在說乾塘的事了，他們奔相走告：「乾塘了，明天乾塘了！」對他來說，乾塘既是歡樂的，也是痛苦的；既令人期待，又讓人害怕。

全村的人都圍在魚塘邊了，水慢慢放乾，草魚、鯉魚、胖頭魚的脊背露了出來，那些青灰色、黑褐色和赭紅色的脊背，在細雨中閃過一道道亮光。魚在跳了，魚已經被圍住；水越來越少，魚在泥水中蹦跳，在惶惑中逃竄。大人們開始下塘抓魚了，孩子們在魚塘邊大聲尖叫：「這裡，那裡！」「這條，那條！」他們激動地喊著，有的已捲起褲腿，按捺不住地要跳下去，卻被大人們喝住了。這個時候小孩是不准下塘的，小孩要等塘裡的魚抓完了才能下塘。那才是孩子們的狂歡，孩子們可以下塘抓小魚小蝦了。所有的孩子都跳到塘裡去了，他們一身都是泥水，唐家兄弟很快就抓到了一條小魚。「又一條！」

當哥哥的興奮得大喊。他也下塘了，不是跳下去而是撲下去的。可他一條魚也沒抓著。他在塘裡邊撓邊抓，全身都腫了，風團*已經遍佈全身。「癢呵，癢呵！」他忍著，繼續在塘裡抓魚。他終於抓到了一條小鯽魚，可唐家兄弟的臉盆都快滿了。

「癢呵，癢呵！」剛乾塘的時候，風團就起了。他亂七八糟地圍著一條圍巾，和大家一起在魚塘邊看放水，冷風颼颼地吹著，冰冷的細雨飄在臉上和脖子上。英表嫂說：「豪伢子，乾塘你還圍著圍巾呵！」大家就哄笑。「豪伢子，你來幹什麼？你又不是唐家山的人，分魚沒你的份。」他既尷尬又氣惱。他扯掉圍巾，捲起褲腿，站在冷風細雨中。很快就開始起風團了，先是額頭、眉毛，接著是嘴和脖子；隨後臉、脖子和嘴都腫了，連手指縫裡都是風團。「又起風團了？趕緊回去吧。」前進表哥說。可他不回去，他要下塘抓魚；全村的孩子都在等著抓魚，他怎麼能回去呢？他忍著，直到撲倒在魚塘裡，抓到了一條小鯽魚；終於忍不住了，全身都腫了——「癢呵，癢呵！」……

「癢死了，外外。」他回到家，坐在地上，邊撓邊對外婆說。那副樣子就像一隻剛從泥水裡爬出來的癩皮狗。那條紅色的圍巾全是泥水，姑姑送給他的圍巾。

「實在太癢了，外外。」「癢死了！癢死了！」他終於哭了起來，連淚水都像長了風團，癢到骨頭裡去了。

外婆手足無措。

*即蕁麻疹，一種過敏性皮膚病，俗稱「風團」。

「說了不讓你去的！」「明知道有風團還要去！」她邊嘮叨邊燒水，用吹火筒不斷吹火；她必須儘快燒開那鍋水，好讓他泡在滾燙的熱水中。只有滾燙的熱水才會讓風團退下去。她使勁吹火，可乾柴用完了，灶塘裡只剩下不多的松枝，還是生的、濕的，根本著不起來。她趴在火塘前使勁吹火，一陣陣濃煙嗆得她不斷咳嗽，她使勁咳，同時使勁吹火，她的眼淚都流出來了。

「癢死了，外外！」他邊哭邊撓，全身都是撓痕，一道一道的，手上和腿上已經撓出血來了。大冷的天，他掙脫了所有的褲子和衣服，穿上衣服他是撓不著的；他邊撓邊掙脫所有的衣服，衣服早就濕了，全身奇癢，像是有成千上萬隻螞蟻在身上。他拚命撓，大部分身體已經麻木，他渴望著有刀割他，他寧願疼也不願意癢，疼或許能夠轉移一下癢，疼比癢更可忍受！

若干年之後，他看見「癢」這個字依然會全身哆嗦。他看不得癢，就像有些人看不得癌、看不得死、看不得失戀和破產一樣。一看見癢，他就恐懼，那是多麼可怕、多麼令人絕望的癢呵！

他還將難受和死進行了對比。因為癢，因為風團，他有了兩個顯著的特點，一是特別敏感，二是特別能忍。難受帶給他的是敏感和忍，難受的極端是煎熬，可它伴生的依然是忍。這與死不同，死是一件大事，可以讓人呼天搶地，難受卻只是一種狀態，人們似乎已經習慣了：凡是能忍受的都不值一提。另外，死既可以是被動的也可以是主動的；難受卻只能被動承受，是無可奈何的，長期的，就像癢讓他感到有千萬隻螞蟻在身上一樣。難受先是讓他癢，癢到骨頭裡去，然後他撓，撓得體無完膚，撓得一寸一寸潰爛，然後才是死！

這是多麼殘酷的人生！當難受成為一種持續的心理狀態時，一個人早晚都會崩潰。

「受不了了，外外，我還不如死了算了！」他在地上打滾，全身都是爛泥和抓痕。外婆的心都碎了，她說：「豪伢子，再忍忍！」「唉，我要是能代你癢就好了。」她繼續趴在灶塘前吹火。火終於著起來了，濃煙中的大火開始燒水，水終於燒熱了，燒得滾燙滾燙的。他已經躺在那隻盛滿熱水的澡盆裡了。他全身麻木，根本感覺不到水有多燙。外婆用一張席子將他和澡盆圍起來，這樣，水蒸氣就可以蒸他。他被水蒸氣蒸著，舒服多了，癢得到了緩解，風團也開始慢慢消失，不再那麼腫了。

熱水裡泡著老楓樹皮，泡了楓樹皮的熱水有一股難聞的氣味。據說這是偏方，但必須是百年以上的老楓樹皮才行。外婆走了許多地方，終於找到了一些老楓樹皮；每次出風團他都用這種偏方，治不了根，但畢竟可以讓風團消下去。

洗完澡，他躺在床上，外婆已經用火籠將被子焐熱了。他躺在熱乎乎的被子裡，跟剛才躺在熱氣騰騰的澡盆裡一樣舒服。外婆進來，坐在他身邊說：「豪伢子，以後不要再沾冷水、吹冷風了。」他恍恍惚惚地答應了。可一個人怎麼可能不沾冷水、不吹冷風呢？外婆總是這樣溫和地跟他講話，每句話都帶著對他的心疼與憐惜。他兩歲就生風團，這是一種駭人的皮膚病，怕冷風和冷水。濕冷的冬天，他經常起風團，只能穿得嚴嚴實實，待在屋子裡；一個害怕新鮮空氣的小男孩，被棉衣棉褲捆成一根長粽子，就像一個還沒有斷氣的死人，大多數時間只能躺在床上。媽媽和外婆到處找偏方。用一種奇怪的土煮水喝；血搬家——將腿上的血抽出來打到手上去；用雞毛煮水洗澡，後來又用老楓樹皮……，當然也吃西藥，撲爾敏，吃完就犯睏，可都沒有用。

小朋友都說他得了痲瘋病，躲著他，轟他，不願意跟他玩。「我不是痲瘋病，我只是起風團！」——他為自己抗辯。慢慢地，大家都信了，因為痲瘋病會死人，可他這麼多年都沒有死，這就證明他不是痲瘋病。但風團也像痲瘋病一樣難看，一團一團的，又紅又腫。他太癢了，癢得要死，一個動不動就癢的人一定不乾淨。而且，風團還可能會傳染。所以他只能一個人待著。他渴望出太陽，有太陽的時候他是不出風團的；這樣，他就可以和正常的孩子一樣爬樹、游水、滾鐵環和打野仗了。但春天的梅雨季節和冬天的陰雨天不行，他得圍著圍巾躺在床上。不過這也有好處，他比村裡所有的小孩看的書都多。他一本一本小人書看，後來又看只有文字的書——《水滸》和《鋼鐵是怎樣煉成的》。他慢慢地學會了講義氣，也偷偷地學習了愛情。他心裡同時有了對武松和冬妮婭的幻想。風團和書讓他在村裡與眾不同，孤獨感和怪脾氣就這樣養成了，他不大合群……

「外外，我抓了幾條魚？」

「一條鯽魚，待會兒就熬湯給你喝。」外婆說。

「可鯽魚是發的，吃了又會長風團，只有草魚和梭子魚才行。」他的眼裡又噙滿了淚水。

「別急，待會兒壩子上就分魚了。」外婆安慰他。

下午，村裡開始分魚。全村的人都在壩子上排隊，每個人都拿著一個臉盆；有人在敲臉盆，有人在笑，一群小孩在壩子上歡快地跑來跑去……。他想起唐家兄弟滿滿一臉盆魚，又禁不住黯然神傷。

「外外，壩子上在分魚了。」他躺在床上，似乎又要哭出來。

「沒事，待會兒前進表哥就會給你送魚來的。」外婆說。

去年這個時候村裡也乾塘了，大家也是在壩子上分魚。他拿著一個臉盆和大家一起排隊。有人說：「豪伢子，你又不是唐家山的人，排什麼隊？」「我外外是唐家山的。」他說。可排到他的時候，分魚的人說：「你不是唐家山的，沒有你的魚。」他哭了，哭得驚天動地的，還在地上打滾。大舅過來，給了他兩條魚，他扔在地上，哭著說：「我不要，我不要，我要分的魚！」

他哭得太傷心了，今年他不能再這樣哭；他也不會再去排隊分魚了，他不是唐家山的人，分魚沒有他的份。他只能躺在床上，想像著分魚的場景，壩子上是一片歡聲笑語和一條條肥美的大魚……

前進表哥果然送了兩條魚來，他在門口說：「奶奶，我爸爸讓我送來的，給豪伢子。」

唐家兄弟也送了兩條小梭子魚來，可他們只是把魚放在門口就走了，都沒有進來跟他說話。「他們為什麼要送我兩條小梭子魚？」他躺在床上胡思亂想，最後蒙上被子，蜷縮在那個飄著細雨的冬天，他睡著了。

二

他睡了一覺。外婆的這間房子是沒有窗戶的；只有一張床，一個櫃子，一個米缸，和一個放在牆角的尿桶。床是用磚頭壘起來的，床板上鋪著稻草，稻草上鋪著褥子，褥子上躺著他和外婆。睡覺的時候，外婆經常給他講各種鬼故事。

那隻老鼠又在偷吃他的粿子了。去年過年做的粿子，外婆放在米缸裡，一直存到現在。他非常討厭老鼠，牠們的皮毛又黏又滑，總是在某個角落蜷起兩隻小腳兒，隨時準備竄出來或逃掉。牠們長著兩隻警覺的小眼睛，是一種讓人一想起來就起雞皮疙瘩的動物。有些人就像老鼠，隔壁的根生伢子就像，他很膽小，也很陰；總是不說話，又總是偷東西。他去年在河裡溺死了，但他似乎總能在某個角落看見他的鬼魂……。他醒過來，繼續躺在床上；他想起枕頭下面還有幾顆紙包糖，他還在枕頭下藏著兩本小人書。

屋子實在太小了，總有一股尿騷味。但他習慣了，他已經和外婆在這間屋子裡生活了八年；他在公社小學讀書，上三年級，每天都要翻過九獅嶺，走半小時才能到學校。唐家兄弟上四年級，但他們一起上複讀班。老師上課的時候，上半堂給三年級的同學講，讓四年級的同學做作業；下班堂給四年級的同學講，讓三年級的同學做作業。先進表哥大他一歲，本來也上四年級，可他留級了，就和他一個班，也上三年級。先進表哥總是流著一長串鼻涕，又總是用袖子擦鼻涕；鼻涕太長的時候，他都懶得用袖子擦，而是直接用力吸到鼻子裡去。他是一個蠢頭蠢腦的長鼻涕孩，但力氣很大，鬥雞和摔跤很厲害。格格表妹也總是流鼻涕，她的身上有一股很奇怪的桐油味，她媽媽用桐油給她梳頭。可三妹身上是好聞的雪花膏的味道。三妹她媽董老師是學校的校長。冬天的時候，孩子們的臉和手總是皸的，先進表哥和格格表妹的手還裂開了細長的口子，臉上和手上都長滿了凍瘡，可他和三妹不長凍瘡，他們的臉又紅又光滑，他們都用蛤蜊油擦臉……

從外婆屋裡走出去就是堂屋，堂屋連著一眼天井，漚著雨水和畜糞，天井裡的水是用來澆菜的。外婆經常從天井裡挑水去澆菜。她的菜園子很有名，無論菠菜、空心菜，還是芹菜和白菜都長得很好。夏天的時候，他總是跟外婆去澆菜。外婆在菜地裡澆菜，他在一邊玩。有時候他也捉蜻蜓、螞蚱和青蛙，他在火上烤螞蚱吃……。太陽落山了，外婆挑著水桶回家，他提著一籃子青菜跟在外婆後面，手裡拿著一串青蛙和螞蚱。那個時候的夕陽是最美的。但這些都是兩三年前的事了，兩三年前他總是問：

「外外，我媽媽怎麼不跟我們住在一起？」

「外外，我媽媽不要我了嗎？」

「傻孩子，你總這樣問，你媽不是每個月都來看你嗎？」

媽媽的確每個月都來看他，但每次只住兩天，第三天就坐汽車走。媽媽走的時候他總是哭，他邊哭邊拚命在媽媽後面追；媽媽上車後他又追汽車，汽車看不見了，他就在地上打滾。

外婆對媽媽說：「你還不如不回來呢，總有一天他會哭死的。」可是不行，媽媽每個月都得回來，否則他就沒有伙食費。媽媽每次都帶錢、糧票、油票和紙包糖來，這些東西讓他在村裡有一種很特殊的地位——他雖然不能分魚，卻是城市戶口，還有紙包糖吃。

他是村裡唯一一個有紙包糖吃的人。媽媽來的時候，他的口袋裡總是裝著紙包糖。他裝著紙包糖一蹦一跳地去上學，課間休息的時候他會偷偷給三妹一顆，也會讓幾個要好的小朋友看一看，舔一舔。唐家兄弟在九獅嶺攔住他——

「你的紙包糖呢？」他們問。

「沒了。」

「沒了？沒了你就得從褲襠裡鑽過去。」

他們又開雙腿，讓他從褲襠裡鑽過去。他不願意，唐家兄弟把他推到，唐家弟弟騎在他身上，當哥哥的踢他，他只好噙著眼淚給他們一顆紙包糖。他們站起來，一人咬一半，含在嘴裡得意洋洋地跑開了。他爬起來，攥緊拳頭；他很不甘心，但也沒有辦法，他打不過他們，他恨他們但更怕他們。他們是一對雙胞胎兄弟，比他大兩歲，身體比他壯，個子也比他高。

他和外婆是村裡唯一炒菜放油的，炒菜的時候放點油可真香呵，香氣從外婆的灶塘裡飄出去，格格表妹一聞到香味就來。飯做好了，她盯著飯碗不走，外婆就給她盛一碗。可她飯量大呀，吃完一碗又盯著下一碗，外婆只好給她再盛一碗。他看見表妹每次吃飯就來，心裡十分惱火。媽媽給他的伙食費是有限的，油票和糧票更有限，表妹每天吃飯都來，就等於吃了他的口糧。所以他一見到表妹就罵她「討吃婆」。這罵名很難聽，帶有侮辱性。但表妹無所謂，依然每天吃飯就來。他心裡想，得來點狠的，就事先躲在門後，表妹一來，他就出其不意地給她一個掃堂腿。他的掃堂腿得到過當偵察兵的成表哥的指點，在村裡很有名，村裡的小夥伴發生矛盾，相持不下時就總有人說：去叫豪伢子，讓他那偵察兵的掃堂腿說話。對於表妹，他也只好用他那偵察兵的掃堂腿說話了。這樣表妹每蹭一頓飯，就要挨他一次掃堂腿。可她一挨掃堂腿就哭，一哭外婆就哄她，還要給她多夾一筷子菜……

只有唐家兄弟不怕他的掃堂腿，相反，他心裡一直怕唐家兄弟。先進表哥在的時候還好，他們一起上學，唐家兄弟輕易不敢在九獅嶺攔他。可先進表哥不在了，他就提心吊膽，生怕唐家兄弟攔住他。

「豪伢子，今天又用你那偵察兵的掃堂腿說話了？」他們攔住他，帶著嘲諷和不屑。他低著頭，看著腳尖，不敢說話。他那偵察兵的掃堂腿只要被唐家兄弟攔住就發軟。他對唐家兄弟又恨又怕，一心想報他們搶他紙包糖的仇，可他打不過他們。唐家兄弟不僅比他大，比他高，還有一個當民兵排長的哥哥。村裡的人都說這三兄弟惹不起；他們是打架的好手，而且，據說家裡還有火銃。可他必須報他們搶他紙包糖的仇，不然他那偵察兵的掃堂腿就會發軟，他在唐家山是待不下去的。

「豪伢子，大舅對你那麼好，你不能再掃格格表妹了。」外婆說。他低著頭不說話。媽媽回來的時候也說：「大舅對你多好呵，有根甘蔗都要給你留著，連格格表妹都捨不得給她吃，而且他對你們王家也是有恩的。」

「我們王家？什麼叫我們王家？」他知道他的掃堂腿已經不管用了。每掃一次，外婆都要給格格表妹多夾一筷子菜，最後還要說他。這可真是兩頭吃虧，太不划算了。所以他岔開媽媽的話問道。

「就是你爺爺、你爸爸，還有你叔叔和姑姑呵。」

「哦，可他們跟我有什麼關係？」

「怎麼沒關係？你忘了？那條圍巾還是姑姑給你寄來的呢。」

那條紅色的圍巾的確是姑姑寄來的，因為他起風團，吹不得冷風，姑姑就專門從外地給他寄了一條圍巾來。可即便這樣，爺爺、奶奶、叔叔、姑姑離他也太遠，他們之間是很生疏的。他知道爺爺、奶奶住在城裡，是城裡有名的醫生；還知道爸爸、叔叔和姑姑都是大學畢業生，而外婆家的人連小學都沒上過。

他當然也見過爸爸，但爸爸更遠、更神祕，也更生疏。

對於爺爺、奶奶、叔叔、姑姑，他其實一直都有一種很驕傲的感覺。民表舅說：「你們王家了不起呵，都是大學畢業生。」這種感覺顯然是周圍的人帶給他的，他們說話時的口氣給了他這種感覺。這種很驕傲的感覺也讓他知道自己和唐家山的表哥表姐們不同，和唐家兄弟也不一樣，他早晚都會離開唐家山到城裡去的。

蓮表姐曾說他是一個沒良心的人，還罵他爺爺是「臭老九」；他心裡很慚愧，他當然不敢說蓮表姐什麼。他不僅不敢說，還總想找機會討好她。蓮表姐長得跟李鐵梅似的，她的脖子和辮子都很長，辮子上總是繫著一根紅頭繩。在唐家山，只有蓮表姐和三妹用雪花膏擦臉，她們身上都有一股好聞的香味。他多想聞這種香味呵，多想摸一摸蓮表姐的脖子和辮子呵，可他既不敢，也沒有機會。他最多只能聞一聞三妹身上的氣味，摸一摸三妹很害羞也很怕癢的脖子。蓮表姐戴著威武的紅袖章在批鬥大會上發言，帶著全校的人喊口號，還到縣裡和地區去唱過樣板戲。對於這樣一個風雲人物，他怎麼可能摸她的辮子呢？而且她還罵過他「痲瘋病——風團鬼」，她是看不起他的……

每年，他那位名聲很大的爺爺都要被群眾押起來遊街，他的脖子上掛著一塊用硬紙板做的牌子，上面用紅墨水和黑墨水寫著「打倒反動醫官王雪療」。「打倒反動醫官」是黑墨水，「王雪療」是紅墨水。蓮表姐帶著一群戴紅袖章的人像拖一條老狗一樣拖著他，從一條街遊到另一條街，還邊遊邊敲鑼。每敲一下鑼，他爺爺就喊一聲：「我是反動醫官王雪療！」群眾接著就喊：「打倒王雪療，讓他永世不得翻身。」他跟在人群中，從許多條腰縫中往外看。「等一下，」蓮表姐說，群眾就停下來，「豪伢子，你怎麼不喊？」她把他從許多條腰縫中揪出來問。他趕緊跟著喊：「打倒反動醫官王雪療。」他的喊聲比任何人的喊聲都尖、都細。群眾聽見這樣尖細的喊聲是由一個小孩青筋暴露地喊出來的就哄堂大笑。蓮表姐就喊：「嚴肅點！」群眾就嚴肅點。群眾繼續遊行，他繼續尖聲細喊，群眾就繼續哄堂大笑；帶頭喊口號的蓮表姐厲聲道：「嚴肅點！」群眾就又嚴肅點……。後來他知道了，爺爺每年都只是被抓起來遊街而沒有挨打，除了人緣好，救過不少人的命，還因為大舅是當時的革委會主任。

蓮表姐說：「豪伢子，今天你表現不錯，下次聲音要再大一點。」她找他談話，要他要追求進步，跟爺爺劃清界限，爭取早點當上紅小兵。他覺得蓮表姐終於器重他了，也開始關心他，她對他可真好呵，她頭上的紅頭繩和手臂上的紅袖章可真紅呵！高中畢業後，蓮表姐就留在學校當了民辦老師；才十九歲，發育得已經非常成熟，也很有上進心。

三

那天家裡來客人了，是外婆以前的兒子。他很困惑，躲在一邊。「叫舅舅。」外婆說。那人從破舊的口袋裡抓了一把紅薯乾給他。他躲開了，沒有要，其實他是很想要的。「拿著。」那人說，他的目光既渾濁又空洞。「拿著吧，舅舅給你，你就拿著。」外婆說，他從那隻又黑又粗的手裡接過一大把紅薯乾，一溜煙就跑了出去。

「外外，怎麼又出來個舅舅呵？」他問。後來他知道了，外婆以前嫁過一次人，有過兩個孩子；嫁到唐家山後又生了四個孩子——他媽媽上面有兩個舅舅，下面還有一個小姨。他從來沒有見過外公，外公在小姨一歲時就死了。外婆靠一個人犁田、養豬、種菜，也靠一個人和別人吵架、講理、打商量把四個孩子帶大。直到兩個舅舅都結了婚，媽媽和小姨也都出了嫁，才一個人住在那間小屋裡。他到唐家山的時候，兩個舅舅已經分家了。大舅是大隊的革委會主任，二舅在公社小學當老師。兩個舅舅很少說話，也不在一起吃飯，他們和外外分灶吃飯，但共用一個堂屋。堂屋除了天井還放著外外的一口棺材。那口棺材很大，漆成了黑色，放在堂屋一角，上面蓋著棕紅色的油布。剛開始的時候，他很怕那口棺材，覺得它既肅穆又陰森。可後來不怕了，因為棺材平時是用來裝穀子和紅薯的，沒有穀子和紅薯的時候就空著。他明白了，棺材除了埋死人還有別的用處。有一次捉迷藏，先進表哥還藏到棺材裡去了。

「外外，你怎麼現在就有棺材呵？」他問。

「因為你兩個舅舅孝順。」

「那我媽呢？」

「你媽也孝順，我的壽衣她都做好了。」

他知道外婆在櫃子裡有一身新衣服，她從來沒有穿過。有時候外婆也將紙包糖藏在櫃子裡，他找紙包糖的時候看見過那身衣服。「這身衣服平時不能穿，得死的時候才穿。」外婆說。他不明白一個人死了還怎麼穿新衣服。

「那我怎麼沒有棺材呢？外外。」他又問。

「你太小了，等你老了，有兒子了，他們也會給你做的。」外婆說。

他知道了，舅舅他們早就在為外婆的死做準備了。但小孩是沒有棺材的，沒有人會為小孩的死做準備。先進表哥死的時候就是這樣，他裝在了一個小木箱裡。木箱是臨時找來的，太小了，裝不進去，是外外把他硬塞進去的。外外塞他的時候說：「先進伢子，委屈你了，以後不要再流長鼻涕了。」先進表哥似乎很委屈，身子很難看地蜷成了一團，彷彿隨時都會彈出來。

埋先進表哥那天下著細雨。外婆說：「豪伢子就莫上山了，搞不好他又要起風團。」他就沒有送先進表哥上山。大舅和前進表哥用釘子把箱子釘死後，就上山把先進表哥給埋了，還好不容易把二舅一身泥一身水地弄回了家。二舅坐在堂屋裡一直不說話，外婆幫他把外衣脫了，又燒了一盆水，讓大舅和前進表哥給他洗了一個澡。可洗完澡二舅就死了，是在屋裡用褲腰帶上吊死的；死的時候他的舌頭紅彤彤地伸在外面，他有很多次都夢見過二舅舌頭伸出來的樣子。

二舅在先進表哥出事那天就有些瘋瘋癲癲。他應該受了很大的刺激，因為先進表哥是他用大糞灌死的。他沒有辦法，先進表哥偷吃了董老師的醃肉，還讓很多人出了醜，他只好用大糞灌他。

董老師是一個很溫文爾雅的人，她是因為丈夫歐陽醫生挨了整才從城裡搬到唐家山來的。歐陽醫生也是城裡的醫生，不知怎麼就成了壞分子，城裡不准他住了，就下放到了唐家山。董老師一家雖然搬到了唐家山，可她還在學校教書，生活也還是很講究。她喜歡做醃肉，總是將肉票攢起來，每次買了肉一多半都用來做醃肉。醃肉放在罎子裡，是用來招待貴客的。董老師是一個很要面子的人，總是怕萬一來了客人沒有肉臉上掛不住。所以她做醃肉，靠醃肉來維持面子，也可以讓一家人過上比較體面的生活。

那天縣上來人檢查工作，分管文教的革委會副主任開玩笑說：「董老師，早聽說你的醃肉做得好，今天是不是讓我們開開眼呀。」董老師就將一整罈醃肉都抱了出來。但打開罈子，聞到的卻是一股惡臭味。董老師奇了怪了，用筷子往罈子裡一攪，罈子裡竟都是大便。她大驚失色，當場就暈倒在地。副主任覺得很沒面子，第二天就派工作組下來調查，查來查去就查到了先進表哥頭上。他招供說實在太想吃醃肉了，就偷偷地溜進董老師房間偷吃醃肉。可沒吃幾次，醃肉就沒了。他想，醃肉沒了，罈子總不能空著呵，罈子空著，豈不很容易讓人發現醃肉被偷了嗎？他急中生智，往罈子裡拉了一坨乾屎。他以為大便在罈子裡會生蛆，醃肉壞了也會生蛆，過不了多久大便和醃肉就會變成同一種東西——蛆了。既然都成了蛆，董老師就只會認為是自己不小心做壞了醃肉，而不會懷疑醃肉被人偷吃了。他的如意算盤實在太蠢了，現在被揪出來，成了一件很嚴重的事情。二舅當時也在學校當老師，他知道如果不嚴懲兒子，這件事就交代不過去。所以他把兒子吊在藍球架下，往兒子嘴裡一瓢一瓢地灌大糞。可沒承想，沒灌幾瓢，竟將先進表哥給熏死了。

他睡了一覺，醒來竟想了這麼多烏七八糟的事情！他可能真跟別人不一樣，太敏感也太複雜。這個時候魚應該分完了，風團基本上也消下去了。他想如果明天出太陽，他就會到學校去，也會見到唐家兄弟。他一直在想唐家兄弟為什麼要送他兩條小梭子魚，他越想就越覺得不安。

「外外！」「外外！」他突然大聲喊。

「那兩條魚呢？」外婆從灶塘進來，他問道。

「哪兩條魚？」

「唐家兄弟送的那兩條魚呢？」

「煮了呀。」外婆說。

「煮了？」他一下子就從床上跳下來，「你怎麼就煮了呀？」

「你不是說吃鯽魚會發嗎？我怕你又起風團，就煮了兩條梭子魚，前進表哥送來的兩條草魚我打算做成熏魚，這樣過年的時候你就有熏魚吃了。」

「你怎麼就煮了呀，那是唐家兄弟的魚呵，也不問問我怎麼就煮了呀！」他急得在屋裡轉圈。

「怎麼啦？唐家兄弟的魚為什麼就不能煮了？」

「你知道什麼呀，他們有那麼好心？會無緣無故送我兩條魚？一定有名堂的。」

「你這個伢子，才九歲，腦子怎麼會那麼複雜？人家看你起風團，沒抓到魚就送你兩條，還能有什麼名堂？」

「還能有什麼名堂？我哪知道會有什麼名堂？總之，他們不可能那麼好心。」他繼續說。可沒用了，魚都煮好了，他只好吃掉。格格表妹那天沒有過來，當然了，她們家分了魚嘛，她不需要過來當「討吃婆」了。那天晚上，村子裡的人一定都在吃魚，到處都是魚鱗和裝魚的破簍子，空氣中有一股很濃的魚腥味……。吃魚的時候他差點被卡住，外婆說：「吃慢點，梭子魚刺多。」梭子魚是刺多，他滿懷心事地吃完飯，就又躺在了床上。

四

天陰了好幾天，終於放晴了。他睜開眼睛，看著外面的太陽，又發起愁來。出太陽了，他不會再起風團，這當然是一件令人高興的事情，他又可以和小朋友們一起跑來跑去了，甚至還可以滾鐵環、玩彈子、鬥雞和打野仗了。在村裡滾鐵環和玩彈子他最厲害。滾鐵環，他總能繞過一個又一個障礙，第一個到達終點；玩彈子也是，他總能又快又準地把彈子彈到洞裡去。但鬥雞和摔跤先進表哥最厲害，他有一股使不完的蠻力。打野仗就得算唐家兄弟了，他們有一股狠勁，跑得也最快。唐家兄弟的乒乓球打得也很好，唐家哥哥還會發下旋球，那種球他永遠也接不住……，一想起唐家兄弟他就想到那兩條梭子魚。待會兒他就會見到他們。他們可能又會在九獅嶺攔住他——「豪伢子，那兩條梭子魚好吃吧？」唐家弟弟見到他時一定會問。「那你吃了我們的梭子魚怎麼說？」唐家哥哥一定會緊跟著問。他們肯定會找他算帳的。

民表舅這會兒一定撿完狗屎了。他總是天不亮就起來撿狗屎。一個老光棍，身上的味道很重，腰上用一根草繩繫著一件破破爛爛的棉衣。他總是說：「王家的人了不起，爺爺是天王，爸爸是地王，你是大王，你們一家人連雷公老子都不怕。」他不明白民表舅為什麼這麼說，但是他很喜歡。

三妹這會兒應該也洗完臉了，她媽媽正在給她編辮子吧，編完辮子就該給她別上那隻粉綠色的髮夾了，然後再往她臉上擦雪花膏。沒人的時候，他喜歡摟著三妹聞她身上的味道，她總是很溫順地讓他摟著，那隻粉綠色的髮夾總會讓他心旌搖盪……

天氣很冷了，稻田裡已經結了一層薄冰，屋簷上也掛滿了細小的冰棱。他從暖和的被子裡鑽出來，全身還滿是昨天留下的撓痕，但風團沒有了，也不癢了。他洗完臉，喝了一碗紅薯湯，就背著書包、提著火籠上學去了。「外外，我上學去了。」「再吃一個紅薯。」外婆追出來說，可他已經跑得沒影了。剛出村口，就碰到了唐家兄弟。唐家兄弟一人拿著一根冰，興致勃勃地向他走來。「豪伢子，看，冰！」唐家兄弟一看見他就喊，嘴裡還咯吧—咯吧地嚼著冰。他說：「讓我也咬一口。」他接過唐家弟弟手裡的冰，很用力地咬了一口，嘴裡也發出了咯吧—咯吧的聲音。

「好吃吧，跟吃冰棒一樣。」

「可惜不甜，要是有紙包糖就好了。」

他就給了他們一顆紙包糖。三個孩子含著糖塊，嚼著冰，高高興興地到了學校。

路上，唐家兄弟沒有提梭子魚的事，他想他們會提的，可到了學校還是沒有提。「好吧，既然你們不提，那我提。不就是算帳嗎？算就算！」他很勇敢地想，決定放學的時候主動跟唐家兄弟說。可又想不能放學的時候說，要是說不好，打起來連個人都沒有，肯定會吃虧。他決定課間休息的時候說，萬一說不好，打起來至少老師在。他這麼想著，就安安心心地上了一堂課。課間休息的時候，同學們都跑出去了，唐家兄弟在操場打乒乓球，三妹和格格表妹在踢毽子。董老師叫住他：「豪伢子，昨天又出風團了？」他點了點頭，但心不在焉的，眼睛一直往乒乓球檯那邊看。「去吧，打乒乓球去吧。」董老師說。他搖了搖頭。「豪伢子，想打乒乓球嗎？等一下，我打完上半場，他馬上就要輸了。」唐家哥哥也叫他。「不想，你們過來一下。」他說。「什麼事？打完球再說。」他只好在一邊看他們打球。課間休息的時間很短，看來是沒機會了，只好等到放學。「放學就放學吧。」他給自己打氣。

下課鈴一響，同學們就跑出教室，像一群歡樂的小鳥一樣散開了。

「豪伢子，我們到田裡取冰去。」唐家哥哥叫住他。

「取什麼冰呵，我有話跟你說，我們一起走吧。」他提著火籠，火籠裡的炭已經燒完了，只剩下一點溫熱的炭灰。

「什麼事，說吧。」唐家哥哥問，當弟弟的在前面來回跑，當哥哥的和他並排走。

「你們為什麼要送我兩條梭子魚？」他很直接地問。

當哥哥的朝前面喊：「弟弟，你過來，豪伢子問為什麼要送他兩條梭子魚。」

當弟弟的跑過來，摟著他的肩膀說：「那有什麼？不就是兩條魚嗎？」「對了，梭子魚好吃吧，可鮮了，是吧？」他又問。

「你們有那麼好？會白送我兩條梭子魚？」他問。

「昨天乾塘你不是起風團了嗎？你沒抓著魚呵！」當哥哥的說，居然跟外婆昨天說的一模一樣。

「那也不可能白送我兩條魚！」他還是不相信。

「哎，豪伢子，你也想得太多了。你還讓我咬了半個紅雞蛋呢，你過生日的紅雞蛋都捨得給我吃，送你兩條梭子魚算什麼？」當弟弟的又說。

他一下子就想起了十天前他過生日發生的事。

每年過生日，外外都會給他煮一個紅雞蛋。雞蛋是用紅紙染紅的，外婆一大早就煮好了。「豪伢子，今天是你生日，你九歲了，吃了紅雞蛋，會越長越聰明。」外外說。他拿著紅雞蛋，興高采烈地去上學。一路上，每看見一個同學他都會剝一點皮，讓他聞一聞，舔一舔。

「豪伢子，給我也舔一下。」唐家弟弟從後面過來。他不情願，但過生日嘛，心裡高興，就剝了一半伸過去。唐家弟弟一口就咬了下去，一咬就是半個雞蛋！他愣住了，剛要發作，唐家弟弟就跑開了。他罵也不是，追也不是，只好忍了，呆呆地站在那裡一動也不動，他吃了一個多大的啞巴虧呵！

沒想到這就是唐家兄弟送他兩條梭子魚的原因！他本來想說我並沒有想給你吃，我只是讓你舔一舔，是你自己太快，一口就咬下去了。可看唐家弟弟笑嘻嘻的樣子，他只是「噢」了一聲，就沒有再說什麼。他突然覺得有點不好意思，他說：「我外外還有事，先走了。」唐家哥哥在後面說：「豪伢子，你要是喜歡，待會兒就到我家裡再拿兩條梭子魚。」

回到家裡他還在想這件事，覺得自己太小氣了，疑神疑鬼的，甚至有點像小人。唐家兄弟可能真沒有那麼壞，雖然他們搶過他的紙包糖，雖然村裡的人都說他們三兄弟惹不起。他這麼想著，突然就產生了一個想法，這個想法迅速擴大，很快就變成了一個計畫。他立即跑出去，一口氣就跑到了唐家兄弟家裡。

「豪伢子，你來了。」唐家哥哥看見他，很友好地和他打招呼。

「你是來拿魚的吧，我都準備好了，看，兩條梭子魚。」

「不是的，」他有些激動，還氣喘吁吁的。「我有個想法，走，我們出去說，你弟弟呢？」他拉著唐家哥哥就往外跑，唐家弟弟追了出來。他們一直跑到村外，才在一棵板栗樹下停下來，他的臉紅撲撲的，他說：

「我沒想到你們這麼義氣，以前你們搶我的紙包糖，我很恨你們。可這一次我起風團了，沒抓到魚，你們不僅沒笑我，還送了我兩條梭子魚！」他很急切，很激動，唐家兄弟愣在那裡。他接著又說：

「我有個想法。我也沒有兄弟，先進表哥又不在了，前進表哥太大了，不會跟我玩的。乾脆，乾脆我們三個拜把子吧，我們結成把兄弟！」他說完，唐家弟弟就歡呼起來——

「好呵，拜把子！要是我們成了把兄弟，就會經常有紙包糖吃了，對吧，豪伢子？」

「當然，當然，不只是紙包糖，還有，還有……」他的臉越來越紅。

「還有什麼呀，豪伢子？」

「好，豪伢子，難得你這麼真心，我們就結成把兄弟。以後你想吃魚，又怕起風團，不敢下水，就跟我們說，我們倆兄弟去給你抓。」唐家哥哥說。

「可是你有城市戶口，是城裡人，你看得起我們農村人嗎？」他又問。

「有什麼看得起看不起的？我們都是唐家山人，以後是把兄弟了，當然更要有福同享，有難同當。而且，麻元里那些小崽子也就不敢再跟我們搶水了。」他說。

麻元里是唐家山隔壁的一個村子，兩村人共飲一江水，每年夏天都會因為搶水發生械鬥。兩個村子裡的小孩也是從小打到大，還動不動就因為一點小事打群架。

三個孩子都為剛才的想法激動起來，他們按生辰八字排了大小，他成了三兄弟中的老三。但唐家哥哥說：「豪伢子讀書多，腦子活，掃堂腿也很有名，他雖然最小，但實際上是老二，以後有什麼事就由我和豪伢子兩個說了算。」唐家弟弟沒有意見，卻問道：「拜把子是要喝雞血酒的，我們沒有雞血酒怎麼拜？」他想了想說：「明天我們再到這裡來，你們負責搞酒，我負責搞雞血。」唐家弟弟說：「酒好搞，可雞血從哪裡來？」「這個你們就不用管了。明天是星期天，我們還在這裡見，就在這棵板栗樹下正式拜把子。」

第二天下午，三個孩子又聚在了那棵板栗樹下。唐家兄弟果然弄了三杯酒，豪伢子也真的弄到了一小碗雞血。他還帶來了一隻雞腿和一把餜子、三顆紙包糖。他們正式拜了把子。唐家弟弟說：「豪伢子，你也太有辦法了，從哪裡搞到的雞血？」他們坐在樹下，邊吃邊喝。

「那有什麼，去年我也這麼幹過。」

「去年？去年也有雞血？那你到底是怎麼幹的？」唐家哥哥問。

「你們知道吧，我外外養了三隻雞，我實在太想吃了。可母雞要下蛋，公雞必須要等過年才殺。我成天都想：雞呀，我怎麼才能吃到雞呢？想呀想，我就想出了一個好辦法。我偷偷地把雞抓住，藏在衣服裡，手扶拖拉機來了，就將雞飛快地扔過去，雞死了，外婆只好讓我吃掉。我去年就是這樣吃了一次雞。」

「呵，豪伢子，你也太膽大了，用這條計謀來吃雞也太毒了！」唐家弟弟驚叫道。

「要是你外外發現了，還不打死你呵！」唐家哥哥說。

「她怎麼會發現呢？而且我外外最疼我，她才捨不得打我呢。」他說。

「那這隻雞也是手扶拖拉機壓死的？」唐家哥哥問。

「怎麼可能呢？手扶拖拉機壓死的怎麼還有雞血呢？我先把雞殺了，再弄得亂七八糟的，看上去就跟手扶拖拉機壓死的一樣，然後，我再跟外外說：『外外，手扶拖拉機又壓死雞了。』」他洋洋得意地說。

「你的膽子可真是越來越大了。」唐家哥哥說。

「那是，不然我們怎麼拜把子？老大、老二，雞腿好吃吧？」他更得意了。他利用了外外對他的慈愛，實現了自己的願望——他有把兄弟了，以後再也不會有人敢欺侮他了，從那天起他開始正式地叫唐家兄弟老大、老二。

「老大、老二，很快就要過年了，你們有什麼想法？最想做什麼？」他又問。

「過年當然要殺豬，也要釀豆腐、做餜子。不過，我最想要一副真的乒乓球拍。老大的乒乓球打得那麼好，要是有一副真拍子，他的下旋球肯定天下無敵。」唐家弟弟說。

他們的乒乓球拍都是自己用木板做的，一副真球拍他們只怕做夢也不敢想。

「老二，你的心也太大了，豪伢子怎麼可能搞到真正的乒乓球拍呢？他再聰明，再有本事也不可能搞得到。」唐家哥哥責備弟弟。他突然想起就要過年了，媽媽也要回來了，他當然知道一副真正的乒乓球拍太貴了，媽媽是不可能給他買的。可唐家兄弟這麼說，他竟然頓生豪情，很大聲地說：

「不就是一副球拍嗎？行，包在我身上。」他仗著媽媽對他的愛，都沒過腦，就誇下了海口。

唐家兄弟很驚訝地看著他，甚至都沒敢問：「真的？假的？」

五

自從有了把兄弟，他彷彿變了一個人，性格變得開朗，膽子也更大了，像是成了一個充滿熱情與希望的人。他公布了和唐家兄弟拜把子的事，把這件事說得像是在搞一個神祕組織似的。小夥伴們都很羨慕他，甚至開始怕他，他已經是一個幫派組織事實上的二把手了，這個幫派一定會越搞越大的。他的頭腦也越來越活躍，每天都充滿了各種幻想。他首先想到的是放寒假時和麻元里的小孩在九獅嶺打一場野仗，他要通過這場野仗把麻元里的威風澈底打下去。唐家兄弟一致贊同。他說：「這場野仗，老大當團長，我當參謀長。」唐家弟弟說：「不可能當團長吧，一個團得有多少人呵，唐家山的小孩加起來還不到二十個。」「我說是團長就是團長，不當團長怎麼會有參謀長呢？」他反駁唐家弟弟，口氣已經很霸道了。之後，他又把全村的小夥伴召集起來，在壩子上開了一次動員會，還做了很細緻的分工。

「銀生，你負責做沙包，要做三十個。」他們用布袋包石灰做沙包，把沙包當手榴彈。

「老二，你負責做二十把水槍。」他們用竹筒做水槍，用泡濕的紙撚成團當子彈。這種槍不傷人，但打在臉上也很疼。

「老大，把你們家的火銃也拿出來吧。」最後，他說。唐家哥哥有些猶豫，說火銃是他爸爸的，不可能讓他拿出來打野仗。而且火銃其實就是槍，弄不好會打死人的。

「又不要你真用，也不必裝火藥，只是做做樣子而已。」

「一個團要是連一把真槍都沒有實在太不像樣了，也鎮不住麻元里的人。」他又說，唐家哥哥勉強同意了。

「我們先打一場伏擊戰，打得差不多了，團長一聲喊——衝呵，大家就全都衝下去，和他們打一場包圍仗。」他又說。連伏擊點他都選好了，也帶唐家兄弟去看過，他們都認為那是一個打伏擊戰的好地方。

「老二，一放假，你就去給麻元里的人下戰書。」

「下戰書？怎麼下？」

「我先寫好，你送到麻元里去就行，但要直接交給軍軍，他是麻元里的頭。」他又說。

「如果他們不應戰呢？」

「不可能不應戰！不應戰就等於他們輸了。」

唐家哥哥也認為不應戰不可能，打都沒有打怎麼可能認輸呢？

最後他又強調了一下紀律，要求每個人在正式打仗前必須保守祕密。

「打野仗那天，我們每個人的脖子上都要繫一條紅布條，就像南昌起義一樣。我和團長各別一把鏈子槍，其他的人每人兩個沙包，一把水槍。」

大家都被他說得群情激奮，他當然也很激動，天天都盼著學校早一天放假。

「豪伢子，你可真行呵。都開始交朋友了，還拜了把子，有了把兄弟了。」一放假，媽媽就回來了，她笑咪咪地說。他很得意，說民表舅說過的，他爺爺是天王，爸爸是地王，他是大王，他們王家連雷公老子都不怕。

「好！你很得意是吧，都正式拜把子了是吧，拜把子那天還喝了雞血酒是吧？」媽媽說。

他突然覺得有點不對勁兒，媽媽說話的口氣也很奇怪。

「是呵，那天家裡的雞正好被手扶拖拉機壓死了。」他依然振振有詞。

「哦，去年家裡的雞被壓死了，今年家裡的雞又被壓死了，手扶拖拉機怎麼只壓外外的雞不壓別人的雞呢？」

他低著頭，沒有說話。

「不說話了？那你再說說，雞被手扶拖拉機壓死了怎麼還會有雞血？」

「不是壓死的，是撞死的。」他抗辯道。

「撞死的？我今天就把你扔到手扶拖拉機下面試試？」媽媽的臉色突然變了，口氣已經非常嚴厲。

「豪伢子，你膽子不小呵，還對外外說謊！說吧，到底是怎麼回事？給我老老實實說清楚。」媽媽的手裡已經多了一塊竹板子，而且眼看著就要打他的屁股了。他知道再也瞞不過去，只好將事情的經過原原本本地說了一遍。他說到他怎麼起風團，村裡的孩子們怎麼看不起他，蓮表姐還罵他痲瘋病、風團鬼；唐家兄弟怎麼攔住他搶他的紙包糖，又怎麼讓他從褲襠裡鑽過去；乾塘的那天他的風團有多嚴重，他癢得連死了的心都有；分魚的時候大家都說他不是唐家山的，一條魚也不給他分；以及唐家兄弟怎樣吃了他的紅雞蛋，怎樣送了他兩條梭子魚，他又怎麼害怕……。他委屈，傷心，氣憤，覺得自己並沒有做錯事。最後他哭了起來：

「我本來就不是唐家山的，是你硬把我扔在這裡；姐姐還可以和爺爺奶奶住在城裡，我為什麼要一個人在這裡被人欺侮？」

「拜把子？我不和人家拜把子行嗎？我人小，打不過別人，我不拜把子他們就天天欺侮我！」他邊哭邊說，邊說邊偷偷地看媽媽的臉色。

「算了，算了，這孩子是受了不少委屈。你也是的，一回來就弄得他哭。」外婆把他拉到身邊，他又占上風了。

「給，把鼻涕擦了。」過了一會兒，媽媽遞給他一條手絹。

「你想去爺爺家是吧，今天我就是回來接你的，寒假你到爺爺奶奶家去，今年過年你叔叔姑姑都要回來。」

「是給我買圍巾的那個姑姑嗎？」

「是。」

「那爸爸呢？」

「……他回不來，他還在農場。」

「是勞改農場吧，他還在勞改吧。」他突然很大聲地說，語氣中含著一種譏諷與憤懣。

媽媽愣住了，看著他，一巴掌就打了過去。

「你長大了是吧，什麼都懂了是吧，看來我是管不了你了！」她氣得臉色發白，竹板在她手裡不斷抖動。

他呆呆地看著媽媽，眼睛裡充滿了驚愕與恨意。這是他拜把子不久發生的事情，他的自尊心在剛剛昂首挺胸時就遭到了沉痛的一擊。他一句話也沒說就跑了出去。他很晚都沒有回來，外婆說：「這麼晚了還沒有回來，他一個人能跑到哪裡去呢？」他當然不知道能跑到哪裡去，他只是跑了而已。

六

「劈克，劈啪，劈克，劈啪……」一到城裡，耳旁就響起了這個聲音。這是他和唐家兄弟用光板球拍打乒乓球的聲音。唐家弟弟說最想要的就是一副真球拍。他當然記得，他當時說：「不就是一副球拍嗎？包在我身上。」這句近乎於豪言壯語的話看來真是說大了。他當時是脫口而出的，他想，要過年了，也許可以很巧妙地利用一下媽媽的愛。可媽媽很快就走了，把他交給爺爺就回單位去了，她一直鐵青著臉。他很後悔那天把媽媽氣成那樣，根本不敢提球拍的事情，可他並不認為自己做錯了什麼，媽媽更不應該打他。當然他也不該跑出去，他有風團，怕癢，不能沾涼水和吹冷風，看見老鼠都起雞皮疙瘩，他能跑到哪裡去呢？其實他並沒有跑遠，剛開始他是跑出去了，但很快又偷偷地溜了回來，他藏在外婆的棺材裡，只是想看看媽媽急不急。

「他膽子也太大了，還這麼小，就說不得，長大了怎麼辦？誰還管得了他？」他聽見媽媽在堂屋裡說。「他脾氣是強了點，可你也是，他都九歲了，你一巴掌就打過去。」外婆在埋怨媽媽。那時他就想他要是真跑出去了又會怎樣呢？民表舅說過他們王家連雷公老子都不怕，他又有什麼可怕的？他這樣想著，就繼續在外婆的棺材裡藏著。

天越來越黑了，外婆開始著急，她到銀生伢子家去問——

「銀生伢子，你看到豪伢子沒有？」

「沒有。」

媽媽也急了，她到董老師家去問——

「董老師，你看到豪伢子沒有？」

「沒有。唐醫生，怎麼啦？」

媽媽又氣惱又焦急；她又問三妹，三妹直搖頭。

「唐家兄弟，豪伢子來過嗎？」外婆去唐家兄弟家裡。

「沒有呵，他媽媽不是回來了嗎？」唐家哥哥說。

「唉，他媽媽打了他，他跑了，到現在都還沒有回來。」外外嘆了一口氣。

唐家哥哥叫上弟弟——「快，豪伢子不見了，我們趕緊去找。」

大舅、前進表哥、董老師、蓮表姐都來了，還叫來了幾個民兵，大家打著手電筒滿村子裡找。他們分頭到壩子上、學校裡、穀倉裡、牛欄裡，也到甘蔗林和九獅嶺去找，一直找到十點多鐘還是不見人影。他們回到外婆家。

「沒有，沒找著。」每個人回來都這麼說。外婆臉色蒼白，癱在了地上；她突然想起了先進表哥，先進表哥死了還不到半年……

「媽！」「奶奶！」——他在外婆的棺材裡，從睡夢中聽見了媽媽和前進表哥的驚叫聲，堂屋裡已經亂成了一團。

「你們聽，有哭聲，豪伢子的哭聲！」蓮表姐說。大家靜下來，分明聽見了聲音，卻沒見到人影。

「不會藏在棺材裡了吧？」前進表哥說，他掀開蓋在棺材上的油布，看見他在棺材裡低聲哭泣。

「外外！」他爬出棺材，撲在外婆身上。

「好了，沒事了，都回去吧，給大家添麻煩了。」外婆站起來說，她拉住媽媽的手，示意她不要再發脾氣。媽媽黑著臉，沒有再說什麼。

「豪伢子，你媽媽都急死了，快去給媽媽賠個禮。」第二天一早外婆說。

他偷偷地看了媽媽一眼，承認自己錯了，闖禍了。

「你可真有本事，你不是跑出去了嗎？」媽媽說。

「我就是想看看你們急不急。」他說。

「收拾一下東西，下午我就送你到爺爺家去。」

媽媽的眼圈一下子就紅了。

「我不去。」他說。

「你不去？你不是說我把你扔在這裡受人家欺侮嗎？」

「那我先跟我把兄弟商量一下。」他說。

他跑到唐家兄弟家裡。「豪伢子，你可把我們急死了，你外外都昏過去了。」唐家哥哥一見到他就說。

「到底怎麼回事？你怎麼藏到你外外的棺材裡去了呵？」唐家弟弟問。

「唉，別說那麼多了。我來是告訴你們我媽要我去爺爺家過年，下午就要走。」

「那好呵，到城裡去過年好呵！」唐家哥哥說。

「那怎麼行？我們剛安排好要和麻元里的人打野仗的。」他說。

「又沒有說死，你過完年回來再打也不遲。」唐家哥哥說。

「我就怕大家怪我，說我挑了頭，自己卻當了縮頭烏龜。」

「豪伢子，你進城過年吧，壓歲錢多；說不定你爺爺一高興，還會給你買一副乒乓球拍呢。」唐家弟弟說。

「我也是這麼想的。」他說，「那我們就說好了，你們也跟大家說一聲，就說和麻元里那場野仗過完年再打。」

他就跟媽媽進了城，到了爺爺奶奶家。

首先看見的是姐姐，梳著一根長辮子，一看見他就跑了過來。姐姐從小就跟爺爺奶奶在城裡生活，她是城裡人，衣服很漂亮，說話很洋氣。他們是不同的，也是不平等的。他只能在外婆那間有老鼠的房子裡想像姐姐在城裡的幸福生活。但後來他知道了，他的這位姐姐，從小就沒有媽媽，是個早產兒，生下來才四斤，養不活的，就給了鄉下的一個農民。後來是爺爺奶奶把她要回來，帶在身邊，很不容易才養大，其實也很可憐。她媽媽一生下她就跑了，不要她了。他們同父異母，他是爸爸再婚後生的，爸爸一直在農場勞改，他們王家出生不好，在城裡其實是抬不起頭的。

他當然也見到了爺爺。和那個被押起來遊街的老人完全不同，爺爺很精神，也很健旺；他看見他，放下手裡的報紙說：「豪伢子，長高了，還記得爺爺嗎？」他不大聽得懂爺爺的話，爺爺和奶奶都是外省人，口音很重，姐姐在旁邊翻譯給他聽。

他當然記得，夏天他還在遊行隊伍裡驚聲細喊：「打倒反動醫官王雪療！」

「豪伢子，喊爺爺。」媽媽說。他不敢作聲，怕爺爺聽出他當時喊口號的聲音來。

「七歲八歲狗也嫌，你九歲了吧？」爺爺問。這句話他聽懂了，但他很反感，感覺到爺爺不喜歡他，甚至嫌棄他。

若干年後，他在一篇追憶爺爺的文章中寫道：

通過寫作，祖父的面容變得清晰。否則，他就只是墓地裡的幾根白骨，又空又輕。他的墳墓在一個山坡上。山上長滿了亂七八糟的灌木，墳上長滿了亂七八糟的野草。花崗岩墓碑一直在下沉，歪歪斜斜的，像一個佝僂的身影。殘破的碑面字跡模糊。

我幾次去給他上墳都是陰雨天。他的墳在迷濛的細雨中和一個難看的小土包沒什麼兩樣。再過幾年，這座墳墓恐怕連蹤影都找不到了。

雨還在下，記憶中的小城充滿了潮氣，這樣的天氣容易想到死者。可關心一個死了幾十年的人有什麼意義呢？除非自己也面臨著死亡。

爺爺在暮色中走到窗前，窗外是一片戰火，街上到處都是哭嚎、奔跑的人。很快，他的醫院也在戰火中燒了起來，他那個由骰子、美女、江湖游俠和手術刀構成的世界頃刻毀滅。

他只好逃難，帶著妻子和八個孩子。現在這八個孩子彼此都沒有聯繫，他們被風吹散了，或生或死；在各自的城市過著自己的生活，他們的下一代更是誰也不認識誰了。

奶奶是管不住他的。雖然他們相敬如賓，但性格迥異。他有某種氣概，喜歡呼朋喚友，千金散盡；奶奶卻喜歡節儉、素樸的閒適生活。

事實上，他們曾經就是這樣生活的。一個俊美的浪子，醫術高明，在戰亂年代辦了一所醫院，卻在戰火中燒毀了。一家人向南逃難，直至被山裡的土匪抓住，才在一座邊城安定下來；之後又辦了另一間診所，被打成反動醫官，在一條老街上不斷地被人押著遊街。他在顛沛流離中讓孩子們一個接一個地念完大學，成為他一生之中的一份榮耀，也成為他耄耋之年最沉重的擔憂與嘆息。

家裡還保存著他兩張照片。一張還很年輕，意氣風發，像蔣介石一樣俊朗、精神、信奉三民主義；另一張已是中年，身著長袍，端端正正地和奶奶坐在孩子們中間，身後是一張牌匾，匾上寫著：雪療西醫診療所。他看見一家人充滿希望地活著，似乎也很滿足——一個浪子的歸宿，有一種模糊而可疑的幸福。

即便在逃亡中，他也經常想念曾經喜歡過的女人。她們面容生動，接二連三地出現在他的夢裡。果然，奶奶一死，一位紅顏知己便到了身邊。那個時候，父親已被打成右派，叔叔和姑姑們在外地上學。他們回來探親，他讓他們叫她媽媽。他們一個一個都叫了，只有最小的叔叔不叫，一個人在院子裡哭。夏天，他躺在一張躺椅上，抽著水煙，仰望著盛夏的星空，想著他的幾個孩子和女人。

他死的時候濕漉漉的老街上擺滿了花圈。花圈被雨打濕了，空氣中瀰漫著紙花和雨水的氣味。他的八個孩子一個也沒有回去，他們都在不同的城市，相隔千里，忙著各自的事情。我也沒有回去，我十三歲，在另一個城市的醫院裡養病。

之後，母親交給我一部辭典，是爺爺臨終時留給我的。辭典早已發黃，也早已殘破。幾十年過去了，我一直把它帶在身邊。我帶著它走了很多地方，卻從來都沒有用過。我用一部舊辭典幹什麼呢？辭典什麼也沒有給我留下，但祖父卻給我留下了和他一樣多舛的命運。沒有任何一個人的命運是和別人一樣的，但也沒有什麼不同。

當然，那個時候他不可能知道幾十年之後會寫這樣的文章。他心裡只想著他的乒乓球拍，腦子裡也只有「劈克劈啪」的聲音。

七

「豪伢子，聽說你讀過《水滸》？」爺爺問，他還是不大聽得懂他的外省口音。姐姐翻譯完，他點了點頭。

「那你喜歡誰？」爺爺又問，他說他喜歡武松。

「你應該喜歡林沖和盧俊義。」爺爺說，他說他不喜歡林沖和盧俊義，他寧願喜歡李逵和魯智深。

爺爺沒有再說什麼，他大約覺得和他說話太累了。

沒事的時候，他感覺爺爺會盯著他看，但他並不說話。他也會偷偷地在一旁看爺爺，他覺得爺爺既嚴肅又神祕，怪頭怪腦的，完全不可親近。他小心翼翼，生怕自己做錯了事。但更多的時候，爺爺都只是坐在藤椅上看《參攷消息》，這讓他很好奇；他看不懂《參攷消息》，但他覺得一個人家裡有一份報紙是一件很了不起的事情。他當然也知道奶奶不是親奶奶（如果親奶奶活著又會怎樣呢？），她愛乾淨，很能幹，還自己捲紙煙。家裡招待客人的煙都是她捲的，她用一臺手工捲煙機捲煙，和商店裡買的捲煙幾乎一模一樣。她自己也抽煙，還用煙嘴，讓他覺得有一種很彆扭的派頭。有一次她給他講薛丁山的故事，他聽了很喜歡，求她再講一個，但她很快就顯得不耐煩了。她大概也覺得和他說話是一件很累的事情。姐姐對他很好，給他攢了不少紙包糖，各種各樣的紙包糖又好吃又好看。有一種叫巧克力的糖，他一含在嘴裡就化了，但味道很怪，好像有一股中藥味。姐姐很不高興他說巧克力有一股中藥味。她說：「那麼稀罕的東西，我一直捨不得吃，你居然說有股中藥味！」她很氣憤。她看一本叫《豔陽天》的書，他覺得那本書沒意思透了。姐姐還給過他一個萬花筒，那可是一件很新奇的玩意兒，從眼睛貼著的那一端看進去，裡面會呈現出變化無窮的圖形與花朵。可姐姐說這個萬花筒他只能看幾天，走的時候不能拿走。他覺得萬花筒裡面一定有什麼古怪，那些魔幻般變化的圖形和花朵讓他覺得很神奇。他把萬花筒的底撬開，取出了裡面的玻璃片和鏡子，還有一塊三角形的石頭、一塊圓形的石頭、一些藍色、綠色、黃色及褐色的碎晶體。得，萬花筒弄壞了！他再也裝不回去了，裡面的東西全成了死東西。姐姐氣得哭了一場，爺爺想罵他，但最終沒有罵，他只是嘆了一口氣，就坐回藤椅繼續看他的《參攷消息》了。

他煩死了，覺得城裡的生活實在沒意思。他後悔只帶了一把鏈子槍來，但第三天，鏈子槍奶奶也不准他玩了，她覺得小孩子不適合玩這種危險的玩具。他要是帶鐵環來就好了，鐵環總不會有危險吧，但玩滾鐵環恐怕也不行，滾鐵環要滿院子跑來跑去，爺爺可能也會嫌他太吵。他年紀大了，成了一個喜歡安靜的人，他年輕的時候應該不是這樣的。也許是因為他不喜歡他，跟他沒話可說，而且說了他也聽不懂。總之幹什麼似乎都不對，爺爺家裡也沒什麼吸引他的東西，唯一有吸引力的就只有伙食。奶奶做的飯菜很好吃，吃飯的碗也很好看，還有各種大大小小的盤子和碟子，上面都畫著紅色或藍色的枝蔓與花卉。但他們太小氣了，外婆都是用海碗裝菜，他們卻用盤子，一道菜幾筷子就沒有了。他沒有一頓飯是真正吃飽了的，他一天比一天煩。但他的目標清晰而堅定，他在耐心等機會。爺爺奶奶是不可能給他買球拍的，一見到他們他就知道他們不可能給他買，他甚至都不敢開口。他問姐姐：「你打乒乓球嗎？」

「不怎麼打。」她說，就不再說下去了。真沒勁，他想；腦子裡又響起了「劈克劈啪」的聲音。這個寒假他唯一的目標就是球拍，其他的都不重要。他在等媽媽回來。媽媽在另一個公社的醫院上班，距縣城還有二三十里，如果搭不上車，走路要四五個小時，還要穿過一片陰森森的老林子。奶奶說年前單位很忙，媽媽可能要大年三十才回得來了。

「劈克，劈啪！」——他不斷聽見這個聲音。他已經偷偷去過兩次百貨大樓了。賣體育用品的是一位和氣的老大爺。他在櫃檯前盯著櫃子裡的球拍看。「你想拿出來看看嗎？」老大爺笑咪咪地問，他點了點頭。老大爺拿出球拍，他很小心地接過來，反反覆覆地看了好幾遍，還小心翼翼地試了試拍子，想像這種球拍接下旋球的效果——他抽了一個球，唐家哥哥根本接不住……。老大爺很耐心地看著他試拍子，他有些不好意思了。

「多少錢一副？」他問。

「五塊。」

「一隻呢？」

「一隻不賣。」老大爺說，可還是笑咪咪地看著他。最後他只好愛不釋手地將球拍還給了老大爺。

「太貴了，不可能的，媽媽不可能給我買的。」他心裡想，心情沮喪極了。

他只有將希望寄託在即將回來的叔叔和姑姑身上了，也許他可以得到五塊錢壓歲錢。他感覺自己完全生活在夢裡，既期待又不安；最後害怕了，他害怕叔叔和姑姑不喜歡他，他也沒有什麼討他們喜歡的地方。一個動不動就起風團的小孩，除了讀過《水滸》，知道保爾和冬妮婭，也沒有什麼明顯的長處。

可他還是充滿期待，他想他們也許會對他很好，也會很大方。他的期待是多麼脆弱和渺茫，又多麼地不合情理呵。事實上，越是期待的東西就越讓他害怕……

叔叔和姑姑終於回來了，姑姑還帶了一個比他小一歲的表妹回來，她長得很漂亮，個子比他還高，伶牙俐齒的；頭上繫著一隻天藍色的蝴蝶結，樣子很刁蠻也很古怪。他們都講普通話。

「是豪伢子吧。」姑姑把他拉到身邊，拿出給他和姐姐買的禮物。她給姐姐買了一件水紅色的衣服，給他買了一頂深棕色的人造革仿皮帽子。他戴上那頂帽子，有一種很軟、很暖和的感覺。帽子上還有兩隻毛耳朵，翻下來就可以把臉包住。「這樣你就不容易起風團了。」姑姑說。他心裡很感動，有一股很辛酸的感情要從心裡湧出來。他覺得姑姑對他真的很好。但他突然就陷入了一種深深的絕望之中。他知道那頂帽子很貴，姑姑既然已經給他買了禮物，就絕不可能再給他買乒乓球拍，他也不可能再開口。而且，表妹回來了，媽媽就一定會回禮，這樣就不可能還有錢給他買球拍。他很想把那頂帽子還給姑姑，他差點就要哭出來，但他知道不能那樣，那樣做也太不像話了，最後他可能連帽子都得不到。他收下了那頂帽子，心裡翻江倒海地看著姐姐試她的新衣服。「太好看了，謝謝姑姑！」姐姐說，她對那件新衣服非常滿意。

唯一的希望就只在三叔身上了。他什麼禮物也沒有帶回來。姐姐噘著嘴，私下裡對他說：「三叔太小氣了，連爺爺奶奶都沒給帶禮物，實在太不懂事了。」可他不這樣認為，他心裡很高興，覺得這樣他反而更有理由也更有機會要三叔給他買球拍了。晚上睡覺的時候，奶奶安排他和三叔睡，他心裡就更高興，覺得自己又多了一層機會。三叔見到他，過來掐了一下他的臉——「你就是豪伢子？今天沒有起風團？」他說今天有太陽，有太陽的時候他是不起風團的。看來他是因為起風團才出的名，家裡所有的人都知道他是一個癢得要死的風團孩子。

吃晚飯的時候，全家人都很高興。奶奶做了好幾道菜，其中一道叫蛋餃，做得又好看又好吃；他一連吃了兩個，正要夾第三個，奶奶輕輕地拍了一下他的筷子，然後給叔叔、姑姑和表妹各夾了一個。奶奶說姑姑明天要回她公公家，要在公公家過年，所以今天全家先吃一頓團圓飯；初五姑姑回來，全家人再在一起吃一頓團圓飯。他很大聲地說：「初五媽媽一定也回來了！」可沒人接他的話。吃完飯大家坐在一起聊天，話題既廣泛又熱鬧，與平時的沉悶氣氛很不同。他們說到了他爸爸，也說到了另外兩個姑姑和兩個叔叔。說到爸爸的時候，姑姑很沉重地嘆了一口氣，她說：「大哥都兩年沒回來過年了。」可在他的印象裡，爸爸似乎從來沒有和他一起過過年。有兩件事他印象很深，一件是三叔的婚事，他這才知道三叔這次回來不全是因為過年，他還要和一個姑娘相親。奶奶拿出那位姑娘的照片，姑姑說：「還行，就是有點胖。」看來大家都很操心三叔的婚事。姐姐說三叔都三十歲了，以前談過好幾個姑娘都沒有談攏，這次是奶奶專門託人介紹的。女方二十五歲，也是老姑娘了，但她的家庭條件很好，三代都是貧農；她自己是黨員，在單位還是培養對象。這些話他聽得半懂不懂的，但只要是三叔的事他似乎就格外關心。大家聊天的時候，三叔又掐過他兩次，他雖然很疼，卻當作是三叔發出的喜歡他的信號，他掐他，一定是心裡喜歡他。表妹一直在看那張照片，她突然很大聲地說：「媽，這也太土了吧，還有點蠢裡蠢氣。」姑姑就笑著罵了她一聲，說小孩子莫亂說話。姐姐卻跟著她大笑起來，還私下裡跟他說：「潔妹子說得對，那個姑娘就是一副蠢頭蠢腦的樣子，不過跟三叔差不多，兩個人蠢到一起去了。」她真的不喜歡三叔。

大家也說到了他的風團，三叔說：「這個得先查過敏原。」

「查過敏原？蕁麻疹有上萬種過敏原，這麼一個小地方怎麼查？有那個條件嗎？」姑姑說。

「那就沒有辦法了。」這是他第一次看見三叔吊兒郎當的樣子。

「等他年紀再大一些，抵抗力強了就好了。」爺爺說。他覺得治風團主要靠抵抗力增強。他們都是醫生，一說到與疾病有關的事話就很多，有時候還要爭論幾句。

「那我就沒法治了嗎？」他很絕望地問。

姑姑安慰他說：「爺爺不是說了嗎？你再大幾歲就沒事了。」

「再大幾歲是幾歲呵，總不會要到三十歲吧。」他追問道。

「這就要看你的造化了。」三叔說。不知道為什麼，他突然覺得三叔是一個十分冷酷的人。當然他不久就知道了，其實三叔一直就是這麼一副既冷漠又吊兒郎當的樣子；他溜著肩膀，頭髮很長，目光空洞、游離，走路還甩手甩腳，好像對什麼都無所謂。

「你還不如乾脆就讓我等死算了。」他心裡說，就一個人跑了出去。

院子裡很冷，好像又要下雨了。太陽在上午的時候還能照得著屁股，下午卻羞答答地不知跑到什麼地方去了。他那天的心情就像這神祕而曖昧的天氣一樣，一會兒溫暖，一會兒又冷嗖嗖的。「癢呵，癢呵！」他的耳邊又響起了他的哭音和乾塘那天起風團的情景。他心裡想，如果這兩天他起了風團，爺爺和奶奶會像外婆那樣著急嗎？不可能的！他們頂多會說：「豪伢子，你忍一忍。」奶奶和潔妹子甚至會嫌他一身都是難看的紅疙瘩。這時姐姐出來了，她拉著他的手說：「回去吧，夜晚冷，別再起了風團。」他問：「姐姐，你知道我有多癢嗎？」「我知道，回去吧。」他心裡一酸——「你知道什麼呀，你其實什麼也不知道！」——他心裡想，突然就覺得對他們王家有了一絲恨意。

八

幾天來，他和三叔相處得很好。三叔似乎很喜歡跟他說話。他覺得三叔在這個家裡和他一樣不自在。他從早到晚都沒事幹，一起來就在房子裡走來走去；房子太小了，他只能不停地轉圈。奶奶看了他好幾眼，最後忍不住了，她說：「和波，別老在屋裡轉來轉去，讓人頭暈。」他看得出奶奶已經很不耐煩了。有時候三叔也和爺爺聊天。有一次他說：「江青這個老婊子！」爺爺嚇壞了，趕緊叫奶奶關上門，然後很嚴厲地訓斥他。奶奶也說：「和波，你都三十歲了，不能再讓我們操心了。」三叔不知所謂地笑了笑，轉身就走了出去。他不知道三叔還有什麼要爺爺奶奶操心的事，可能就是他的婚事吧——他想。吃晚飯的時候爺爺又說：「和波，你再這樣口無遮攔，早晚都會像你大哥那樣。你可不能再惹禍了，你大哥大姐到現在都還沒有出來呵。」他這才知道他大姑和他那位當過八路軍的姑父一直都關在牛棚裡；他也因此知道了一個人要是說話不注意就可能有殺身之禍。他看著爺爺既悽惶又蒼白的臉，他的嚴厲顯得十分無力，可三叔還是一副吊兒郎當的樣子，他心裡也許並不服氣。

三叔也帶他出去玩，還給他買過糖人和炒花生。三叔喜歡吃花生和瓜子，在家裡也經常翹著二郎腿晃來晃去地嗑瓜子。奶奶說：「你怎麼老像個女人似的，沒事就在那裡嗑瓜子？」他說：「沒事不嗑瓜子幹什麼？」他也不喜歡三叔從早到晚就坐在那裡嗑瓜子，他和奶奶一樣，覺得一個男人不應該這樣。

三叔甚至還帶他去和那個姑娘見面。第一次是在五孔橋上，那個姑娘繫著一條紅圍巾，穿著一件薄棉衣。「是絲綿做的。」他在後面聽見她跟三叔說。這是家境富裕的象徵。他們先在橋上走，又從橋上走下去，沿著河在河岸上走。他既無聊又好奇地跟在後面，想起潔妹子說過的話，那位姑娘的確有點蠢裡蠢氣，最糟糕的是她還是大舌頭，說話不清不楚的。有一次他實在忍不住了，他攔住三叔問：「三叔，你真要和她好麼？」

三叔笑著問：「怎麼啦？你不喜歡？」

他說：「不是喜歡不喜歡的事，實在太醜了，還是大舌頭。」

三叔哈哈大笑，他說：「無所謂的。你知道諸葛亮嗎？」

他不知道諸葛亮，可他覺得一個女人太醜太蠢是一件讓人受不了的事情。三叔就給他講了諸葛亮娶醜妻的故事。他講的時候神情空蕩蕩的，他說：「一個男人老婆不老婆其實並不重要。」

「既然不重要，你幹嘛還要和她好？」他問。

「沒辦法，兩個老的老在信裡說。」他稱爺爺奶奶——兩個老的。

「那你說一個男人什麼才最重要？」他問。

三叔想了想說：「其實什麼都不重要。」

「讀書重要嗎？」他又問。

「讀書本來很重要，可是你看，我們一家都是讀書人，結果怎樣？讀書屁用都不頂，讀多了還有害。」

他不同意，反駁三叔說：「我覺得讀書很重要，以前我膽子小，可看了《水滸》膽子就變大了。」

「你看了《水滸》膽子會變大？」三叔問。

「是呵。」他說。

「那你知道一百零八條好漢都是怎麼死的嗎？」

「知道呵，李逵是陪宋江喝酒毒死的，他連死都不怕。」

「連死都不怕？」三叔自言自語了，又摸了摸他的頭說：「那是小說，世上就沒有不怕死的人。而且現在也不可能再出李逵、武松、魯智深那樣的人物。」

他不服氣三叔的說法，很想告訴三叔他和唐家兄弟拜把子的事，他認為他和唐家兄弟就像《水滸》中的好漢。可他沒有說，而是問：

「三叔，唐家山的民表舅說我們王家的人都很了不起，我爺爺是天王，爸爸是地王，我是大王。他什麼意思呵？我們王家真的很了不起嗎？」

「他亂說的，王家人屁用都不頂，白讀了那麼多書。」

「不過你爺爺年輕的時候可是個人物，不僅是個人物，還是個花花公子。」

「你爸爸其實也很有才，會大段大段地背《哈姆雷特》的臺詞。」他又說。

他不知道《哈姆雷特》，也不知道什麼叫臺詞，但他突然就對爺爺和爸爸產生了崇敬之情。

「這些以後你就懂了。現在你還小，不需要懂那麼多，你這個年紀最重要的就是玩兒。」三叔又說。

「現在我最重要的就是一副乒乓球拍。」他突然很大聲地說。他開始往球拍上引導三叔了。

「嗯，好，打乒乓球也是玩，只要玩得開心就好；以後長大了就不會這樣開心了。」他淡淡地回答，卻沒有順著乒乓球拍再說下去。他又開始心不在焉了。他不知道再怎麼接他的話，他很想直說──「三叔，你給我買副乒乓球拍吧！」可他底氣不足，最終還是沒有將這句如此重要的話說出口。他看著三叔，覺得三叔比他還失落；他還抱著某種希望，三叔的眼睛裡連一點希望都沒有。

從某方面講，他覺得三叔和他一樣也是孤單而憤懣的人，他們似乎已經建立了某種類似於朋友的關係。三叔什麼都不避諱，什麼都願意跟他講，他沒有把他當作是一個難受的生風團的小孩。他顯然和他一樣不喜歡爺爺奶奶的家，更不喜歡那個動不動就叼著煙嘴的奶奶。他說他奶奶有一種說不出來的怪味道。他同意三叔的話，也很喜歡聽他說與爺爺和爸爸有關的事情。當三叔說爺爺年輕時是個人物而且還是一個花花公子時，他甚至有一點激動。他差點就說出他和三妹之間的事來，也差點兒就說出他想像爺爺一樣，成為一個人物和花花公子。他又想起唐家兄弟和那場野仗，覺得如果這個寒假能成功地弄到一副球拍，還能夠成功地打贏那場野仗，他在唐家山就一定會成為一個真正的人物。可幾天又過去了，他的球拍還是沒有眉目。他忍不住又去了一次百貨大樓，那位笑咪咪的老大爺不在了，是另一個中年婦女在上班。眼看著就要過年了，百貨大樓的人很多，那位中年婦女不停地在櫃檯忙來忙去，她很胖，嗓門也很粗，拿東西的時候粗手粗腳的。他依然站在櫃檯前盯著乒乓球拍看，有兩副球拍一動不動地放在櫃子裡，一副是紅的，一副是綠的。「到底是要那副紅的呢還是要那副綠的？」他看著球拍發呆，心裡猶豫不決，最終決定還要那副紅的。「就要那副紅的，再也不改了。」他對自己說。那位中年婦女不耐煩了，在一頭大聲喊：「喂，那個小孩，你又不買東西，死盯在那裡看什麼？」他很生氣，他想說：「你怎麼知道我不買東西？我要買那副紅色的乒乓球拍。」可畢竟沒有底氣，便悻悻然走開了，心裡很不是滋味。

還有兩天就是除夕了，百貨大樓除夕就放假了，可球拍還是沒有一點影兒。他沉不住氣了，一大早就跟三叔說：「三叔，我們今天去打乒乓球吧。」三叔答應了，說吃完早飯就陪他去，他心裡很高興。文化館有一副乒乓球檯子，是那種可以用來打比賽的很正式的檯子。吃完飯，他和三叔到了文化館。已經有很多人在排隊打球了，他們也去排隊。排隊的人全都拿著球拍，只有他們沒有。三叔問其中一個人：「師傅，你的球拍是向文化館借的吧？」那人白了他一眼，說：「借？文化館會借球拍給你？打球還要租檯子呢。」另一個人訕笑道：「你們連球拍都沒有排什麼隊？」三叔很尷尬，他連忙說：「三叔，我知道哪裡有球拍。」他興沖沖地拉著三叔到了百貨大樓。百貨大樓人擠人，他們擠到櫃檯，還是那個中年婦女在上班。「把那副紅色的乒乓球拍拿出來。」他說，很有一種揚眉吐氣的感覺。那位中年婦女不情願地把球拍拿給了三叔，三叔遞給他，他上下左右反反覆覆地看了好幾遍，然後說：「就這副吧，還是紅的好看一些。」三叔聳了聳肩，他激動得連話都說不出來。「到底買不買呵？」那位中年婦女很不耐煩地說。他看著三叔，三叔又聳了聳肩，把球拍還給了中年婦女。他不明白三叔為什麼要把球拍還回去。「真是討厭！看了半天又不買，買不買自己都不知道呵！」中年婦女「哐」的一聲就把球拍放回了櫃檯。他的腦子「嗡」的一聲。「豪伢子，走吧，爺爺奶奶在等我們回去吃午飯呢。」他這才明白三叔不想買球拍，連價錢都沒問就把球拍還回去了，他根本就沒有打算給他買球拍！他的手緊緊地抓住櫃檯的一個邊角，眼看著就要流出眼淚來了。三叔過來拉他，他狠力甩開，穿過百貨大樓密集的人群，瘋也似地跑了出去。他彷彿聽見三叔在後面喊他，可聲音就像他的臉一樣是空蕩蕩的。

九

連續兩天都沒怎麼理三叔，他悶悶不樂地坐在屋子裡，心裡充滿了憤怒、悲哀與絕望。他覺得三叔欺騙了他，他和他那麼好，好到什麼話都跟他說，可都是裝的。這個人太陰、太自私、太冷漠，也太小氣了！除夕之夜，媽媽沒有回來，她託人帶話來說單位有人病了，她要值班，得初二才回得來。她倒是託人帶了一大堆東西回來，有臘雞和臘肉，也有香腸和餜子。可有什麼用呢？這些他都沒興趣，他只想要那副乒乓球拍，他的腦子裡又緊鑼密鼓地響起了「劈克劈啪」的聲音。如果弄不到球拍，他在唐家兄弟面前就會抬不起頭來，也不可能和唐家哥哥一起指揮那場野仗，唐家弟弟會說他是一個牛皮大王，他們的把兄弟關係可能也會破裂，所謂的拜把子就會像是一個笑話似的，唐家兄弟以後甚至還會在九獅嶺攔住他，搶他的紙包糖，讓他從褲襠裡鑽過去……。他覺得接下來的生活真是黯淡無光，他已經是一個沒有前途的人了，唯一可能解救他的就是大年初一的壓歲錢。也許爺爺奶奶會給他多一些壓歲錢，媽媽回來再湊一湊可能就夠了，他還會有機會，他忍著，沒有哭；希望大年初一他有一張笑臉，爺爺奶奶看見他高高興興的樣子一定也會高興的。如果他們一人給他兩塊錢，就依然有希望，這當然是最後的希望了。

除夕之夜三叔送給了他一掛鞭炮和兩隻焰火。「走，我們放炮去。」三叔說。他跟著出去了，可僅僅是為了不讓人看出他的心情來。到了院子裡，他依然一句話都不說，無論三叔說什麼，他都不理睬。

大年初一是多麼關鍵的一天呵，一大早他就起床了，戴著他的新帽子，在爺爺奶奶面前跪下——

「爺爺奶奶，給你們拜年，祝你們新年幸福吉祥！」

「豪伢子，怎麼這麼早就起來給我們拜年？哦，是想壓歲錢了吧？給，祝你四季發財。」奶奶說，她從衣服裡掏出了一個紅包，爺爺同時也掏出了一個。

「好了，去給三叔拜年吧，你都兩天不理他了。」奶奶說。他心裡很不情願，可還是到了三叔面前。

「別拜了，給，祝你六六大順。」三叔說；他還在洗臉，邊擦臉邊從褲兜裡掏出一個紅包，隨後又掐了一下他的臉。

他接過紅包，跑了出去。他跑到廁所裡，著急忙慌地打開三個紅包。爺爺奶奶的紅包裡都只有四毛錢，四張新嶄嶄的兩毛錢鈔票笑意盈盈地在錢包裡看著他。三叔的紅包多一些，是三張半新的兩毛錢鈔票。他罵自己：「怎麼那麼傻呢，他們已經說了四季發財和六六大順了，沒有聽出來嗎？這家人根本不可能多給你壓歲錢，你在做夢呵！」從廁所裡出來，他心裡充滿了對爺爺、奶奶和三叔的鄙視。他知道哪怕在唐家山，大舅也會給他四毛壓歲錢。他是個農民，一分錢工資都沒有；可王家的人不同，他們都是大學畢業生，都是拿工資的人。從廁所出來後，他壓根兒就不想再回去。可天太早了，外面一個人都沒有。遠處的天空中稀稀落落地傳來了幾聲沖天炮的響聲。要是在去年，有幾個沖天炮他就很高興了；可今年不同，今年他想要更多的東西——他已經有了把兄弟了，已經是一個幫派組織的二把手了。他看著那片灰藍色的天空，天空空蕩蕩的，天上絕不可能掉下球拍，他只好回去，回到他心裡已經很看不起的王家……

吃完早飯家裡就有人來拜年了，客廳裡擺滿了好吃的東西，全是他平時最愛吃和最想吃的，可他沒有一點心情。他跟著爺爺奶奶給客人拜年，客人坐下，有說有笑地聊天，他站在一旁發傻。一整天，爺爺奶奶都在忙著招呼客人，當然不會理會一個小孩子的心情，而且他也只是一個愛起風團的小孩子而已。

他孤孤單單地坐在一旁，情不自禁地想起了外婆。外婆是怎麼過年的？媽媽有沒有給她帶年貨去？雖然大舅和二舅平時不大說話，可每年過年他們都會在一起吃年夜飯，兩家人加在一起有十好幾個，熱熱鬧鬧的。可二舅和先進表哥今年不在了，外婆一定會在大舅家過年。她肯定把那隻大公雞殺了，也肯定會給他留一隻雞腿，給格格表妹留一隻雞翅膀。桌子上一定會有紅薯粉和釀豆腐，大舅母的釀豆腐做得很難吃，裡面幾乎全是青蒜，她是捨不得放肉的。可她的紅薯粉做得很好，他一直都很喜歡吃她做的紅薯粉。唐家兄弟、銀生伢子，你們是怎麼過年的？放鞭炮了嗎？有沖天炮嗎？收了多少壓歲錢？他腦子裡一幕一幕地閃現出唐家山溫暖的年夜。這時姐姐過來了，伸出手說：「豪伢子，給！」是一個紅包，姐姐把三叔給她的紅包給了他，他接過來，再也忍不住，眼淚終於流出來了……

他恨極了這個新年！這個讓他如此孤獨的除夕夜和讓他徹底失望的年初一。雖然姐姐給了他一個紅包，但加起來也只有兩塊錢，距買那副球拍還差得太遠。唯一的指望只有等媽媽回來。無論如何他也要讓媽媽湊夠五塊錢，他一定要得到那副球拍。

終於消停了，累了一天大家都睡覺了。三叔喝了不少酒，在他身邊鼾聲大作。他躺在床上，又在胡思亂想。「劈克劈啪」，乒乓球的聲音再次傳來。他爬起來，想上個廁所，卻看見三叔的褲子掉在了地上。他撿褲子的時候摸到了一個錢包，心跳一下子就加快了。藉著外面路燈照進來的亮光，他看見了一張嶄新的票子——五塊。他抽出來，又塞進去；他只缺三塊錢，三塊就夠了。可錢包裡沒有小錢；他咬了咬牙，下定決心，最後還是把那張鈔票抽了出來……

一大早他就跑到了百貨大樓。百貨大樓的門還沒有開，可能太早了。他等了一個多小時，突然想起今天是大年初二。百貨大樓放假了，初一、初二、初三都不營業。他沮喪極了，覺得既好笑，又有什麼東西在捉弄他。他像是看見了先進表哥長鼻涕的鬼魂；他難以名狀，抬起頭看著天空，彷彿看見自己浮在半空中，像一小片飄浮的雲。他飄來飄去，卻從更遠處聽見了烏雲翻滾的聲音。烏雲聚集起來，像一支雄赳赳、氣昂昂的部隊。這時現實突然在四周消失，他渴望向烏雲聚集、翻滾的地方飄過去。「癢呵，外外！」他又一次聽見了自己的哭音。起風了，天突然變冷，他拚命地跑了起來，他必須馬上找到一個溫暖的地方，他又要起風團了，可他真的不想再那麼難受了……

第二章　第一次

一

那一年，十四歲的男孩豪在一個小鎮上養病；同時忍受著青春勃發的孤獨與狂躁。他有了喉結，長出了毛茸茸的鬍子。像任何一個這個年紀的少年一樣，他樣子難看，態度生澀，動不動就臉紅脖子粗地想和人幹一架；同時也很害羞。在家裡，他總是悶聲悶氣地反抗自己的父親——這是一個很讓人嫌，也很容易受到傷害的、脆弱的年紀……

所謂的家其實是不存在的，只有他和父親的宿舍，在兩百里以外的城市；他和母親的宿舍，在他即將回去養病的那個小鎮。他生下來就交給了外婆，和外婆在一間沒有窗戶、黑乎乎的老房子裡長大。之後跟母親生活了一年，再之後就被扔到了父親教書的那個城市。他總在想外婆的那間老房子，那間房子的牆是斜的，快倒了，靠一根杉木支撐著；水磚砌的牆，像外婆的臉一樣全都是褶子，已經老得一塌糊塗了……。在父親的宿舍，他第一次有了自己的一張小床；另一張大床是父親的，是他翻來覆去說夢話用的。他也說夢話，在那張可憐的小床上。他和父親在夢裡交流，思維和邏輯都是清晰的。他們只在夢裡說話；醒著的時候，他們各做各的夢，互不搭理。除了床，宿舍裡還有一張書桌和一個書櫃；有段時間也曾擺過一對藤沙發。可這些都是父親的。他和父親共用一張書桌，他縮在書桌的一個邊角做代數題，父親占了絕大部分書桌翻譯濟慈的詩。當然，父親也備課，他在學校教書嘛……。後來，不知從什麼地方弄來了一張小書桌，搖搖晃晃地放在一個牆角，他在上面解方程式，是個成績不錯的初中生。

三個月前的一天，他在課堂上暈倒了。學校打電話給他父親說：「你兒子暈倒了，得了急性肝炎，也就是A型肝炎，學校讓他休學。」

他那位神神叨叨的父親問：「怎麼會暈倒呢？昨天還好好的。」又說：「我也得過A肝，得A肝怎麼會暈倒呢？」

「反正暈倒了，你快來接他回家吧。」學校的人說。

他父親去接他，看見他除了虛弱之外，並沒有別的症狀；但臉的確很黃，無精打采地坐在學校醫務室的一張破椅子上。醫務室的孟大夫是一位胖墩墩的中年婦女，給他介紹他兒子暈倒的情況。「A肝，加上精神緊張，壓力太大，所以暈倒了。」「得趕緊住院，別轉成B肝了。」她又說。他父親沒法理解一個十四歲的小孩怎麼會精神緊張，又因為什麼壓力太大。總之，他病了，暈倒了，而且A肝是傳染病，學校讓他休學是對的，做這個決定的人很果斷。

父親接他回家，又去郵局給母親打了一個電話。第二天一早就送他去長途車站，把他扔在了一輛又髒又舊的長途汽車上，讓他一個人坐五小時長途汽車，翻山越嶺地回到他母親身邊，在一個乏味的小鎮做一個孤獨的病人……。他病了，父親把他扔在車上不管他，這些都是對的，是他父親那種人必然會做的一件事情，而且馬上做，做得乾脆利索。因為父親連自己都管不了，成天都神經兮兮的，日常生活弄得一塌糊塗，自私，冷漠，糊塗！如果不是母親精心照料，如果不是那個小鎮，他的病好不了，A肝會轉成B肝，十四歲，成為一個病懨懨的慢性病患者，人人都怕被傳染，都躲著，考大學或招工體檢都通不過，當兵更是做夢，不可能的……

那個時候，他和父親住在一間大約十五平方米的宿舍裡，沒有廚房，沒有廁所，他們都在學校的食堂吃飯，在公共廁所大小便。有時候，他跑進廁所，看見父親正好蹲在裡面，會立即扭頭就走。他寧願憋著，也不願意和父親同時蹲在一起上大便，那太難堪了。他就是這麼一個脾氣，很倔，也很各色*。當然，有時候進城，他和父親碰巧在同一條船上，那是沒有辦法的。他只好一個人在船尾站著，和父親各買各的船票，然後下船，各走各的，完全像是兩個陌生人……

第二天一早，他上了車，很快就昏昏沉沉地睡著了。醒來的時候汽車早已開離城區，進入了層嶂疊巒的山區。他有氣無力地睜開眼睛，看見外面白霧茫茫的山山嶺嶺。他坐的那輛車像是迷了魂似的，一會兒從山腳轉到山頂，一會兒又從山頂轉到山腳。全是之字形的山路，他不斷地聽見刺耳的急剎車的聲音；然後，咣噹一下就撞在了前面座位的一個壯漢身上。那個壯漢也在昏昏沉沉地睡覺。這是早班長途，所有的人都像是沒睡醒似的，同時又著急忙慌地擠上了這輛破舊的汽車，將自己交給一個陌生的，也許同樣沒睡醒的司機。司機不斷地急剎車，然後又掛空檔，讓汽車懸乎乎地在山坡上滑行，就像一個

*各色，意指古怪、怪異。

夢遊的人失控了一樣。他不久就想吐，但乾嘔了幾次都沒有吐出來。旁邊的一位中年婦女扭過頭來看了他一眼，沒有說話，閉上眼又睡著了。他真想她說點什麼。他一大早就起床，跟在父親後面走了一個多小時才到車站。車站離學校太遠，就像在天邊外似的。他和父親必須一大早就起床，否則就會趕不上車。當然，這種情況下他是沒法吃早飯的，學校的食堂還沒有開，他不可能吃早飯，他空著肚子上車，聞著濃重的汽油味，一路顛簸，又不斷急剎車，不斷急轉彎，他實在忍不住了，想吐……。突然，他想起父親臨上車時塞給他的兩根油條和四個橘子，油條用一張舊報紙包著，他打開，結果一聞到油味就吐出來了，空腹嘔吐，全是黃水，他平時是很愛吃油條的，但這會兒吃不下，全吐了，嘴裡的黃水太急，他一口就噴在了那個壯漢身上。壯漢驚醒過來，看見自己身上全是黃水，就破口大罵；他忍不住，又要吐，再吐肯定就要挨打了，他使勁忍住，壯漢已經站起來，抓住了他的衣領。他嚇哭了，眼睛裡噙著淚水，先是嚇哭，然後是委屈地哭，旁邊那位婦女攔住了壯漢——「算了，算了，他也不是故意的，一個小孩子……」又對他說：「吃點橘子，聞聞橘子皮。」他剝開橘子，將橘子皮放在鼻子底下。好一些了，他沒有再哭，可依然抽抽泣泣地。他對自己抽抽泣泣的樣子很惱火，在心裡罵自己沒有出息；又使勁忍住，之後就昏昏沉沉地又睡著了，再一次把自己交給了那個不斷急剎車又不斷掛空檔的司機……。下午，終於到達了目的地，在一個又髒又亂的汽車站下了車，他看見母親十分著急地站在那裡，渾身乏力，一下車就蹲在了地上……

他那時多髒，多無力，多讓人看不起，又多想去死呵！

之後，他在一個小縣城的醫院住院了。住院很好，讓他感覺到自己是重要的，也感覺到自己有人愛。母親每天都守在醫院裡，爺爺奶奶和姐姐也來看他。這一點很重要。因為他之前和外婆住在一起，在鄉下；姐姐和爺爺奶奶住在城裡，衣服很漂亮，樣子也很洋氣。他心裡從來都是自卑的，偶爾去一兩次爺爺奶奶家，覺得他們都看不起他。他的衣服很髒，身上有味，說話也帶著鄉下口音，他們是看不起他的。而且也看不起他母親。母親在這個家是抬不起頭的，因為她不識字，幾乎是文盲；而且人老實，不會說奉承話。爺爺奶奶和姐姐不同，他們是高貴的城裡人。他曾經問母親為什麼姐姐和爺爺奶奶住在城裡，他卻和外婆住在鄉下？他後來懂了，他的那個姐姐，大他七八歲，是父親的前妻生的。父親和他前妻離婚了，準確地說是人家不要他了，拋棄了他。姐姐剛生下來，是個早產兒，才三四斤重，養不活的，就送給了別人。後來又被爺爺奶奶要回來，帶在身邊，一點一點養大，很可憐……。所以，所謂姐姐看不起他其實只是他的幻覺，是假的，是因為他太敏感又太自卑了。可他為什麼那麼敏感呢？就像孟大夫說，他精神太緊張，壓力太大。不為什麼，這就是他的性格。他天生如此，就是這樣一種怯生生的動物，在哪兒都把自己弄成一個陌生人，在外婆家如此，在爺爺奶奶家如此，在父親的那個城市和他的宿舍更如此。他覺得自己總在跟周遭的環境較勁，其實他內心狂野，膽大妄為……

住院期間，母親一直在罵父親，罵他鐵石心腸，兒子病了，不馬上送到醫院去，而是打發他回來。大城市的醫院不去，非讓他到這麼一個小城市的醫院裡來。他不說話，但受母親的影響開始恨父親。之前只是不大跟父親說話而已，現在卻恨他……

兩個月之後，他出院了，轉到了母親工作的那個小鎮的衛生院，在那裡吃雷醫生開的中藥，開始養病；休學一年，養病一年，在那個貧窮、乏味的小鎮上度過了他一生中最奇特也最難熬的一年……

多年之後，他時常回憶起那個小鎮，回憶雷醫生的湯藥，也回憶他和秀的第一次。他覺得那個小鎮和那一年是他生命中的一個孤島，他是被命運拋到這個孤島上去的。而他的第一次就像島上的原住民手中的那根長矛，或他們引以為豪的飛去來器。是的，那是一件神祕的飛去來器……

一個男人，成人之後總在回憶自己的第一次，幸福的、洋洋得意的、驚恐萬狀的、狼狽的、灰溜溜的、沮喪的、緊張的和羞怯的第一次……，任何詞語都形容不了，任何詞語也都可以用。甚至可以用顏色和聲音來描述。比如紅色的、轟然一聲的；也可能是藍色的、瘖啞的；還可能是白綠色的、像閃電一樣，發出鋸齒般尖利的聲音或狼一樣的嚎叫……。一個老男人帶著自責和恨意在陽光下回憶自己的第一次；之後，又在一個秋雨綿綿的夜晚，或白雪飄飄的清晨。很難給自己的第一次下一個準確而完整的定義。哪怕他曾經歷經滄桑，世事洞明。一個詞描述不了它，一種顏色和聲音也描述不了。因為所謂的第一次根本就不是一個動作，而是一個空蕩蕩的夢；根本不是一次經歷而是若干次經歷的疊加，也根本不是一次回憶而是若干次回憶的疊加。它是一種心情、意志、力量，也是一種覺醒、滿足、驚嚇，或者一個故事、一個符號……。那些在第一次就畫句號和打引號的人是可憐的，那些打問號的人是痛苦的，但那些留下了驚嘆號、逗號和省略號的人也並不一定就好夢連連。的確，他會懷念，也會回憶，而擁有懷念和回憶的人或多或少都應該是幸福的……

當然，他並不敢自稱自己是一個幸福的人，雖然他也有懷念和回憶，他的第一次後面甚至還是一個長長的破折號。但他的回憶從來都不完整，是一些殘片；他那長長的破折號後面的故事更是支離破碎。他得拚力去將那些殘片找齊、還原，就像考古學家經常做的那樣。通過還原，他試圖恢復他生命的一段歷史，建立一種邏輯，讓自己的一生可以自圓其說。但這就更可笑了，因為想通過一個又一個鏽跡斑斑的殘片還原自己的第一次是不可能的，生命並不是一件器皿；而且生命也並沒有歷史與邏輯。邏輯是推演出來的，歷史更是杜撰，一旦你在建立邏輯和講述歷史就已經在自欺欺人。當然，這也無可厚非，人有時候是需要自欺欺人的，否則，會活得太難，太卑微……

事實上，生命只是此時此刻，是彼此矛盾、衝突、否認，甚至相互攻擊的此時此刻，一個此時此刻在否定另一個此時此刻，另一個此時此刻又在對這個此時此刻說不；一個在謾罵，另一個就緊跟著在嘲諷……。回憶更是不靠譜，回憶總是由此時此刻的心情與觀念去揀選，不符合此時此刻心情與觀念的就扔掉，可扔掉的可能就是唯一的真實，是漫漫黃沙中唯一的一粒金子……

然而不管怎樣，他最終都得確定自己的第一次；他必須這樣做，否則對以後的若干次就無從解釋。他不能對自己以後的行為那麼不負責任，讓這些行為像沒有爹娘的孩子，而且糊裡糊塗的，講不清，不理解，或者假裝什麼都沒有發生……。他是一個對自己較真的人，不能讓自己像一個沒人疼沒人愛的孤兒；他也固執地認為一個人如果對自己都缺乏認識，那麼說到認識世界、認識人、認識社會就真是在開玩笑。可他就是不認識自己，對自己缺乏判斷。他甚至都不知道自己是美的還是醜的，是善良還是邪惡，是正直勇敢還是猥瑣怯懦。他分不清好壞，活得痛苦。他想，得多少給自己一點安慰，讓自己有一些確信，並在臨死之時能夠坦然地對自己說：「我對自己是瞭解的，也是有把握的，我如願以償地活了這一生。」於是，在衝破記憶的重重迷霧之後，他對自己說：「是的，我的第一次是和秀在一起發生的。」這句話給了他一種確定性的安慰，就像一個人在吃完安眠藥之後對自己說：「現在，你可以睡一覺了……」

秀就是這樣在他的記憶中醒來並成為他生命的紀念碑的；當然，也可以說是墓碑。第一次從某方面講就是墓碑，以後都不過是去上墳和悼念而已……

若干年後，他還確認：秀真是天命不好，她生活的環境有一種與她敵對的勢力。他那時還小，仰慕她，崇拜她，想得到她的安慰，之後又經年累月地想念她，但他無能為力，幫不了她……

在此後的歲月裡，在他的一生中，彷彿總能看見秀的淚水，就像荒野上的露珠，那麼孤單，那麼凜冽，又那麼晶瑩。他再也沒有見過誰有那樣的淚水。只有秀的淚水才會像荒野上的露珠一樣掛在草尖上和樹葉上；這淚水有時是在某個月夜，有時又是在某個清晨流到他夢裡來的。他經常夢見它，夢見他的臉和秀的臉貼在一起。秀的淚水一顆一顆地從她那像寶石一樣美麗的眼睛中湧出來，沾濕了他的面頰。她太美，這是她的不幸，也是她的淚水像露珠一樣的根本原因。可他幫不了她，他那時還太小。可要是再大一些，他就能幫她嗎？他會不會也是一個與她對抗並讓她痛苦的因素呢？

二

不要把第一次僅僅理解為是生理和身體上的。的確，它是身體上的快感與痛苦，但遠不止於此。它會進入你的心靈，觸動你的神經，撥動你情感的琴弦；也會在某個深夜突然響起，讓你驚坐起來，再也無法入眠……

那個小鎮，準確地說只是一條有十幾戶人家的小街，在山區的一小塊平原上，沒有河流、商店、電影院，也沒有風景；只有一個鐵匠鋪和一個十分冷清的供銷社，只有半個月一次的鬧子，像節日一樣孤單的鬧子。距縣城還有兩小時車程，汽車隔天一班，人太多，大人可以趴著車門硬往上擠，小孩不能；一個十四歲的養病的小男孩擠不上去，他只能憑空想像縣城裡的熱鬧，想像他同父異母的姐姐。

但他去過更大的城市，在父親那裡上過一年學，他身上因此有了一個標籤──他是從地區回來的，見過世面，與眾不同。小鎮上的人把他當作貴客，「豪伢子是從地區回來的。」他跟母親去別人家玩，那家的主人會這麼說。他很明顯地感覺到自己的地位與待遇。他是有優越感的，這一點對他身體的康復有益；也讓他不大看得起人，一段時間沒有朋友。而這一點恰恰又是他所敵視的父親帶給他的；因為父親，他才在大城市裡生活過，有了一種殊榮，讓小鎮上的人對他另眼相看……

從某個角度上講，是父親帶他進城這件事改變了他，讓他變複雜，不安分。那一年，父親平反了。從勞改林場回到地區的師範學校去教書，給他打開了一扇看這個紛雜世界的小窗戶。母親說，你得把豪伢子帶走，現在已經恢復高考，不講出身了，他得去地區上初中，不能再在鄉下耽誤了。好吧，又拖了一年，都初中二年級了，父親終於同意了母親的要求。其實他是不情願的。他一個人過慣了，突然來了這麼一個兒子，他不習慣，不知道如何做一個十三歲孩子的父親。但不管怎樣，他還是到了地區。父親到長途汽車站接他，一句話也不說，只是拎著他的行李往前走，他拎著一個裝著五六個桃子的網兜跟在後面。父親的背影很高大，不說話就顯得更加高大和沉重。他記得他好像是第二次見父親。第一次是小學四年級，他剛滿十歲，在他的學校，一個秋霜深鎖的早晨，老師把他帶到學校的禮堂──其實只是過去的一座破廟，是以前和尚唸經的地方。他站在那裡，冷風颼颼地從門縫裡吹進來，又大又空的禮堂讓人毛骨悚然。他看見一縷寒冷的晨曦，斜照在一個中年男人身上。那男人高大、禿頂，穿著一件皺巴巴的黑呢大衣，低著頭，面色十分憂鬱。「你姓王？」他問。他緊縮在老師身後，不敢抬頭。老師說：「別怕，這人是找你的。」

「你姓王？」他又問。

「是。」他聲如蚊音。

他大約沒有聽清，再一次問道：「你姓王？是豪伢子？」

他愈加驚恐，渾身打顫，連連點頭：「是！我是！」

他似乎確信了他說的話，迅速而有力地往他懷裡塞了一包東西——「給你的！」就轉身走了。他看見他消失，愈加恐懼。

「叮～鈴～鈴～」上課鈴響了，他回過神，跑回教室。課是沒法聽了，他懷揣著那包東西，做賊似地將它塞進書包。老師依然在講課，他呆若木雞，裝模作樣地坐在教室裡，一放學就逃也似地跑出教室，往外婆家狂奔而去。但恐懼就像一個影子，那個人的影子，一路緊跟著他。他到了村頭，不敢回家，便一頭鑽進了附近的甘蔗林。他等呀等，不見人進來，便迫不及待地打開書包，立即就聞到了一股刺鼻的香味；接下來他小心翼翼地看了看四周，還是沒有人；於是，不顧一切就狼吞虎嚥地吃了起來。多年之後他才知道，那包讓他如此恐慌、緊張，又忍不住不顧一切吃掉的東西叫桃酥……

天黑了，並沒有人跟蹤他，也沒有人嘿嘿奸笑地站在他身後；他走出甘蔗林，如獲重生地、幸福地回到了外婆家裡。

「見到你爸了？他到學校找你去了。」外婆見了他，對他說。

他呆呆地站在堂屋裡——腦子裡閃過早晨的情景，那個憂鬱的、給他桃酥的人就是父親！他在十歲那年認識了自己的父親。

事實上，之後的兩三年他應該也見過父親，之前見沒見過記不清了，之後父親應該還來過。但在他的記憶裡，那些都是空洞的、模糊的。父親只是一個影子，一個又高又大的背影。奇怪的是，這個影子不僅白天出現，晚上也會出現；在月光下或寒冷的星空下，站在他跟前；而且不僅在有太陽的時候會出現，陰天，下雨天也會出現。總之，是趕不走的，在他跟前，似乎還在說話，在引領他，三年之後，他終於跟著那個影子到了地區，成了一所城市中學的初中生。

通常，第一次都是有某種先兆的，甚至有消息傳來，或多次想像過。但他和父親的第一次見面就像是一個意外，他第一次吃桃酥是個意外，第一次和秀發生關係也是意外，所有的意外都猝不及防，是迅猛的，也是摧毀性的……。它在記憶裡留下來，記憶燒傷了，留下深深的疤痕，成為他形象中最深刻的一部分……

之後他一直認為桃酥是世界上最好吃也最讓人恐懼的東西；他一生酷愛桃酥卻再也沒有吃過。這情形正像他和秀第一次發生關係一樣。因為恐懼，他才痛徹心肺，並最終確定他的第一次是和秀發生的，是具有紀念碑意義的。需要紀念的事情永遠都是那些既痛苦又幸福的事情；光有幸福是不夠的，太膚淺了，必須同時有恐懼和痛苦，並欲哭無淚……

好了，他到父親身邊了，一個老光棍和一個小光棍互不搭理的生活開始了。但事實上他們是相通的，而且有某種命運的一致性……；這種一致性就是陌生與不屑，這是骨子裡的，是血緣不可分離的成分。他們的陌生感是天生的，自己與自己之間，自己與周遭的人及周遭的環境之間……。所以在外人看來，他們是一對奇怪的父子，人們對怪人的態度通常都很簡單——不理他，不與他來往，表面上客客氣氣，甚至還有某種尊敬；但私下裡很自然就笑話他們，拿他們開玩笑，惡意的或善意的，或者什麼含義也沒有，只是拿他們開玩笑。他也一樣，一入學就成了同學們的笑話，他的衣著是個笑話，口音是個笑話，走路的姿勢、回答問題時的樣子……都是笑話；他永遠將「二」唸成「呢」，將「王」唸成「黃」，將「湖」唸成「福」……。光這一點就夠了，改不了了，就像他的膚色永遠發黃，也永遠貼著牆根走路一樣……

在確定了要跟父親進城去的時候，他的心情是昂揚的，有一種出人頭地的感覺；母親也是，她買了兩斤豬肉請人吃飯，一個小夥伴滿嘴流油地說：「嘿嘿，你就要和我們不一樣了。」所謂的不一樣是明顯的——他穿一件海魂衫*，一雙白球鞋，就要成為城裡人了。母親在送走了客人之後和他談心，要他爭氣，不怕吃苦，好好讀書——「我就是吃了沒有文化的虧。」他不斷點頭，最後母親說：「還要盯著你父親，看他有沒有別的女人……。」他吃了一驚，看著母親幾乎要哭的樣子，又立即點了點頭。他似

* 海魂衫：水平白、藍條紋的上衣。19世紀起，無袖的海魂衫成為俄羅斯帝國海軍的制服。後傳入中華人民共和國海軍，改成長袖或短袖的T恤款式，在民間亦頗受歡迎。

乎明白母親的話。父親平反了，回城裡去了，她呢，還在鄉下，不可能調到城裡去。她文化不高，沒有上過一天學，靠念識字班才掃的盲，在這個小鎮的衛生院當醫生已經很吃力了……。好吧，事實上，母親和父親十幾年都分居，父親平反前在林場勞改，和母親相距也有二百來里，可那時的分居與現在的分居是不同的。現在父親平反了，進城了，在地區的師範學校當老師了，還補發了工資。所以糟糕的事就可能發生。而且，父親的才氣是有名的，人長得好看也是有名的……

好吧，他盯著。頭兩個月他很緊張，警惕性相當高，他留意父親的一切：幾點出門，去哪裡了？為什麼這麼晚才回家？桌子上有沒有紙條？抽屜裡有沒有信或照片？……但他都落空了，他的警惕性徒勞無用。父親甚至連一個帶鎖的抽屜都沒有。他完全是一個透明的怪人，幾乎不跟任何人來往；在路上碰上熟人都不打招呼（有兩次他發現他去了電影院，他跟過去，但沒有人，他父親只是一個人去看了一場電影而已……）。他備課，翻譯文章，寫劇本，和他一樣貼著牆根走路，下雨天不打傘，衣服亂七八糟的，鞋經常反著穿……。他唯一奢侈的一件事是吃蘭花根，他在小賣部一包一包地買蘭花根，邊吃邊在房間裡踱步，還經常唸唸叨叨，自個兒朗讀他劇本裡的臺詞……。他的字寫得很好，但文章不行，囉哩囉嗦的，不得要領。編輯部給他退稿，說他不得要領，他的臺詞只有自己唸給自己聽……

他唯一的朋友是地區的黨委副書記。他只去他家玩，和他聊天、下棋，買一條魚或一副豬大腸去他家吃飯，偶爾也帶他去。後來，他自己也經常去，因為他和副書記的兒子傑結成了學習上的對子。「傑成績太差，讓豪伢子帶帶他吧。」副書記的愛人姓艾，他叫她艾阿姨。他成績好，艾阿姨說：「豪伢子，你帶帶傑。」他很樂意，和傑成了好朋友，經常到他家去。

太美了，太美了，世上竟有這樣美的女人！他第一次見到艾阿姨時足足發了兩分鐘的呆。已經嫁過兩次人的艾阿姨穿世界上最漂亮的衣服，講最糯人的蘇州話，身材高挑，面映飛霞。

實際上，任何蛛絲馬跡都沒有，但他將父親與艾阿姨聯繫在一起。他曾想過父親與他的某個學生或同事存在不正當的關係，但現在他只想艾阿姨。他那個階級鬥爭的小腦瓜不斷地想像父親和艾阿姨有著某種親密關係。他們一起散步，一起看電影，他甚至聽見父親給她背詩，還用英文背莎士比亞的臺詞。他是聽不懂的，但能感覺到那些詩和臺詞是浪漫的，也是曖昧的；浪漫和曖昧都讓他嫉妒！他多麼渴望自己也能用英文背臺詞呵，多麼渴望自己也有一個人一起看電影呵……。但事實上這些都是沒影兒的事。父親和艾阿姨從來都只是禮節性講幾句客氣話而已。所謂的浪漫和曖昧全是臆想的，他臆想這件事來讓自己傷心，他需要一些戲劇性的東西來打破乏味的生活，他一生如此，無病呻吟，永無寧日……

有一次，他聽艾阿姨說：「老王，你兒子怎麼老用那種眼神看我？」他嚇壞了，那種眼神是哪種眼神呵？但他父親多事，反而說：「老艾，你別看我兒子小，才十四歲，但他人小鬼大的，什麼都懂。」接著就和艾阿姨說悄悄話，艾阿姨聽了還哈哈大笑……

他狼狽極了，也害怕極了；他知道他們在說他，也知道所謂人小鬼大是什麼意思，他跑出去，一個人跑到街上，恨不能哭起來……

他奉母命，本來是監視父親的，卻反過來被父親盯上了。要命的是他確有見不得人的事情。他十三歲，已經開始手淫了，是傑教他的，也是他和傑最隱祕的事情。傑經常把艾阿姨的內褲和乳罩偷出來，在半夜裡偷偷地聞，聞著聞著就開始動作，還渾身發抖，最後發出像哭一樣的嚎叫，同時流出一灘像鼻涕一樣的東西……

「這叫精！你知道嗎？有了精你就是一個男人了。」傑說，他既羨慕又噁心，但很快就學會了，經常和傑一起，偷偷地聞艾阿姨的內褲，也經常一個人想像艾阿姨好看的樣子……

現在他的罪行暴露了，而且是被父親和艾阿姨揭發出來的。父親說他人小鬼大一定就是指這件事，艾阿姨哈哈大笑也一定是因為這件事！

艾阿姨，哈哈大笑，還說他老用那種眼神看她，她一定是感覺到什麼了。那種眼神究竟是什麼眼神他講不清，但一定是壞人的眼神，甚至很流氓……。他的確是在用一種很壞人的眼神看艾阿姨，可他不願意艾阿姨發現和知道，更不願意艾阿姨這樣笑他。他承認他和傑經常在一起抱著艾阿姨的內褲聞，但艾阿姨把他當壞人，還哈哈大笑，他連死了的心都有！

好長一段時間他都不怎麼說話，也不再去艾阿姨家。傑在路上攔住他問：「我得罪你了嗎？」他扭頭就走。他同樣也躲避父親；他曾經想找到父親手淫的證據，可沒找到。要是找到了他就得救了，就可以證明自己並不是真正的壞人，因為連父親也手淫，艾阿姨對他哈哈大笑就沒有道理。可他沒找到，他那五十幾歲的「老光棍」父親從不手淫，也沒有女朋友……

另一方面，他其實心裡是很怪傑的，要不是傑，他也不會聞艾阿姨的內褲，更不會手淫。所以，在壓抑了一段時間之後他決定揭發。他跟他父親說傑在看《少女之心》。那是一本禁書，很色情，連公安局也在查。他說完，就從傑的書包裡找出了那本手抄本的禁書。

但他並沒有說他和傑手淫的事，更沒有說艾阿姨的乳罩和內褲。父親沒有說話，卻去找了艾阿姨。

艾阿姨說：「豪伢子，你做得對，小傑真是氣死我了！」他心裡就更緊張，也很羞愧，覺得自己背叛了朋友，是一個叛徒！他也害怕傑來找他，責問他。所以他又去找傑，說父親在檢查作業時發現了書包裡的手抄本。「艾阿姨肯定會打你的，你趕緊出去躲幾天吧。」他說。傑很感激他，以為自己的罪行敗露了，就出去躲了幾天，艾阿姨到處找，都急瘋了……

所有的事情似乎都在打擊他，他再也沒有朋友了，他是不配有朋友的。他翻江倒海地想去死，但沒有用。死不僅需要膽量，還需要藝術；他還沒有掌握這門手藝，差得遠，憑他自己是死不了的……

這個時候晶就出現了，以一種不可能有結果的主人公的姿態說：「豪，我們一起做作業吧。」他知道她一定是遇上難題了，不會做。好吧，他去了，她是同學中唯一一個有自己宿舍的女孩，而且她的宿舍還與她父母的家不在一幢樓裡……

他們是同班同學，她是他的班長，大他一歲多，高出大半個頭。十五歲半了，學習很努力，作業本很乾淨，寫字要用橡皮擦，一筆一畫很整齊。但是不行，她成績不行，中下等，再努力再認真也只是中下等。但體育很好，是初三班唯一一個上體育課時乳房可以使勁地上下跳動的人，還在全地區的中學生運動會上得過鉛球比賽冠軍……

就是這麼一個很上進、很正派的人，當他的口音在班上引起鬨堂大笑時，總是站出來要大家尊重新同學、愛護新同學、幫助新同學……，他心裡是很感激的。她應該也是最早發現他潛力的人，總是信任他、鼓勵他，還差點成了他的入團介紹人。後來他的成績上去了，成了尖子生，她就經常說：「豪，我們一起做作業吧。」他們就一起做作業，他告訴她這道題要這樣做，那道題要那樣做。他其實是看不起她的，認為她智商太低；可她呢，每次都會在做完作業後給他沖一杯麥乳精，還給他講她父親的故事，講她父親如何在鄉下刻苦學習，又如何考上了大學，成了大學教授。其實只是一所地區師範學校的老師，和他一樣也是鄉下來的——一個孤單的苦孩子！所以她看見他就想起自己的父親，她相信今後他也會像她父親一樣有前途。她對有上進心的人的關心與幫助是無私的。但他不喜歡，他討厭她臉上的雀斑，討厭她的體型和幹部作風。她的體型太高大了，作業本太認真也太乾淨了。要命的是她有鼻炎，還總是吃糖蒜；他受不了她老是在擤鼻涕，更受不了她說話時刺鼻的糖蒜味……。雖然如此，她叫他，說：「豪，我們一起做作業吧。」他還是會跟著去。他父親呢，對於晶，對於他和晶經常在一起做作業從來都沒有說過一句話，他好像什麼也沒有看見似的……

雖然已經到了一個地區級城市，但風氣未開，生活依然是沉悶的。父親的那所學校算是個例外，它有很多年輕的學生，還總在週末放露天電影。大家都盼著週末放電影，尤其是那些朦朦朧朧的少男少女們，如果一個人晚上能吃上一份紅燒肉，吃完又去河邊散了步，散完步又去操場上看了露天電影，看電影時身邊正好坐著一位女同學，那位女同學又剛好用香皂洗了澡，用洗髮水洗了頭，那這個人的週末就可以說是幸福死了……。他呢，很不幸，正好就有了這麼一個幸福的週末。或者，即便不能算是幸福，那至少也應該算是迷亂——是的，一個煩躁而迷亂的週末，在放露天電影的操場上，他剛坐下，就看見晶悄悄地坐在了他的身邊，而且她一定剛用香皂洗完澡，用洗髮水洗完頭。她一邊坐在他旁邊看電影，一邊梳頭髮。她的神態從容、大方、自然，彷彿就該是她邊梳頭邊與他一起看電影似的。晚風不斷吹來她身上的氣味，香皂和洗髮水的香味，也吹來了她十五歲半的體香。這些香味和體香又讓他想起艾阿姨，想起他和傑的手淫。他在這樣的氣味中已經迷亂了一段時間了，這次也是。他心猿意馬，一隻手搭在了她的椅子上；她明顯地感覺到了，因為她的手正在一釐米一釐米地移動過來；他們的手碰到一起了，像觸電一樣閃了一下，馬上就分開了；但馬上就又一釐米一釐米地移了過去。兩隻手最後握在一起了，很熱烈，一層汗一層汗地握在一起了，之後就是他們的膽大妄為，他們的呼吸都急促起來了……

所有這些都是令人緊張的，是很嚇人、很流氓的。他十四歲，她十五歲半；他不是不想，而是害怕，總覺得自己已經墮落，剛發生艾阿姨的事馬上就不安分了，才十四歲，眼看著就要成為一個壞人……

之後晶再說：「豪，我們一起做作業吧。」他就像聽見罪惡在召喚似的；他真的不敢再往前走了，而且，這罪惡之中還混雜著他討厭的糖蒜味……。但是，鬼使神差，每次晶說：「我們一起做作業吧。」他都會情不自禁地跟著去。有一天，他和父親吵架，父親的手一揮，說：「你給我滾！」他哭著就跑了出去。先是跑到學校的花園裡、操場上，之後又跑出校門，跑到了河邊，最後他跑到了她的宿舍，他說：「我不回家了，你收留我吧。」她勸他，讓他回去，最後又說：「唉，弟弟，你真讓我為難，你回去我又怕你爸打你！」最後她收留了他。

那天晚上，她叫他弟弟，她是第一次這樣叫他，一年之後又叫過一次，以後就不再叫了。自從上次在操場上看露天電影，他們就再也不是一般的同學關係了……

他們躺在一張單人床上，她太高大，床又太小，兩個人是躺不下的，只好緊貼著抱在一起。但根本睡不著，怎麼能睡著呢？她的乳房貼著他，嘴唇也貼在了他的臉頰上。多麼結實、多麼有彈性的乳房，他摸了它，她沒有拒絕，還自己解開了扣子。可他太笨，那麼渾圓的乳房他不會摸，只會捏。她說：「疼！」他就停下了，老老實實地抱著她睡覺。可還是睡不著，最後，他爬到她身上，使勁地解她的褲子，可褲子是解不開的，她不配合，只是躺在那裡不動；他又解，依然解不開。突然就聽見了艾阿姨的哈哈大笑，他沮喪極了，也絕望極了，最後居然在她身上悄悄地哭了起來……

孟大夫說：你兒子暈倒了，壓力太大，精神太緊張，學校讓他休學。事實上，是生病這件事救了他，讓他從一片望不到頭的泥沼走到了一個山區的平原……

三

今天我們通過回憶觀察他，觀察三十多年前一個少年情欲形成的過程。那個時候還沒有「情欲」這個詞，在任何書中這個詞都是禁止的。所以，它既不歸屬於一本動物學辭典，也不歸屬於一本文學、藝術或道德辭典。我們現在當然可以預設多個問題，比如：情欲究竟是如何形成的？它更多的是一種自然現象還是社會、文化現象？它和愛情是一種什麼關係？它是如何塑造一個人的性格與精神的？……但那個時候不可能問這些問題，問這些問題是會犯錯誤的，或者會被人認為神經有病。然而我們永遠都會問一些更原始也更本質的問題，比如：我們是從哪裡來的？我們很小就這樣問，一代又一代人不停地這樣問。通常，父母都會這樣回答：「你是從街上撿回來的。」這個回答其實很傻，因為有些孩子愛刨根問柢：「那我父母是誰？他們為什麼要把我扔在街上？」他們會懷疑自己不是親生的，他們一定另有父母。一旦這樣想，就容易發生節外生枝的事情。外婆總是說：「傻孩子，長大了你就會知道了。」於是他天天盼著長大；可長大了他依然不知道，反而有了更多的問題。比如他是父母愛情的結晶嗎？還是僅僅是情欲粗魯的結果？你看，他在問愛情了，這是十分麻煩的。他接下來就會問美醜善惡，因為基於愛情的性與生育是美好的，也是道德的，反之則醜惡……。所有這些問題都會讓他的人生變得艱難，並慢慢地與這個世界產生疏離感。他與父母的疏離感就源自於他有太多的疑問。一個問題少年就像那些有毒的菌子，看上去很好看，但會毒死人。

「你知道你是從哪裡來的嗎？」在唐家山，民表舅這樣問他。

「知道呵，是我媽從街上撿回來的。」他說。民表舅哈哈大笑。他在九獅嶺放牛，是一個很會唱山歌也很會講故事的老鰥夫。九獅嶺是唐家山的墳場，他經常跟民表舅去那裡放牛，在那裡捉蛐蛐、知了、螞蚱；也在那裡聽民表舅唱山歌、講故事。那時候他十一歲，一歲起就跟外婆在唐家山生活，不知不覺就十一歲了。

「不對，你是你爸和你媽搞出來的。」民表舅說。至於怎麼搞？他用左手的大拇指和食指捏成一個小圓圈，用右手的食指往小圓圈裡杵。「這就是搞，男的的小屌杵到女的的洞洞裡去。」他知道男的都有小屌屌，女的都有小洞洞；可依他的經驗，小屌軟綿綿的，怎麼可能杵到女的的洞洞裡去呢？至於他自己，好像從來都沒有看見父母在一起，又怎麼可能搞出他來呢？民表舅就說：「不急，還沒到時候呢。」他就等，每天早晨起床撒尿都要看一眼自己的小屌屌。過了很長時間，小屌還是軟綿綿的——你看，他才十一歲，還沒發育，但心裡十分好奇，也很著急。

一天，他和民表舅上山放牛，不小心被野蜂螫了，臉上和嘴上都腫了，火辣辣地疼。民表舅說：「得趕緊找奶，奶是消腫的。」外婆就帶他去找文表嫂。文表嫂剛生完孩子，正下奶呢，看他腫得那麼狼狽，就解開衣襟往他臉上擠奶。他滿臉通紅，臉和嘴都碰到了文表嫂脹鼓鼓的乳房。他憋著氣，不敢呼吸，更不敢抬頭，卻看見兩道強光向他罩下來，圓圓的，鼓鼓的，彷彿有千鈞之力，把他罩住，壓得他喘不過氣來……。從此之後，他的小屌經常都會硬起來；不久不僅早晨硬，中午太陽烈也會硬，甚至比早晨還硬，硬邦邦的。這變化弄得他挺不好意思的，民表舅見了他又總是問：「小屌硬了吧？」他就更加不好意思。到了夏天，他要求外婆給他穿長褲，以防小屌硬邦邦，一不小心就翹起來。但是，穿了長褲也不管用，小屌依然會硬邦邦，一不小心就翹起來。他沒有辦法，只好將手插進褲兜，小屌翹起來的時候就在褲兜裡將小屌按住。可這樣，走路的樣子就很怪異。民表舅見了就更加取笑：「看，他小屌硬邦邦，走路要用手按。」有時候遇見人多，尤其是女人扎堆的時候，他更會這樣說，還會趁他不注意猛地拉下他的褲子。「看，他小屌硬邦邦，都長毛了。」女人們就哈哈大笑：「哪長毛了？沒長毛！」……他恨死民表舅了，但他毫無辦法，他的小屌的確硬邦邦，也的確沒長毛。他有短處捏在人家手裡，只好繞道走。小屌硬邦邦，開始了他一生的孤獨與煩惱，也結束了他天真無邪的童年時光；他就這樣進入了少年時代，一步一步地變成了一個壞人……

在唐家山，與情欲有關的東西是很多的。那裡的山歌民謠大都含有優美的情色內容，其中一些還會有露骨的性描寫。唐家山的女人吵架就很有味道，通常會如唱歌一般抖出對方的性細節來，而且還一定會邊吵邊做出某些動作，比如一方罵「我屌你媽」，身子往前翹一下；另一方一定回罵「我屌你媽」，身子也往前翹一下。雙方邊罵邊翹，越翹越近，最後翹在一起了，兩個身子都貼在一起了，還繼續翹。翹到最有趣時，一定會有一個年長的男子出來說話：「三嫂子，二嫂子，你兩個怎麼屌嘛，連傢伙都沒得喲。」一眾人就哄堂大笑，兩個吵架的女人也會笑起來，架自然也不吵了，大家都笑成一團，在艱難歲月裡度過一個開心的時刻……

自從見了文表嫂的乳房，他就開始躲她。但文表嫂的家與外婆的家只隔了三間房，無論怎麼躲，一天也總要見幾回。文表嫂自然不知道他在躲她，所以每回餵孩子依然會撩起上衣，露出大半個乳房和一小截肚皮來。有幾次，他甚至還看見了她的紅褲帶。他低著頭從她身邊走過，她大半個乳房和一小截肚皮形成的強光會照得他滿臉通紅，他的兩條腿彷彿都要種在她身邊了，半步也挪不動。偏偏這個時候又總會碰見民表舅，民表舅照例也會問：「小屌硬邦邦啦？」他真是要死過去。他怕見民表舅，更怕見文表嫂，但越怕他就越想見她。到了晚上，文表嫂那大半個乳房和一小截肚皮形成的強光就會照著他，她的紅褲帶更像是墳地裡的鬼火一樣，在他面前飄來飄去。他無邪的黑夜變成了白夜，他開始多夢並失眠。

越怕越躲，越躲越想，越想就越怕……，文表嫂就這樣不知不覺地培養了他對一個女人的思念與情欲。他小心翼翼地觀察文表嫂的習慣——什麼時候起床，什麼時候上廁所，什麼時候給孩子餵奶，什麼時候睡午覺……，他都清楚極了。他甚至還聽見過她撒尿的聲音，看見過她大大的、圓圓的白屁股；有幾次他還看見了她的毛……。他無可奈何地墮落下去，他想割掉自己的小屌，可是又不敢，直到文表嫂吃老鼠藥死了，直到三妹和她媽——董校長到了唐家山……

他和三妹有一種天然的親近關係，大約是因為她父親與他爺爺都是縣城裡的名醫，他們都是有戶口的城裡人，是知識分子「臭老九」的後代，也都是因為家裡落了難才到唐家山來的。所以，自從三妹來了之後，他和唐家山表姐妹的來往就少了許多。他成天和三妹在一起，帶她去捉蜻蜓和蝴蝶，教她唱從民表舅那裡學來的山歌。他爬樹、摸蝦、捉泥鰍、做彈子槍、滾鐵環，還教她養蠶……，向她盡情表現他已經是一個很能幹的男人了。與唐家山的表姐妹不同，三妹是洋氣的，她的身上總有一股好聞的氣味。她在夏天穿裙子，冬天抹雪花膏。她的頭髮永遠都梳得整整齊齊的，還別了一隻粉綠色的髮夾。她甚至還有一雙亮鋥鋥的小皮鞋，是她媽回上海探親時帶回來的。她媽是上海人，她爸——歐陽醫生是長沙人，她帶給他對大城市女孩的想像與欲望。事實上，三妹是他生命中的第一個貴族，是他的冬妮婭。他們天天一起上學，一起做作業，一起玩。他開始討厭唐家山表姐妹身上的桐油味——她們用桐油梳頭。三妹愛讀書，他也愛讀書，他們有和唐家山的表兄弟、表姐妹不一樣的氣質與趣味。但他已經受過唐家山好幾年鄉村文化的薰陶了，比三妹的見識要更多、更大膽，也更野。他一直想摸文表嫂的脖子和蓮表姐用紅頭繩繫著的辮子，這回卻在三妹身上如了願。他聞三妹身上好聞的氣味，摸，還親她的脖子，她都從未拒絕。她真是溫柔極了，母親有一次竟對董校長說：「我們做兒女親家吧。」——這句話，他是能聽懂的。是的，他們門當戶對，形影不離；連唐家山的人都開玩笑說三妹是七仙女下凡，他是那愛讀書的董永，他們就是唐家山的「天仙配」。但是，樸素的唐家山人這回真是錯了，他已經受過民表舅的啟蒙教育，幻想過蓮表姐用紅頭繩繫著的長辮子，甚至還看過文表嫂又大又圓的白屁股。他比董永可壞多了。

他同樣用了民表舅的辦法，問三妹知不知道自己是從哪裡來的。她說：

「知道呵，是我媽從街上撿回來的。」

他聽了也哈哈大笑，說：「不對，是你爸和你媽搞出來的。」

至於什麼是搞，他也用左手的大拇指和食指捏成了一個圓圈，用右手的食指往圓圈裡杵。

「這就是搞，男的小屌杵到女的的洞洞裡去。」

他又現身說法，讓三妹看了自己的小屌，威武雄壯。三妹滿臉通紅，頭勾得低低的，小聲地說他毫無道理。他要她脫下褲子，看自己是不是只有小洞洞。

「女的生了小洞洞，就是給男的的小屌屌搞的。搞，就是生孩子，你爸搞你媽，就生下了你。」他爭辯道。他見多識廣，比三妹大三歲，他的話是對的，但三妹不同意，她滿臉通紅，不再理他。

溫順、優雅、愛讀書、好教養的三妹，每天照舊和他一起去上學，一起做作業，一起玩；她依然讓他拉她的手，親她的脖子。他們不再討論生孩子的事。他想看一看她的小洞洞也一直沒有機會。他偷看過文表嫂的屁股，也聽見過文表嫂撒尿的聲音，但他從未見過女人的洞洞。文表嫂已經死了，喝老鼠藥死了。自從文表嫂死了之後，他的小屌就再也沒有硬過。他私下裡懷念小屌硬邦邦的感覺，很想讓小屌再硬一次，也很想看看女人的小洞洞。這機會只在三妹身上，他伺機等待，機會果然就來了。

好幾年的冬天，大人們都要去九嶷山修水庫，空寂的唐家山便只剩下老人和孩子。這樣的冬天當然成了孩子們的天堂。因為沒人管，孩子們就撒開了玩。玩的花樣可多了，有擲煙盒、打野仗、賽鐵環、鬥水槍、踢毽子、跳皮筋、捉迷藏……，那可真是一段無憂無慮的快樂時光！其中擲煙盒、打野仗、賽鐵環、鬥水槍純粹是男孩子的遊戲；踢毽子、跳皮筋、捉迷藏則是男女共同玩的。凡是男女共同玩的，他就和三妹一起參加。他就是在一次捉迷藏的遊戲中與三妹開始肌膚之親的。那個時候的捉迷藏與現在幼稚園的捉迷藏完全不同。唐家山有廣闊的田野，家家戶戶都有藏紅薯的地窖，有牛欄和草垛。往任何一個草垛中一藏，都不會輕易被找到。所以一場遊戲有時候要玩好幾個小時。一次他和三妹正好都藏在大舅的牛欄裡，他們共同發現了一間閣樓，堆著雜物和乾草。鑽進草垛，屏住呼吸，過一兩個小時也沒人找著。他摟住三妹，貪婪地吸吮她身上的氣味。她好聞的體味和稻草金黃色的氣味混在一起，讓他如癡如醉，他握住她的小手，親她的臉和脖子。他小心地解開了她的棉襖，她很溫順，沒有推拒。他伸進她的小衣，她也沒有推拒；身體反而更緊地靠著他，頭也埋進了他的懷裡。他再進一步，解開了她的褲子，她顫抖起來。

「小孩真的是搞出來的嗎？」她聲如蚊音地問。

「是的，是搞出來的。」他回答，也顫抖起來。

「要是有個小女孩，我就可以做媽媽了！」她說。

「是的，是的！」他慌亂地脫掉了她的褲子，又掏出他的小屌屌，放在了她的小洞洞邊。可小屌軟綿綿的，怎麼也硬不起來，更不可能杵進她的洞洞裡去。他沮喪極了，只好重新穿上褲子。後來，又有幾次，他和三妹又躲在了大舅的牛欄裡，他們再次嘗試，可不爭氣的小屌還是軟綿綿的。他不明白，自從見了文表嫂的乳房，他的小屌已經硬了有小半年了，文表嫂死了，他的小屌就沒有再硬過；甚至已經放在了三妹的洞洞邊，卻還是軟綿綿的。他懷疑民表舅對他說的「搞」——將男的的小屌杵到女的的洞洞裡去是錯了，小屌不應該杵到洞洞裡，而是另有去處。但正確的去處在哪裡？他在三妹身上找來找去也沒找著。他對於搞依然懵懂無知，直到十三歲去了地區，認識了傑，知道了手淫這碼事，他才有了更進一步的認識，但也只是知道了「精」而已……

四

這些都是不算數的，是兩個孩子的遊戲而已；在好奇心的驅使下探尋自己的身體。身體遊戲，這種現象是存在的，在動物身上就有，很普遍。兩個孩子，男的十二歲，女的還不到九歲。女孩才九歲就想當媽媽，這是天性，從她第一次有了布娃娃就開始有了。所以母性就是天性。但男孩不同，男孩的身體遊戲完全是生理上的。小男孩豪是被民表舅的「搞」誘惑著才想文表嫂和三妹的，他想弄清楚「搞」是怎麼回事。「搞」對他來說是重要的，但絕沒有父性意識。他只是想和三妹在一起「搞」一下，三妹卻想當「媽媽」；這兩者是不同的。一個男人的父性意識至少要在三十歲以後才慢慢成形，而且還要經過歲月千百次的鍛造。有些人，像他父親則要在五六十歲之後才意識到自己是個父親，才意識到自己其實很愛他那討人嫌的兒子……

身體遊戲更多的是本能，是好奇心，而不是羞怯與害怕。害怕是後來才出現的，是在文表嫂死了，尤其是艾阿姨哈哈大笑之後。讓他害怕的其實並不是搞，而是嘲笑與罪惡意識。「搞」其實是單純的，所以與鄉下相比，地區只是一個讓他強化了自尊心和罪惡感的地方。在那裡，他總感覺到自己在被嘲笑，更感覺到自己是一個壞人。好人需要一輩子的修為與歷練，好習慣也需要慢慢培養。但壞人不是，成為一個壞人是一下子的事情，是在他第一次手淫之後一瞬間發生的。聞艾阿姨的內褲和手淫是一個簡單、粗魯、一氣呵成的動作，一剎那，「精」就出來了，他的腦子「轟」的一聲，他立即就知道自己已經成了一個壞人……

他很早就聽說過，也很早就見過壞人。在唐家山，偷人是一件很不光彩的事，偷人被抓住是要剁掉兩個手指頭的，「三隻手」是一輩子的汙點，去不掉的。右手是「三隻手」還好，不過是小偷；左手是「三隻手」就嚴重了，是大偷。大偷就是偷人，那是一輩子都抬不起頭的……。你能想像一個男人，無論他長得多麼周正，穿得多麼光鮮，卻是「三隻手」並坐在你身邊嗎？這個道理他是明白的，所以，他在有了「精」，尤其是被艾阿姨哈哈大笑之後就經常夢見自己被人抓住，還抓了現行，然後被按在地上

「啪」的一聲就剁去了兩根手指頭。不用說，他的前途、名譽、尊嚴都沒有了，父母會被他氣死，走到哪裡他都會被人認出來，然後指指點點，他已經四處遭人唾棄……

所以，那個晚上，他爬在晶的身上，解不開她的褲子，怎麼也解不開；之後又聽見艾阿姨哈哈大笑，他居然爬在晶身上悄悄地哭了……

其實，褲子是解得開的，世上怎麼會有解不開的褲子呢？是恐懼心讓他解不開，也是恐懼心讓他悄悄地哭。實際上，還是恐懼心在最後救了他，不然他的第一次就會帶著刺鼻的糖蒜味，是有鼻炎並不斷擤鼻涕的第一次……

現在，他不得不再一次回憶文表嫂的死。他在以前的書裡曾經寫過這段往事。其實，豈止是文表嫂，包括他的父親，包括民表舅、三妹、晶、傑、艾阿姨和秀他都曾經寫過。這篇小說從某方面講只是在重複他以前說過的話。他只有重複，他之後的人生就像是再也沒有新東西似的。重複是他的主題，是他一生的主旋律；這旋律破破爛爛，不斷地發出嚙啃聲。他的人生在唐家山就已經定格，以後聽見的不過是記憶深處的嚙啃聲……

事實上同一個人、同一句話在不同情境下的意義是完全不一樣的。比如說「我愛你」——這句話有時候是情真意切，是浪漫而美好的人生的開始；有時候卻是冷冰冰的，是一種反諷，其含義是絕望、厭惡與仇恨。「我恨你」也是，它有時候是在發嗲，是一句飽含著濃濃愛意的情話；有時候卻是真正的憤怒，是白刀子進紅刀子出，是人生的兇光與噩夢……。砒霜既是毒藥也可以入藥，完全取決於什麼人以及在什麼情況下用……

他繼續回憶文表嫂的死……。他曾經想：如果他一直待在唐家山，待在那個小鎮，他的罪惡可能要小得多，也不會受那麼多罪，走那麼多彎路。但這是不可能的。人總要往前走，就像飛蛾撲火……。飛蛾撲火——就像是他的人生寫照，在鄉下也未必就能倖免，鄉下也有鄉下的罪惡。如果他一直待下去，待到三妹的前胸發育成形，他的人生又會怎樣呢？不僅鄉下也有鄉下的罪惡，鄉下還有它的血腥與殘暴，文表嫂是這樣，秀也是這樣……。文表嫂，她死了，是喝老鼠藥死的，他可能迴避或忘記嗎？當然不能。文表嫂是他的情愛之源，也是他長期梗塞在心裡的悲哀，他是不可能迴避的……

前面已經講過，民表舅是一位老鰥夫。通常老鰥夫是很容易被人當作老流氓的，而且比小流氓要更下流、更齷齪。所以，在唐家山，十來歲的小女孩都要被人警告：「見到民要躲遠一點。」五六歲或更小一些的女孩，如果一直哭個不停，哥哥姐姐只要說：「民來了！」哭聲立即就會止住。民表舅的生活因此不堪，鬍子拉碴的，頭髮半年都不理，一年四季也沒個換洗衣服。冬天呢則永遠穿了那身只剩一粒扣子，還四處露著棉絮的棉衣，用一根草繩繫在腰上。日子越不堪，人就越猥瑣。所以在唐家山民表舅只能放牛。放牛當然也是比較輕鬆的農活，將牛趕到山上後，大部分時間便只躺在山坡上，叼了根狗尾巴草曬太陽、唱歌、看天上的雲彩。太陽落山了，便悠悠閒閒地騎在牛背上回家。民表舅放了幾年牛，竟成了遠近聞名最會唱山歌也最會講故事的人。所以，唐家山的小夥子、小媳婦是歡迎他的。一到冬天農閒時，小夥子、小媳婦便都端了飯碗，聚在他屋前的小壩子上，開開心心地聽他講一兩個小時的故事與笑話，並由這些故事與笑話引出若干趣聞與情事來。在他的印象裡，冬天在民表舅屋前聽他講故事、說笑話、唱山歌，幾乎是唐家山唯一的新聞與娛樂時間。但後來民表舅被抓了起來。婦女主任認為他講的都是騷故事，唱的都是騷歌，是藉講故事、唱山歌來惡毒攻擊黨、攻擊黨中央、攻擊新中國廣大的婦女同志，已經犯了現行反革命罪；民兵連長同意婦女主任的觀點，認為民表舅聚眾講故事，人氣已遠遠超過大隊革委會組織的會議，分明就是階級鬥爭的新動向。他大舅當時是大隊革委會主任，最後發言說：「民不過是個農民，大字不識一個，連縣城都沒去過，黨中央在哪裡更是搞不清；連黨中央在哪裡都搞不清又怎麼去攻擊呢？」所以只能算是有流氓思想，開個批鬥會，定個「流氓思想罪」，以後「只准老老實實，不准亂說亂動」就算了。民表舅在批鬥會上認了罪，戴上了「流氓思想罪」的帽子，以後便再也不敢說笑唱歌，唐家山說笑唱歌的歷史也就停了好幾年……

老鰥夫民死了老婆後猥瑣了好幾年，但他會唱山歌、講故事又熱鬧了好幾年，因為唱山歌、講故事，犯了「流氓思想罪」又猥瑣了好幾年。他眼看著就老了。但他老了，兒子卻成長起來，民表舅的獨子，他叫做文表哥的，在父親的山歌和民謠中長大，竟成了唐家山最靈性也最秀美的孩子。文表哥高中畢業後回到村裡，經人介紹認識了文表嫂，不久就結了婚。民表舅家有了這麼一個兒媳婦日子也就開始好起來。不僅文表哥，連民表舅也穿戴整齊，剃了鬍子，理了頭髮。不久，文表嫂又懷了孕，生了一個像文表哥一樣清秀的兒子。遠近的人都說，搭幫有了文表嫂，民表舅一家人才過上了好日子。但唐家山的人，尤其是老人們並不這麼看。因為文表嫂長得太妖，他們懷疑文表哥是踩了菜花蛇才娶到文表嫂的，文表嫂是菜花蛇變的。文表哥既然娶了蛇精，早晚都會倒楣。

按照唐家山的邏輯，一個女人長得太妖則一定是某種精怪變的，最妖的便是蛇精。一個人若在山上踩了蛇，又未被蛇咬，那蛇就極有可能會變成一個美婦人嫁給他。文表嫂就是這樣一個美婦人。文表嫂的妖在於她長得豐乳肥臀，也在於她走路時扭扭揑揑的樣子。她的乳房就像兩個灌了水的豬尿脬一樣，不僅大，而且翹，還總在你面前上下跳動。據不小心碰過文表嫂乳房的人講，那兩團白肉簡直就是活物，只要碰一下，它就會暖暖地偎在你手裡……

家裡有這麼一個妖精，民表舅的好日子果然沒過兩年。先是文表哥在修水庫時被炸死了，之後就是文表嫂喝了老鼠藥……

文表嫂喝老鼠藥死了這件事在他看來一直都是蹊蹺的。據說先是婦女主任找民兵連長商量，民兵連長呢，也一直想揪出幾個特務或反革命分子來，而且他一直想搞文表嫂卻又從未得手。所以兩人志同道合，很快就弄出了一個方案來。民兵連長說，上次未能將民表舅弄成反革命分子已經很窩囊了，這回要弄就弄澈底，弄出一個痛打落水狗的大好局面，也弄出個永世不得翻身的喜人成果。

「村裡不是都說她是蛇精嗎？你不是一看見她的奶子尖尖的就來氣嗎？這回我們就讓這條蛇現了原

形，讓他和那個老王八蛋躺在一張床上去，我們抓他個現行。」

「那當然好，可怎麼樣才能將那個騷貨和老王八蛋弄到一張床上去呢？」

「那還不容易？只要讓老王八蛋喝點酒，再弄點藥……就可以了。」

兩人依計而行。先由民兵連長請民表舅出來喝酒，暗中在酒裡下了春藥；接著將喝得酩酊大醉的民表舅扶回家。賢淑的文表嫂一定會服侍公爹上床，酒和春藥這時一定會起作用，民在顛三倒四中一定會有不堪的行為，潛伏在一邊的民兵們關健的時候破門而入，正好將這對姦夫淫婦一把拿下……

文表嫂就是在這樣的精心設計中，在一個月明星疏的夜晚開始她的災難的。文表哥死了之後的這幾個月，她一直沉浸在悲痛中；她披麻戴孝，足不出戶，甚至都不知道村裡已到處都是有關她是蛇精的傳說，更不知道婦女主任和民兵連長已經將她設計好了。而之所以要設計她僅僅是因為她長得豐乳肥臀，因為她妖裡妖氣又沒讓民兵連長搞到手，因為文表哥死了而家裡沒有別的男人……

那個晚上的月亮真好，她喝了一碗稀飯就躺在了床上。正是仲夏時節，天是那麼的熱。她穿了一件小衣，斜倚在床頭，為不到一歲的兒子搧著扇子。月光從窗外瀉進來，又引起了她對文表哥無望的相思。她的淚滴在兒子的小臉上，不知不覺便在淚水迷濛中睡著了……

她是在睡夢中聽見急促的敲門聲的，那聲音簡直不是在敲而是在砸。她迷迷糊糊地下了床，打開門，一個男人便斜著身子重重地倒在了她的懷裡。她「呀」了一聲，藉著月光，才看清是公爹，已經喝得酩酊大醉，像一團爛泥。她費了好大的勁，才將公爹扶到床上，又打了熱水來為公爹擦臉，沒承想公爹竟一把將她抱住，一隻手迅猛地伸進了她的小衣，抓住了她高聳的奶子，另一隻手竟同時伸進了她的內褲。一陣麻酥酥的感覺像電流一樣擊中了她。她還沒反應過來，小衣便被撕掉了，褲子也被剝到了腳踝上，等她明白是怎麼一回事，便拚了命抓住自己的褲子，急切地叫道：「別，別這樣！」公爹已經完全像一頭野獸，將她壓在了床上，一張嘴喘著粗氣，咬住了她的乳頭；一隻手竟用手指杵進了她的下體……。她未及掙脫，婦女主任和民兵連長便衝了進來，四個民兵以迅雷不及掩耳之勢將她和民表舅按住，一下子就將他們扒了個精光，緊接著又用兩根捆豬的麻繩將他們捆在了一起。她喘過氣，這才看清楚滿屋子的人。「啊～啊～」她長長地、尖尖地、發瘋似地大叫起來，尖叫聲嚇醒了孩子，孩子大哭起來；孩子的哭聲緊隨著她的尖叫聲，衝向了光影朦朧的夜空。鄉村的月夜依然是美麗的，它並不理會已經降臨在民表舅和文表嫂身上的災難……

他和外婆被一陣急促的鑼聲吵醒了，他們爬起來，打開門，看見滿村的人都在往打穀坪跑。鑼聲一陣緊一陣地敲著，民表舅和文表嫂已經被吊在了村裡的籃球架下，月光照在文表嫂低垂的長髮上，她渾圓的乳房隱約可見。

「大家看，這就是那條毒蛇，美人蛇，蛇精！」

婦女主任聲嘶力竭地講了事情的經過，她控訴著民表舅與文表嫂的醜惡行徑，正以滿腔的正義與怒火揭示文表嫂是一條美人蛇的事實與真相。

「如果不是蛇精，一個人會有這樣的奶子，這樣的腰和這樣的屁股嗎？會和自己的公爹睡在一張床上去嗎？」

她拽住文表嫂的長髮，掐她的腰，拍打著她的屁股和奶子，又將一雙破鞋掛在了她的脖子上。

「她害死了文，現在又來害民。如果不是民兵連長火眼金睛，真不知她還要害多少人！」

「對於這樣的蛇精，我們怎麼辦？」

「燒死她！對，可就算是燒死她我們也不解恨，也不利於教育群眾，因此，從明天起，我們要讓他們光著身子吊在籃球架下示眾，也要讓她顯出蛇精的原形來！」

婦女主任的話激起了群眾的義憤。一部分群眾開始向文表嫂赤裸的身體吐口水；一部分群眾還脫了鞋，扔在文表嫂的脖子上。有人藉吐口水去摸文表嫂的屁股和奶子……，場面開始混亂；如果不是大舅趕來，真不知會弄出什麼亂子。大隊黨支部開了緊急會議，大舅取消了婦女主任和民兵連長對文表嫂和民表舅的示眾決定，叫人先將他們放回家，同時讓兩個民兵看管起來……

然而，第二天一早，看守的民兵便來報告，說民表舅和文表嫂都死了。文表嫂吃了好幾包老鼠藥，分明是畏罪自殺；民表舅則像是窒息死的。文表嫂和民表舅就這樣結束了自己的生命，文表嫂死了，卻並未現出蛇的原形。她反而是穿戴整齊，面帶著困惑的微笑走的……

沒有人能講清楚他們死亡的過程。據看守的民兵講，民表舅和文表嫂被押回家後，一直很安靜。民表舅就像一條被烤過的老狗，四肢彎曲著栽在了地上，第二天一早還保留著這樣的姿勢，他是在這樣的姿勢中死的，也許是在捆他或吊他的時候就已經死了。文表嫂甚至還洗了個澡，之後便躺在了床上。她一定不明白自己究竟做錯了什麼，竟會被人赤條條地捆了，吊在籃球架下示眾。她唯一清楚的是文表哥在喊她，她已經不想活了；她要穿戴整齊，帶著文表哥出殯時的那朵白花去找他。她對去找文表哥這件事是開心的，所以她死的時候還帶著微笑，那微笑雖然困惑卻完全發自內心……

五

文表嫂死了，不幸的是半年後外婆也死了。他在外婆死後就離開了唐家山。母親說慈祥的外婆是苦死的，一輩子都苦，沒享過一天福。這是事實。他那時還太小，不可能盡孝，可幾十年之後，他又為外婆做了些什麼呢？他連外婆的相貌都記不大清了，每當想起外婆，他心裡充滿的便只是關於死的聯想。唐家山更成了一個遠去的、與他的實際生活不相干的小鄉村……

多年以後，他在一本書裡看到「無常」這個詞，他覺得這個詞是如此熟悉和親近，就像一盞燈，一下子就照亮了他一直都在迷失的靈魂。這個看上去熱熱鬧鬧、生生不息的世界其實是沒有道理的，幸福與痛苦都莫名其妙。有段時間，唐家山人都說文表嫂其實是婦女主任害死的。婦女主任姓郝，原本也是唐家山的媳婦，卻成了婦女解放的典型；她是在離婚這件事上表現出了一個新中國農村婦女的覺悟而出的名，並得到了上級的提拔與重用。

二十世紀五〇年代，按照風俗，男人休妻，女人是要回娘家的。但郝主任不同意休妻，更不同意回娘家。她男人把她打得半死，她還是不同意回娘家去，而且還傷痕累累地去政府告狀。鄉婦女主任下來調查，問：「為什麼休妻？」她男人說：「她一沒胸二沒屁股，摸她就像摸男人！」鄉婦女主任聽了很生氣，因為她恰巧也是一沒胸二沒屁股的。又問郝主任，郝主任說：「可以離婚，但不能休妻。」鄉婦女主任聽了大為震驚；她沒想到《婚姻法》剛頒佈不久，唐家山竟出了這麼一個奇女子！結果，郝主任成了唐家山第一個將休妻改成了離婚的人，她沒有被休掉而是離了婚。「既然是離婚就得協商著離，夫妻財產要平分，另外要保留唐家山的戶，不能回娘家去。」她對鄉婦女主任說。鄉婦女主任在她身上發現了婦女解放的火種，她如願保留了唐家山的戶，還分得了兩間水磚房和一畝水田，當上了大隊婦女主任……。當了二十多年大隊婦女主任的郝主任，一直對前夫說她「一沒胸二沒屁股」耿耿於懷，豐乳肥臀的文表嫂自然成了她的天敵……

這些說法當然是有道理的，可也沒有任何證據證明郝主任僅僅是因為文表嫂長得太妖就害死了她。一個人太妖容易引起嫉妒；美導致嫉妒，嫉妒導致災禍，恰恰說明這個世界沒有道理可講。美與醜、善與惡一直在搏鬥，善與美幾乎每次都失敗，它們只能逃到人們的夢想中去……

出院後，母親帶他回過一次唐家山，他們去給外婆上墳。外婆的墳就在九獅嶺，她埋在了他和民表舅經常放牛的一個緩坡上。他病懨懨地站在外婆的墳前，心裡充滿了難以排遣的悲傷。他問民表舅和文表嫂的墳在哪裡，母親很驚訝，說：「你問這個幹什麼？太不吉利了。」他聽了心裡就堵得慌。也許文表嫂的確是一個不祥之人，唐家山早就沒有人再提起她了。世上有許多事是不能深究的，民表舅和文表嫂的死就是如此。他帶著對這個不祥之人的深刻記憶離開了唐家山，很多年之後，他讀到過一句詩：「離開，就是死了一點點。」……

如果回溯一下幾年前的事情，我們就可以確定：小男孩豪是在受到驚嚇之後，帶著巨大的恐懼心到地區去的。「搞」並沒有滿足他的好奇心，更沒有給他帶來真正的快樂。現在，好奇心還在，但已經屈從在恐懼心之下了；恐懼的力量從來都比好奇、快樂和夢想的力量大；人並不是因為快樂與希望才活著，人是因為恐懼才堅持著往前走的。「搞」所帶來的恐懼已遠遠超過它應該帶來的快樂，它讓他想到罪惡和「三隻手」，想到被一大群人吊在籃球架下示眾。這樣的時候，「搞」就變得畏縮不前。但它是頑強的，在他體內不可抑制地生長著。它以自己的方式，讓他對這個世界產生了新的衝動與好奇。所以，他到地區去的時候，「搞」也堅定不移地跟著去了，並且又開始對這個世界探頭探腦……

第一次手淫是快樂的，他快樂得幾乎要哭出來。他十三歲，應該嚎啕大哭一次，但他並沒有哭，而是發出了像哭一樣的嚎叫。這嚎叫讓他覺得自己長大了，有膽量和力量了，同時也讓他著迷，他不斷地想再來一次。可伴隨著那聲嚎叫射出來的「精」卻讓他產生了罪惡感。於是，嚎叫帶來的快樂與「精」帶出來的罪惡感就成了一對彷彿有世仇的兄弟，在他的意識中不斷地發生裂變與衝突……

當嚎叫帶來的快樂達到一定程度時，他體內的「搞」就開始膨脹，並變得肆無忌憚，還總是用「那種眼神」看艾阿姨；但是「那種眼神」很快就遭到了父親和艾阿姨的竊竊私語，也遭到了艾阿姨的哈哈大笑。於是，罪惡感與恐懼心再一次占上風，並讓他在晶的身上悄悄地哭了起來……

那個小鎮是極其貧乏的。它坐落在延綿群山之下的一個小平原上；再往前走三十里就是風景如畫的九嶷山。「萬里江山朝九嶷」，這是一句古語，因為幾千年前舜帝是在這裡駕崩的。群山之中因此有了一種帝王的豪邁與威儀，但卻是悲壯的，死亡的氣息幾千年來都籠罩著這片群山……。群山之中還有精緻恢弘的廟宇，美麗淒迷的愛情和意蘊深遠的神話……。但這些都是十四歲的豪不知道的，他的心智還沒有成熟到可以理解愛情、廟宇和神話的程度，他只是回來養病。

一回到小鎮他就收到了生平的第一封情書，是晶寫給他的，工工整整地寫了三四頁，還疊成了精巧的幾何形狀。他打開，聞到了一股香味，是他曾經聞到過的香皂和洗髮水的香味。他往下讀：

想起那個雪花紛揚的早晨，以及晴空萬里的翌日，我的心中依然不斷地飄著幸福的雪花。那一片一片的雪花都聯繫著你的面影，我思念你，甚至希望能生活在三百六十五天天天都下雪的國家裡。

如果我們生活在平安時代，你將會贈詩給我，我也將賦詩回贈……

我提出那麼任性的要求，你欣然就答應了，我很高興，請你不要以為這是我喜悅的全部。

最使我感到高興的是你那顆善良的心。你看透了隱藏在我這任性的願望底層的無可奈何的心情，你什麼也沒有說就帶我去賞雪了。你這顆善良的心，使我實現了隱藏在我內心深處的最羞恥的夢。

信的最後一句話是：切望閱後付諸一炬。

可這分明不是晶寫的，而是他若干年之後想像的一封情書。這封情書是三島由紀夫筆下的聰子寫給她的情人清顯的，行文十分優雅，卻又有著迸濺的官能性的表現。三島由紀夫在這本叫《春雪》的書中寫到：聰子似乎在告訴清顯真正的優雅是不怕任何淫亂的。

讀到這句話時，他的全身都為之一震。三島由紀夫接著又寫到：「聰子的優雅所具有的自由，甚至達到了淫亂的地步，對此，他感到妒忌和自卑……。」

這樣的境界正是他一生都在嚮往、期待和追求的。可像聰子那樣的女子，在現實生活中是不存在的；那種達到了淫亂地步的優雅，或者，那種不怕任何淫亂的優雅，是平庸的天性和庸常的生活不可能企及的……

事實上，聰子二十二歲就出家當了尼姑，清顯十八歲就病死了；三島由紀夫因為深重的憂鬱與絕望，四十七歲也自殺了……。那一年，他距清顯病死的年紀也只相差了四歲——任何生命，只要是美的就會變得脆弱！

晶當然不可能寫出這樣優雅的情書來，不僅寫不出來，應該一生都不可能讀懂。這是他們彼此隔膜的真正原因。她怎麼可能想像像聰子那樣卓越的女性呢？不可能的，將聰子的情書想像成晶的情書原本就是一個笑話，是他在長期的迷亂與困頓中美麗的意淫，是他絕望到死的夢想，而他正是因為這樣的夢想才活著並變得如此不幸的。

不過晶真來過一封情書，通篇都是他厭惡的道理與蠢話，就像她的鼻炎和糖蒜一樣。他無可救藥地厭惡她，又無可救藥地與她來往。因為她是他當時唯一一個現實中的女人，她仰慕他，願意為他沖麥乳精，願意讓他爬在自己身上悄悄地哭……

晶在信的結尾也寫了一句：閱後即毀。這是那個時代所有情書的格式，這樣的用語表明他們正在幹一件偷偷摸摸的事情。那個時候所有的戀人都這樣，所有的情書都必須寫上：閱後即毀！

不過晶隨信寄來了一本書——《少年維特的煩惱》，卻是他當時的一點小驚喜。他讀了，但是讀不懂；那個年代一個小城市的初中生讀不懂《少年維特的煩惱》。晶在信裡希望他讀這本書，並希望他寫一篇讀後感。他沒有寫，也沒有回信。他寧願一個人在小鎮上孤零零地待著。

多年之後他再讀這本書，知道它影響了好幾代歐洲人，一段時間曾流行維特式的服裝與維特式的自殺。可事實上他到了五十歲也並不真正理解《少年維特的煩惱》，一種文化怎麼能讓自殺成為美和時尚呢？在中國，人們只把自殺當作是失敗的極致；中國人是不可能有維特之心的，也沒有自殺之心。他們世世代代都相信「好死不如賴活」，這種他稱之為苟活的狀態正是他一生厭惡的事情……

回到小鎮，他還遇到了一件讓他心悸的事——母親告訴他，強伢子死了，是四個月前溺水死的。他心裡咯噔了一下。他既震驚又難受的心情是十分複雜的……。強伢子是母親一位朋友的兒子，也是他在母親身邊生活時唯一的玩伴。但讓他難受的卻是他還是母親的乾兒子。「你叫他弟弟。」第一次見到強伢子，母親就說；他十分震驚，心裡拚命抗拒。強伢子每天都哥哥長、哥哥短地跟在他後面，他真想掐死他……

那一年他離開唐家山到母親身邊，心裡是十分高興的。在唐家山的時候，他就總想母親，母親每個月去看他他都像是過節似的。他一直盼望到母親身邊去，但他去了，卻竄出這麼一個「弟弟」來，並且十分明顯地分享了母親本來只給他一個人的愛，他懷疑母親已經不忠，而且還十分粗魯地給了他這麼一個乾弟弟。他同時也覺得自己隨時都會離開母親……。現在強伢子死了，從某方面講，這個消息是讓他高興的——他死得多麼及時呵！但同時也讓他害怕，他不斷地聯想死，夢見自己死了，是上吊死的，他的死就像是某種控訴似的，吊在樹上，舌頭長長地伸出來，都發黑了，還不願意收回去……

母親工作的那所醫院非常小，小到只有七八個醫生。醫院孤零零地建在山坡上，山上有三棵蒼老的楓樹和幾座沒有名字的土墳。後面是一方小小的水塘，水塘裡養著幾隻鴨子和幾條草魚，水塘的邊上是一塊菜地和一個知青點。知青點裡有十幾個從縣城來的知青和兩頭豬。讓人驚愕的是知青點甚至有一個簡易的籃球場。球場是用三合土修建的，籃球架是幾根杉木支起來的；但每天吃完晚飯，他都能聽見知青們的雀躍聲……

他開始在小鎮上養病，雷醫生說在縣醫院住了兩個月院是很及時也很得法的，再吃一兩個月中藥，養一養就可以斷根了。問題是他的臉色依然很黃，雷醫生說沒事的，養養就好了。他就開始養。期間又收到過晶的信，讀那本《少年維特的煩惱》，早晚各喝一次雷醫生開的中藥……

除他之外醫院裡再也沒有小孩，只有各種病人和病人的呻吟聲；隔三差五就能看見血，有時候是一隻血肉模糊的手，有時候是腦袋開了瓢，纏滿了血紅的紗布……。那個時候他還在康復中，得肝炎的人是見不得血的，也見不得葷腥。母親總是說出去玩玩吧。可他能去哪裡玩呢？唯一的去處就是鎮上的鐵匠鋪和醫院後面的知青點；他每天都去鐵匠鋪看鐵匠打鐵，也去知青點看知青們打籃球，有時候他也看書，看那本《少年維特的煩惱》；他也想過給晶回信，但最終還是沒有寫。他能寫什麼呢？寫醫院後面水塘裡的那幾隻鴨子？寫鐵匠鋪的那個啞巴和瘸子？寫他百無聊賴地過著一天又一天，寫他們之間的那點事情？他摸她，兩人很激動，但都無所作為……

過了一個月，他的臉色似乎更黃了，黃得真難看，也沒有一點精神。要命的是他不吃東西，看見血腥就想吐。母親說這是牛肉，全都是瘦的，沒有一點血腥。他吃了幾次，氣色好些了，但隨後就知道那不是牛肉而是胎盤，是女人生孩子時帶出來的一塊血乎乎的死肉。他立即就吐了，連膽汁都吐了出去……。母親說，那是養人的，最有營養，你在養病，忍著再吃幾次吧。她是醫院唯一的婦產科醫生，說白了就是接生婆，弄胎盤是很方便的。可他不吃，甚至一提起那個東西就噁心……。「唐醫生，這樣不行，豪伢子不是病的問題，是心情的問題，這裡連個孩子都沒有，他才十四歲，需要有一些伴，讓他去公社中學插班吧。」他就去公社中學做了插班生，天天和秀在一起，身體一點一點地康復，臉色也變好了。雷醫生說這就對了。母親很感謝秀，每次下鄉回來都請她到家裡去吃飯，這是他最高興的一件事。母親提起胎盤的事，秀聽了哈哈大笑，說：「他那麼小，懂什麼？」其實他是懂的，似懂非懂。而且雷醫生也說他已經在發育了。他不服氣地反駁秀，說他馬上就十五歲了。秀說不管幾歲，你都得叫我滿姨；而且你太瘦小，看上去也就十二三歲，得吃東西。好吧，他的胃口開始好起來，很快就什麼都吃，他的病應該快好完了……

六

秀終於出場了！在這篇不長的小說中，曲裡拐彎了半天才讓秀出場是有緣故的。首先是他緊張，他確定不了秀出場的方式。他是在一個什麼樣的場景中與秀見面的？當時都說了些什麼？那天的天氣如何？其次是他不可能單憑回憶就讓秀出場，因為僅憑回憶秀是不真實的，也不完整。相當程度上秀是他的想像。當回憶與想像糾纏在一起並相互衝突時，他不知道該怎麼辦，他沉陷在這座迷宮太久了，根本就找不到出去的路。

簡單地說，秀是他母親的一位朋友的妹妹，是他養病期間當插班生的老師，教過他三個月的數學，他叫她滿姨。滿是小的意思，也就是說，秀是她家裡最小的孩子。他生病的那年，秀正好從一所師範學校畢業，在那所小鎮的公社中學教書，比他大八歲，快二十三了，在小鎮人的觀念裡，早到了嫁人的年紀。

他母親在那個小鎮工作時，有一個好朋友叫纖；患有嚴重的哮喘病，嚴重到每說幾句話都要停下來喘一喘的程度。因為這個毛病，三十多歲了也沒有嫁人，農活又幹不了，就在小鎮上開了一個裁縫鋪，靠給人裁衣服、做鞋墊維持生計。纖有四個姐妹，兩個姐姐，兩個妹妹，個個都貌美如花。她的大姐五〇年代就嫁到新疆去了，姐夫已經是一位高級幹部；二姐和大妹先後也嫁了人，一個在武漢，嫁給了石油工人；一個在青島，嫁給了海軍軍官。剩下一個滿妹，就是秀，當時剛從師範學校畢業。

纖一家不僅出美女，還出女幹部，這在小鎮上是很招人眼的。大家很多年都在議論，最有代表性的說法是從土改開始，纖的家裡就住工作組，之後每年搞運動也住工作組。工作組住得多了，當幹部的熟人和朋友也就多了，機會當然也就多了。可問題是為什麼工作組總是住在纖家裡？大家的結論也很簡單，纖的母親愛乾淨，人長得漂亮，房子也夠寬敞。事實也是，在那個偏僻的小鎮，纖一家是有名的美人窩；不僅母親、大姐、二姐、大妹、滿妹，連她自己（雖然有病）也算得上是美人，這在遠近也是出了名的。所以每次來工作組，便總是點名住在她家裡。也算是人之常情吧，不管搞什麼運動，能住在寬敞一些又有美人出入的環境中，心情總是愉快的，工作的熱情與幹勁也會更足。接下來，大家的想法就更深入了——每次來工作組，纖家裡就出女幹部，先是入黨，之後就是招工招幹；先是大姐，接著又是二姐和大妹，難道就沒有一點名堂？巧的是，纖的大妹有一次和男朋友約會被人堵在被窩裡了，這就有了證據，有了這個證據，大家的猜想就更大膽、更有底氣，結論當然也就更明確——從纖的母親到纖的大姐、二姐、大妹、滿妹，都一定和工作組的張組長、李組長、林組長、王組長睡過覺。唯獨例外的只有纖，因為她有病，她是不方便的；所以只有她沒有被招出去，而是留在小鎮上給人做衣服……

因為他母親是搞計畫生育的，同時也接生，是小鎮上人流、避孕、結紮方面的專家，所以很自然就被大家認為是纖一家亂搞最權威的證人。每次議論到關鍵處時，就總有人說：「你不信？不信去問唐醫生，唐醫生給做的人流！」

母親對自己無端地被當作這樣的證人是很惱火的；但她沒有辦法，她連罵人都找不到具體對象。而且她受黨的教育多年，深知群眾的眼睛是雪亮的，既然群眾的眼睛已經雪亮，她又有什麼可說的呢？所以對於好朋友纖一家所遭遇到的壞名聲，對於自己動不動就被人拿去當證人，她也只有不作聲。她既不能為纖一家辯解，也不能為自己辯解。再說了，流言無影，她也沒有辯解的機會……

以上就是秀的家庭背景，她出生在一個名聲不好的家庭。小鎮的傳統很深，名聲不好是抬不起頭來的，走到哪裡都有人指指點點。所以後來她名聲被毀就符合邏輯，也是必然的。這個背景也說明，小鎮上的人喜歡拿男人和女人那點事來說事，見不得人好；人長得漂亮就一定是禍患；人們對美是嫉妒的、有破壞欲的……

他幾年前就認識纖，也隱隱約約知道她們一家的壞名聲。但母親依然經常帶他去裁縫店玩；和母親在小鎮生活的時候，他的衣服似乎都是纖做的。有時候他也和母親去纖家裡吃飯，但他始終沒有見過秀。纖說秀十五歲就被招到縣祁劇團去了，她演李鐵梅很出名，還上過省裡的畫報；後來又從祁劇團到省裡的師範學校去讀書，只有寒暑假才回來。

他對於纖一家的壞名聲、對於秀，早就有好奇心。這次回來就更強烈；因為他在地區生活過一年，見過世面了，也有了自己的觀點和叛逆心。他對母親說大家是因為嫉妒才說纖阿姨一家人的壞話的。母親問：「你怎麼知道？」她是一個對什麼都懷疑的人，對沒有親眼見過的東西她是不相信的。這一點他與母親不同，他和他父親一樣喜歡做夢，他們總是流連在美麗的夢幻世界，那個世界其實是相當孤單和憂鬱的。

因為聽了雷醫生的話，母親就讓他到小鎮的中學去做插班生。纖說，這件事就交給秀吧，她正好在鎮上的中學教書。所以，秀就到他家裡來了。那是一個陽光燦爛的初冬的下午，空氣清爽而冷冽。他被人從小鎮的鐵匠鋪叫回來，他的神情是渙散的，臉頰百無聊賴地發黃。

「你不是一直想見滿姨嗎？滿姨今天來了。」他一進門，母親就說。他的臉立即就紅了，站在門口不敢進去，也不敢抬頭。母親不知道他已經通過畫報無數次想像過滿姨，她這樣說等於說穿了他的心思，當然令他十分窘迫。也許母親應該說：「這是奉老師，你可以叫她滿姨。」

「是從地區回來的豪伢子吧？都已經是見過大世面的人了，怎麼還臉紅呢？」秀笑盈盈地看著他，問他。他就更窘迫，彷彿臉紅已經暴露出了天大的祕密似的，而且她的話也讓他莫名其妙——什麼叫已經是見過大世面的人了？

「你才是從地區回來的呢，你還是從省裡回來的。」他傻乎乎地說了這麼一句。秀愣了一下，就說：「從地區回來的有什麼不好嗎？」

「別理他，他就這樣，有時候脾氣不好，什麼都要懂不懂的。」母親說，他就更惱火了，頂了母親一句：「你才是要懂不懂的！」

秀就笑了，說：「好，你什麼都懂，可以了吧。媽媽想讓你到我們學校去做插班生，你怎麼想？」

「隨便。」他又頂了一句，一副無所謂的樣子……

很多年之後，只要想起與秀第一次見面的情景，他就覺得既好笑又狼狽。他得有多蠢呵，站在那裡的樣子又有多難看呵！他連一句滿姨都沒有叫，無論如何，他都不應該那麼沒禮貌。他站在那裡，彷彿又在聽母親說：「說他懂吧，還真是什麼都不懂；說他不懂吧，講起話來又一套一套的。」

「這個年紀的小男孩都這樣，自尊心強，也很叛逆；再過幾年發育完了就好了。」她說。

什麼叫「發育完了就好了」呵！他聽了心裡就更不舒服；但他沒有再說話，也沒有走開，而是繼續傻乎乎地站在那裡聽她們商量。

「就在我們班上吧，正好我帶初三班。」秀說，又問他：「帶沒帶課本回來？」「落下的功課多不多？」「喜歡數學還是語文？」……總之彷彿是在清點貨物似的，母親交貨，她收貨，兩人還說悄悄話。

他知道母親是將他託付給了她；因為一到冬天她就要下鄉去，要在鄉下蹲點，搞計畫生育，有時候一走就是十幾天。

這就是他和秀的第一次見面，實在太糟糕了，與他想像中的見面完全不同。他想像的見面是在春天，他穿著一雙白球鞋，在一個花園裡散步；秀來了，問他手裡拿的是什麼，他說是《唐詩三百首》，秀問：「王維的詩你會背嗎？」他立即就背了，還背了李商隱的〈歸期〉。其實他是不懂的，他大約能背三十來首唐詩，但大部分都不懂。

不管怎樣，他都希望與秀的見面是在春天，在一個有花、有草、有露水的早春時節；他穿著他心愛的球鞋，放眼望去，萬物嫩綠，秀坐在草地上，她的長髮像瀑布一樣流過雪白的肩膀，也流過了嫩綠和嫩黃的草地。

那天他腦子裡都是秀和母親的對話，他認為那些對話傷了他的自尊心，他既沮喪又氣惱，心情不好，但晚上做夢還是夢見了她。

應該說他當時是被秀的美麗給弄傻了！他從未見過那麼長的辮子（長及腳踝），也沒有見過那麼誘人的身材，她的眼睛更像是山間的湖水，一直都在蕩漾……。他不理解世上怎麼會有那麼好看的女人，她的美和文表嫂、艾阿姨的美是不同的，可究竟怎麼不同他又講不清。艾阿姨沒有那麼長的辮子，也沒有那樣清澈和蕩漾的眼神。而且她一定不會像艾阿姨那樣哈哈大笑。她只可能微笑。她的長髮（後來她稱之為三千煩惱絲）則會像夢一樣讓他迷失……。總之，她完全像是一個夢中的美人，只可能和夢幻中的人相遇；她太虛幻、太遙遠了，就像一片雲一樣飄忽不定……

七

天又陰了，連續好幾天，天空都像長著八字眉的寡婦似的。雲又低又密，時不時就飄著小雨，有時還飄雪。周遭的稻田已經結了一層薄薄的冰，到處都是泥濘，泥濘中夾雜著雨水和雪水。

他已經開始去公社中學做插班生了，每天都會見到秀，聽她講課；母親下鄉的時候還和她一起吃飯。沒有任何一件讓人高興的事情，母親的醫院依然是不斷呻吟的病人；有時候是幾個人一起呻吟，在颳風的夜晚，和外面那三棵蒼老的楓樹的聲音混在一起，在醫院和外面的墳地裡穿來穿去，讓人感覺到無比悽惶與絕望。

從醫院到學校，要穿過一片稻田和一座孤零零的山。那座山真奇怪，像是被什麼遺棄了似的，很突兀地聳立在一大片稻田裡。有人說，那座山上有個洞，洞裡有一條眼鏡蛇，經常會竄出來攔住過往的人。他每天都要穿過那片稻田到學校去，四十多分鐘的路程，路過那座山時心裡就害怕。他覺得自己早晚都會碰上那條眼鏡蛇，那條蛇早晚會吃了他……

他一直遺憾他和秀是以那麼一種方式認識的——母親將他託付給她，他們的關係就定了調。上了一個月課，秀跟他母親說：「地區中學的程度和公社中學的程度是不同的，這樣插班豪伢子學不到東西，只會煩，不如讓他直接去高一班吧。」母親問：「那吃飯呢？」「還是跟我一起吃吧，吃完他自己回醫院。」他就去了高一班，但飯還是跟秀一起吃。

他們不大交談，在秀面前他依然是拘謹的。有時候他去學校太早，秀剛起床。「幫我梳頭吧。」她說。他就坐在一張小板凳上，仰起頭看她梳頭。她的頭髮如此之多，散開了幾乎可以把他遮掩住。她梳頭的姿勢也很好看，先是站著，將頭髮散開，一縷一縷很細緻地梳。秀髮如絲，在她手裡流動如水。長長的秀髮散發出異常神祕的氣息，在晨曦中，彷彿滿屋子都是絲的光影。他仰視著這光影的波動，全身心都沉陷在其中……。梳好頭，她便開始編辮子，這個時候她就要他幫她收拾掉落的頭髮。他一根一根地將頭髮撿起，小心地裝進她的一個小木盒裡。大約半小時，那條長及腳踝的辮子就編好了，她站起來，轉了轉身，又用鏡子上下左右地照了照，之後便嫣然一笑：「好看嗎？」

他享受著她的神祕與美麗，彷彿全身都在顫抖。他可憐地央求她：「我不想再叫你滿姨了。」

「那叫什麼呢？叫姐，唐醫生該罵我了。」

他低著頭，不知道說些什麼。

「詩背好了嗎？小鼻涕孩！」她摸了摸他的頭，叫他小鼻涕孩，完全沒有理會他心裡微妙的變化。

他既生氣又沮喪，很想直接說：「秀，以後我就叫你秀吧！」然而他不敢。

只有背詩這件事與他想像中是相像的。她每天讓他背一首詩，也檢查他的作業。這是他喜歡的，詩歌在傳遞微妙的情感。他一直都喜歡讀書，功課也很好，即便在高一班，成績也很快就上去了。除了喜歡，他心裡也很清楚，他不可能在小鎮上待下去，也不想和父親再待在地區的那間宿舍裡。他得儘快考上大學離開，他是屬於一個遙遠的大城市的。這些想法他都跟秀說了，也跟她講了他和父親在一起的生活。他對父親是很不滿的。她很支持他想早點考上大學的想法，也支持他去一個更大的城市。但她說：「你太敏感，想得也太多了，才十四歲，不該想那麼多！」她跟他母親也說：「豪伢子學習沒問題，但心事太重了！」

他對這些話是很反感的，對他們之間的託付關係就更反感。這種關係只會讓她把他當作一個小鼻涕孩。她甚至不同意他看《少年維特的煩惱》，她問：

「這是你看的書嗎？」

「以後不要再看這樣的書了，這本書在我們學校都是禁書。」

他很反感她這樣說，和她爭辯，說：「這是一本世界名著。」

「總之，不要看了，才十四歲有什麼煩惱呵！」他更加不滿，雖然沒有再反駁，但心裡悶悶不樂。

有些小事在微妙地影響和改變他們的關係。

前面講過，他經常蹲在知青點的籃球場看知青們打籃球。他也想打，想成為他們的一員，也能運球、傳球和投球。但這不可能，他太瘦小了，又在養病，他們是不可能讓他上場的。籃球對他而言只能是夢想，是不可觸摸的。但有一次，機會來了。知青們在比賽時，籃球滾到了他跟前，他撲過去，死死抱住。有知青喊：「小孩，把球扔過來！」他充耳不聞。一個知青過來掰他的手，他竟然狠狠地咬了他一口，還將籃球扔了出去。籃球順著山坡往下滾，滾到了山坡下面的水塘裡。比賽只好中途停止，但他的行為引起了知青們的憤怒，他們拖著他把他關進了豬圈，任憑他哭天搶地都不搭理。直到天黑，秀從學校趕過來；她砸開豬圈，將他放了出去。

在他最無助、最絕望的時候，是秀砸開了豬圈，放他出來。但這只是事情的一方面；另一方面是他被關在豬圈裡受到的傷害和恥辱。他真是一個沒有一點用的人，被人關在豬圈裡，連反抗的力氣都沒有。如果不是秀他可能要被關一整天。重要的是這件事讓他覺得他在秀面前已經沒有一點尊嚴，他只是一個臭烘烘的、連還手之力都沒有的小鼻涕孩……

另一件事卻是令人神往的，也是美麗的和有詩意的。放寒假了，她說：「你陪我去九嶷山看一個同學吧。」從小鎮到九嶷山要走四五個小時的山路，還要穿過一片老林子。她一個人不敢去，要他陪她。他當然很高興，有一種豪邁氣概。他們一大早就上路，穿過那片老林子時，她的臉都嚇白了，她靠著他，不敢再往前走。她靠著他，極大地鼓舞了他，他說：「滿姨，沒事，拉著我的手你就不會害怕了。」她就拉著他的手，戰戰兢兢地往前走。那片老林子密得像是陽光都照不進去似的，樹幹扭七扭八，不是長滿了青苔就是爬滿了青藤；還時不時就從什麼地方傳來令人驚恐的鳥叫，那些鳥叫是怪異的，他們走著走著就會突然響起，然後又停下；這時整個林子就靜得嚇人，他說：「別怕，我唱歌給你聽吧，滿姨！」他就唱了民表舅教他唱的山歌——

想你想你我想你，
找個畫家來畫你，
把你畫在枕頭上，
日日夜夜想著你；
恨你恨你我恨你，
找個畫家來畫你，
把你畫在砧板上，
千刀萬剮剁死你；

想你想你還想你，
找個畫家來畫你，
把你畫在大腿上，
捲起褲腿看見你。

……

「你怎麼會唱這樣的歌呢？誰教你的？」她問，心情已慢慢地變輕鬆。他就給她講了民表舅和文表嫂的事。

「歌很好聽，可故事太悲慘了，唱歌的人也太可憐了。」「你以後少聽這些悲哀的故事。」她又說。

「不是故事，是真實的事情。」

「那也不要聽，你還小，要多聽一些美好的事情。我也給你唱首歌吧。」

她就唱了李鐵梅的〈窮人的孩子早當家〉；她的嗓子真好，乾乾淨淨的，很清亮。

他們這樣邊走邊唱，不知不覺就穿過了那片老林子……

「豪伢子，你以前去過九嶷山嗎？」

「沒有，你給我講講吧，滿姨。」

她就給他講了舜帝和娥皇、女英的故事，也講了有關斑竹和情人谷的美麗傳說。

真是麗日當空，穿過那片老林子，視野變得開闊起來。眼前是一片延綿不絕的秀麗山嶺，山上長滿了竹子和鬱鬱蔥蔥的灌木，靜得彷彿連落葉都可以聽見似的。他諦聽著她的心跳和氣息的微響，她的臉紅撲撲的，這讓他的感官處於意蕩神迷的亢奮狀態。山上的路十分奇特，是他以前從未走過的；他們在這座山上走，下了山又上了另一座山。每座山都那麼美，又那麼相像，以至於走來走去就像是一直在同一座山上似的。他心情舒暢，完全忘記了疲倦，他們像是都置身在時間之外了……

「這就是九嶷山獨特的地方。傳說當年舜帝南巡，死在了九嶷山；他死了之後化作了一座山，他的大臣和隨從一個個自刎，也化作了一座座山。舜帝的兩個妃子——娥皇和女英聽到丈夫的死訊，便萬里尋夫；她們到了九嶷山，見一座座山都山形彷彿，分不清究竟哪一座山是丈夫化成的，心裡十分悲慟。娥皇和女英邊走邊哭，淚水灑在路邊的竹子上就成了斑竹。九嶷山的嶷本來是疑問的疑，九疑就是很多的疑問，舜帝、斑竹、娥皇和女英，以及有很多疑問的山，構成了中國最美、最悲壯、也最令人神往的愛情與神話……。」

他聽得入迷，心裡充滿了對她的愛慕和對美好事物的嚮往。

「滿姨，九嶷山這麼美，一定也有不少山歌民謠吧？」

「有呵，到處都是，你剛才唱的就是從九嶷山的山歌變化出來的；我的那位同學最會唱山歌了，如果她喜歡你，她會唱給你聽的。」

「那除了山歌民謠，九嶷山還有什麼特別的風俗嗎？」

「當然有了，最有趣的就是洗澡。」

「洗澡？」

「是的，洗澡。九嶷山缺水，洗澡就成了一件很隆重的事情。我們遇見熟人，打招呼總是說：『吃了嗎？』九嶷山的人卻說：『洗了嗎？』他們真誠留客時總是說：『洗澡吧，留下洗澡。』留下洗澡就意味著留下吃飯、喝酒、洗澡、唱歌，意味著你已經被當作最尊貴的客人了。洗澡更是美妙至極。澡堂是簡樸的，通常都是一間木板搭成的小房子，與灶堂和豬圈相連，但地板最有特色，由一根根小小的圓杉木拼成，方便洗澡水從杉木間滲入下水道，再流入豬圈，與豬圈裡的尿、糞相漚，便成了極好的農家肥。澡堂裡有一隻大大的澡盆，與灶堂相隔著一道木板牆，木板牆上開有一個小窗口，剛好夠得著一隻手拿了木勺伸進去加水。客人脫了衣服進了澡盆，隔壁的主婦就在灶堂加水。主婦問：『水涼嗎？』你答：『涼。』她便將手從窗口伸進去加一勺熱水；再問：『水燙嗎？』你答：『燙。』她便將手從窗口伸過去加一勺涼水；再問：『涼嗎？』你又答：『涼。』她便又將手從窗口伸過去加一勺熱水……。如此反覆，那主婦會一直給你加下去，直到你洗舒服了為止。有客人迷戀這享受，加了熱水嫌燙，要加涼水；加了涼水又嫌涼，要加熱水；一個澡洗來洗去，竟要洗個把小時。主人也不厭煩，明知道客人心裡有鬼，不過想享受女主人加水的過程，以及光著身子在澡盆裡想像隔壁女主人的白淨美麗，主人也不揭穿。有客人放肆，見女主人白淨的手伸過來，便抓住不放，女主人也只是將手輕輕地縮回去，然後很溫順地問：『水夠不夠，還加嗎？』」

他完全聽傻了，無論如何也想不到這密密的深山裡竟會有如此動人的美妙與浪漫！他心馳神往，恨不能馬上就到她同學家……

「翠翠姐。」見了她同學，他叫翠翠姐，很大方也很有禮貌。

「怎麼叫姐姐呢？要叫姨。」她同學叫翠翠。他不願意，說：「本來就該叫姐嘛，你年紀又不大。」翠翠就咯咯大笑，說：「好，那就叫姐。」又對秀說：「輩分亂了，我們是兩輩人了。」翠翠的爸爸媽媽也都笑了起來。

這是很友善、很快樂的一家人，翠翠是她師範學校的同學，因為山歌唱得好才被選送到省裡讀書的；畢業後分到縣裡的一所中學教書。她個子小巧，臉很黑，但性格十分開朗，特別愛笑，一說話就笑個不停。翠翠是家裡的獨女，她本來還有兩個哥哥的，但都不在了。「到了翠翠家不准問她兩個哥哥的事。」秀提前就跟他說過；他當然不會問，這是這個家的忌諱，背後一定有什麼傷心的事情……

兩姐妹一直在說話，翠翠的媽媽在廚房忙，爸爸在堂屋劈竹子。他蹲在旁邊看，但心不在焉的。他的心思一半在聽兩姐妹說話，另一半在洗澡。他一進門就想，待會兒洗澡誰會給他加水呢？他心裡盼著秀給他加水，先加一勺熱水，問：「燙嗎？」又加一勺涼水，問：「涼嗎？」他想像著這個美妙的場景，也想像著她的美麗與溫順，好像他來九嶷山就是為了洗這個澡似的……

天黑了，已經到了吃晚飯的時候。翠翠和她媽在擺桌子，他很著急地在心裡想：「怎麼還不洗澡呢？」菜上來了，一碗臘肉，一碗乾魚，一碗醃菜，還有一竹筒包穀酒。翠翠爸爸給他和秀各倒了一碗酒，秀說：「叔叔，不喝酒，他一個小孩不喝酒。」他說：「要喝，要喝。」就和翠翠爸爸乾了一碗。翠翠爸爸很高興，說：「這個伢子行，豪氣，有膽子！」又給他滿上，他就連乾了三碗。最後秀攔住了，說：「真不能喝了，再喝回去他媽要罵我了。」他的臉紅彤彤的，一直都在高興地笑；他長這麼大，好像從來都沒有像這樣高興地笑過。最後他問：「怎麼還不洗澡呢？」翠翠吃驚地看著他。「喲，你還真把自己當貴客了，你一個小孩，洗什麼澡呵？」秀搶白他。「小孩怎麼就不能洗澡？我就要洗，還要你給我加水；洗完澡，還要翠翠姐給我唱歌。」不知道為什麼，他竟涎著臉，很大膽地說。翠翠爸爸聽了哈哈大笑，說：「要洗，吃完飯就洗，洗完澡再唱歌！」秀沒有辦法，只好叫翠翠給他拿來一個小木盆——「今天就讓你高興一次，洗小盆，不過先講清楚，我只加兩次水。」

遠沒有秀說的那麼浪漫，他只是在一個小木盆裡洗了一個澡，秀也真像她說的那樣只給他加了兩次水。他想央求她再加幾次，但一看她的眼神就知道不可能。他知道到此為止了，不可能再有任何非分的要求。但翠翠真給他唱了幾首歌，一家人圍在灶堂邊，邊烤火邊聽翠翠唱歌。他給翠翠爸爸斟酒，又央求秀讓他再喝一小碗。秀盯了他一眼，說：「最後一小碗了。」……他喝完就有點醉了。之後就迷迷糊糊地聽見翠翠在和秀商量，說讓他跟她爸爸睡。他說：

「不！我要跟你和滿姨睡。」

「你都多大了？」秀有點生氣了，又說：「早知道你這麼不聽話就不帶你出來了。」

他很委屈，但還是堅持不和翠翠爸爸睡。最後翠翠說：「算了，就讓他跟我們一起睡吧，小孩子嘛。」

他就跟她們一起睡，他睡一頭，秀和翠翠睡另一頭。冬天的山裡又潮又冷，他們都穿著棉衣棉褲睡覺。他心猿意馬，一直都裝睡，在聽另一頭的兩姐妹說話。開始她們還有說有笑的，後來聲音就越來越小，彷彿在說一些很憂傷的事情。再後來就聽見了哭聲，是秀在哭，翠翠在安慰她。他很想爬起來問怎麼啦，但還是忍住了，繼續裝睡，一動不動地在裝睡中睡著了……

他們在翠翠家住了兩天，那兩天可真是響晴勃日。第三天他們回小鎮去。還是走原來的路，折回去走，但即便穿老林子，秀也不再害怕了。他們一直往前走，一直沒有說話，彷彿有莫名的心事橫在他們之間。這兩天就像一段漫長的人生之旅，心裡的陰霾似乎都散去了，陽光照進他心裡，也驅散了他淤積多年的憂鬱。秀一直不說話，默默地往前走。他們不像來的時候那樣並排走，在老林子裡還手拉著手。他跟在秀的後面，知道一定與夜裡聽見的哭聲有關。她究竟為什麼哭？到底有什麼傷心事？他很想問，但秀一直不說話，更不給他問的機會。最後她說：「想不到你這麼小就那麼不老實！」他大吃一驚，無論如何也想不到，她半天不說話，一開口竟是這麼一句。他的心撲騰撲騰地跳著，腦子裡閃過這兩天他們在一起時的所有細節，不知道自己究竟做錯了什麼，即便是晚上，他睡在她和翠翠身邊，也是一動不動的。

他既緊張又生氣，忍不住想責問她：「我怎麼不老實了？我做了什麼？」但他的話尚未出口，又聽見她說：「我問你，我們第一次見面你臉紅紅的，站在那裡半天不說話，為什麼見了翠翠就大大方方的，還翠翠姐、翠翠姐地叫，原來你的嘴也很甜嘛！」

他長長地鬆了一口氣，問：「就為這個？這也叫不老實？」

「那你告訴我為什麼？是因為我長得醜？嚇住你了？」

「你怎麼可能醜嘛，反而是因為你……，是因為我早就聽說過你，還在畫報上看見過你，在與你見面前就想像過你很多遍了！」

「那你都聽說過我什麼？又想像過我什麼？」

他進一步變緊張，支支吾吾不肯再說。

「說呀！」

「我不說。」

「不說是吧？那以後再也不帶你出來玩了！」

「那我說了你不准生氣。」

「說吧。」

他還不算太傻，沒有把之前聽說過的有關她家裡盡出女幹部的事情說出來，他囁嚅著說：「有一首關於你的山歌……」

「山歌？什麼山歌？你唱來聽聽。」

他又不說話了，他不敢唱，那首山歌他是不能唱的。

但她不放過。

「我真不能唱……，要不，我告訴你詞吧。」他只好告訴她歌詞：

秀的臉蛋漂漂的，
兩隻酒窩笑笑的，
走起路來翹翹的，
兩隻奶子跳跳的……

她的臉一下子就紅了，過了好久才又說：「這歌詞也太壞了！你怎麼會記住它呢？快忘了它，我可不想你也那麼壞！」

他不再說話，他知道他是忘不了的，也知道歌詞有點壞。但這首山歌把秀描述得栩栩如生，以至於若干年後，都會讓他一下子就想起她的樣子來。

他們就這樣回到了小鎮。回去的路上是不開心的，之後他們再也沒有說過話；他們各懷心事，又懷著各自的憧憬與夢想。那真是一條太長、太難走的路了……

八

從九嶷山回來他就再也沒有見到她人，整個寒假她都不在。纖說她去縣城了，又說可能還要去長沙。他很傷心，她去了縣城，還要去長沙，都沒跟他說一聲。突然就明白他在她心裡的地位，他只是一個養病的插班生而已，一個受人之託要照顧一下的小鼻涕孩。

雖然傷心，也感覺到感情和自尊心受到了傷害，但他依然想念她，盼她早點回來。他每天都在心裡說：「回來吧，只要你回來，我就不生你的氣了。」他想她的辮子，她的氣息和嫩紅的臉，也想她的嬌嗔和歌聲。她板起面孔生氣的樣子一定是裝出來的；他覺得她也喜歡他，不然就不會砸開豬圈把他放出去，更不會讓他看她梳頭，也不會帶他去九嶷山……

再也沒有比那個寒假更讓他難熬的了，他煩得彷彿要把每一天都撕碎了似的。

母親下鄉回來了，所有的人都在開始準備過年的事情；母親也在做臘肉和香腸了。但父親不打算回來；學校放假了，他也不回來，說要到長沙去開會。在他的記憶裡，他們一家三口就沒在一起過過年。他早就習慣了，但這習慣含著不平與憤懣。母親每年都抱怨，那一年更是，說往年不回來就算了，今年兒子病了，休學了，還不回來，真是禽獸不如！

母親依然帶他去纖的裁縫店玩。她們聊天，說起各自的苦惱。母親說父親，纖說秀。他插嘴說秀在九嶷山時就哭過，哭得很傷心。纖長長地嘆了一口氣說：「肯定跟她在長沙的男朋友有關。」

「她在長沙有男朋友？」——他的心揪得緊緊的，又不敢問下去。他能問些什麼呢？問她男朋友長什麼樣？是做什麼的？他是不可能問的。

「問她又不講，女孩子大了，不可能什麼話都講。」纖說。她母親不在了，她這個做姐姐的有時候要像母親一樣為妹妹操心。

晶年前又來過一封信，問他病好了沒有？下學期能不能回去上學？還說同學們都挺想他的。他知道所謂同學們都挺想他只不過是一句客套話，他在學校是沒有朋友的。本來有一個好兄弟傑，但他生病前就已經不和他來往了。他也不會回去，他在等秀，等秀回來和他講長沙的事情。其實有什麼好講的呢？她犯得著跟他一個小鼻涕孩講嗎？連他在等她這件事也是莫名其妙的。

新學期開學前的兩天，她終於回來了，人瘦了很多，更糟糕的是以前的眼神和笑容不在了，人變得就像一張用舊了的白紙一樣。他很想問她為什麼走之前不跟他說一聲，但她的樣子讓他問不出口。她的臉上只有憂傷和絕望，在一個憂傷和絕望的人心裡，一切都不重要，也沒有意義。

開學沒幾天，她就到母親的醫院去找雷醫生。她的臉色很不好，又枯又乾，讓人聯想到一些不好的事情。他問母親她究竟得了什麼病，母親說：「失眠！」他不相信一個人會一直失眠，更不相信失眠還要看醫生。他也失過眠，但第二天就好了。他去問雷醫生，還偷偷看了她的處方，上面寫著：經期紊亂，月經不調。他問雷醫生：「什麼叫月經不調呵？」雷醫生說：「女人的病，講了你也不懂。」他又去問母親，被罵了幾句，最後也沒問出個所以然來。總之她病了，氣色不好，失眠，不怎麼吃東西；母親私下裡說，她似乎還血崩，止都止不住……

鎮上的中學奇怪極了，孤立無援地坐落在一座荒山上，寸草不長，連墳都沒有一座，喝水更要到三四里以外的村子裡去挑。它原本是一所五七中學，半工半讀，也是縣教育系統「走與工農相結合的道路」的典型。雖然國家已經恢復高考，它也改成了一所完全中學，但實際上還是半工半讀，因為師資有問題，缺老師。學校的老師說搞不懂當年怎麼選在這麼一座荒山上辦學校，這是一個連死人都不埋的地方。

他繼續在高一班做插班生，但不和秀一起吃飯了，因為開春這段母親是不下鄉的。他回家吃，也經常給秀帶吃的去。母親總是跟秀說要多吃點有營養的東西，她和纖都很擔心她的身體。

沒有人知道秀那個寒假發生了什麼。人們依然在議論，說她想回縣祁劇團去，又說她在長沙的男朋友把她甩了。「讓人白搞了那麼久，說甩就甩了。」其實這樣的議論早就有了，但那時的重點在她為什麼到了省裡卻還是被分到了這麼一個偏僻的小鎮上來？

她十四歲在地區的文藝匯演中演李鐵梅出了名，十五歲就被招進了縣祁劇團，十九歲又被保送到省師範學校去讀書，是小鎮上第一個農兵大學生。她是那麼地幸運！所以幾年前大家就在猜，說她長得那麼漂亮，還上過省裡的畫報，又到省裡去上了大學，不知道有多少追求者，恐怕以後至少也要嫁給一個處級幹部了，畢了業，不說縣裡，連地區也不可能再回。沒承想，她畢業了，竟分回到這麼一個小鎮上來。

各種議論都有，比較一致的說法是她在學校懷了孕，差一點被開除。雖然畢了業，工作卻不好安排。按說她至少應該回縣祁劇團去，但祁劇團不要她了，只好回到鎮上這所中學來。人雖然回來了，檔案裡卻留了一條尾巴，上面寫道：在校期間，生活作風有問題。

這樣的事學校本來是該替她保密的，但她家的名聲向來不好，議論的人太多；要命的是，她人雖然回來了，心卻沒有回來，她是不大看得起這所學校的，也不大看得起學校的老師和校長。校長是學校的創建人之一，老腦筋，但很有原則和立場。他多次找她談話，提醒她不要讓自己沾染上小資產階級思想了。

「校長，你講話要負責，我怎麼就沾染上小資產階級思想了？」她很生氣，就這麼直接問校長。

「別的不說，就說你這條辮子吧，太招眼了，是不是該剪掉呵！」

她當然不情願。她的辮子上過省裡的畫報，是十四歲演李鐵梅時就留下來的。

「好吧，我再講你也不會服氣的，那我們就上會吧，你的思想改造要從剪頭髮開始。」校長就開會，先是開小會，接著開大會，再接著就開批鬥會。秀很快就崩潰了，但人崩潰了頭髮她還是不剪。

「你還是不剪對吧，還是那麼頑固對吧？好，我倒要看看你究竟有多頑固！」校長又找她談話，但已經氣急敗壞了。不久學校就開始畫她的像，不僅在黑板上畫，在牆上畫，也在廁所裡畫。大家對畫漂亮的、有生活作風問題的秀的畫像感興趣極了。不僅老師畫，學生畫，連鎮上的閒人也畫，秀的宿舍經常有人扔進來一團紙，打開一看，便是她長頭髮的漫畫。有的畫不僅畫了長髮，還畫了乳房和陰毛。廁所裡的畫像則畫了又塗，塗了又畫，還畫了各種男人的器官在旁邊。有些畫還配了詩，將小鎮上的男人夜裡對她的想像表達得淋漓盡致。秀被弄成了一個婊子，任何人都可以通過一幅畫去嫖她，而且嫖得正大光明……

母親又要下鄉了，臨走時對他說沒事的時候多陪陪滿姨，她情況不好。他是很感激母親的，恨不能天天都陪在秀的身邊。

他知道她豈止是情況不好，她已經被捲入噩夢般的漩渦之中了，每天都呆呆癡癡的，像一個乾枯的夢人……。有一次，他囁嚅著說：「滿姨，那些畫像……」他本來想說那些畫像很無聊，不要理它。可他話還沒說完，她就大發脾氣：「你也畫了對吧？想不到你也這麼髒！你也有媽，有姐姐，要是別人畫她們，你心裡怎麼想？」他大吃一驚，愣在那裡說不出話來。之後她又哭，還抱著他說對不起，她的臉貼在他的面頰上，淚水順著她的臉流到了他的臉上……

有一天，恰逢週末，學校只剩下他們兩個人。他們吃完晚飯就在宿舍裡彈風琴。以前她也經常彈風琴，還邊彈邊唱：「北京的金山上光芒照四方。」但那天的曲子與往常不同，是他從來沒有聽過的，憂傷、綿長，彷彿無望之人在悲傷地泣訴……

「滿姨，再過幾年我會長大的。我長大了會去一個大城市，不管怎樣我都會要你！」他說。

她停下來，很吃驚地看著他，之後又笑了笑：「你的意思是我再也不會有人要了？」她問。

「不是的，不是這個意思！」他趕緊說。她沒有接他的話，她繼續彈琴；然後又停下來說：「淨說些蠢話，以後你就會知道你的話有多蠢了！」

他突然就抱住了她，拚命地說：「不是的，滿姨，不是的，我說的都是心裡話，不是蠢話！」

她讓他抱著，眼睛裡噙滿了淚水……

那個時刻幾乎決定了他的一生，就是今天想起來，他也會感覺到心慌意亂。那是一個顫抖的時刻，充滿了為她獻身的願望與勇氣；他願意為她做任何事情，就算是死也會覺得很幸福……

他抱著她，卻不知道如何進一步表達心中席捲而來的激情，身體的顫抖和心靈的痛苦都太劇烈了，完全超過了一個還在養病的少年的承受能力。她也一樣，只是將頭靠在他的胸口上，但他卻用嘴唇吻去了她的淚水。他陶醉在愛情和憐憫之中，充滿了莫名的欲望與衝動。他甘願放棄一切，下定決心要用自己的一生去保護她。

突然，夜空中響起了驚懼的雷聲，令人心悸的閃電劃過了那個幾乎凝固了的時刻；瓢潑大雨一下子就淹沒了他正在洶湧澎湃的心靈。他們幾乎同時尖叫起來，嚇得緊緊地抱在了一起……

這麼多年過去了，他已經記不清當時的具體情景，只感覺到整個世界已變成一片混沌。雨一直在傾盆而下，彷彿在沒遮攔地發洩世界的悲傷。他們相互擁抱著，藉著彼此的身體傳達著安慰與鼓勵。他記得她彷彿撫摸了他的頭，並讓他趴在她的腿上。

他已經記不得自己是如何留下來的了，她像是已經從憂傷中恢復過來，將床上的被子打開，她彷彿在說：

「這雨看來是停不下來了，你就住在這裡吧。」

三個月前，他們曾在一起住過，在九嶷山，可那時是嚴冬和寒夜，他們的身邊還有翠翠；現在卻是春天了，那個春天的雷雨之夜只有他們兩個人。他躺下，睡在床的一頭，秀睡在另一頭。他不理解他們怎麼就都睡著了，在傾盆而下的暴雨中不知不覺就睡著了。疲倦帶走了他們的恐懼與憂傷，也將他們帶入了夢中。

他在夢裡再一次遭遇了暴雨，更大、更兇猛的暴雨！他站在即將被淹沒的曠野上，洪水猛獸般衝過來。他被捲走了，巨大的洪水一會兒將他拋向半空，一會兒將他捲進漩渦。他掙扎著，似乎在竭力呼喊，卻發不出一點聲音；最後他在恐怖的翻滾中抱住了一條紅色的大魚，被牠馱著，才在巨浪中忽高忽低地未被淹死。風浪越來越大，一陣巨浪打過來，將他從那條大魚身上甩了出去；他從半空中墜落，墜向了無底深淵……

「啊——」秀聽見他的喊聲，猛然驚醒。

「怎麼了，你怎麼了？做噩夢啦？」她試圖坐起來，但他渾身發抖，緊緊地抱著她的腿，滿頭都是汗。

「醒醒，你抱著我的腿幹什麼呀！」他依然緊緊地抱著她的腿。

「醒醒，你醒醒。」他終於鬆開了手。

「你怎麼啦？」她掀開被子，爬到他的身邊；突然就看見了他赤裸的身體，顫抖著蜷縮成一團。她似乎明白了什麼，又看了看自己，竟發現腿上黏糊糊地流了許多髒物；她一下子便明白了所發生的事情。

「你已經是大人了，我不該留你的。」過了好一會兒，她才自言自語地說。

他無地自容，不知所措，只是緊緊地咬住被角，小聲地哭了起來……

那個恐懼的、意亂情迷的夜晚終於過去了。發生在那個晚上的事一定就是民表舅說過的「搞」，但與他和晶曾經度過的那個夜晚不同，也與他曾經有過的手淫不同……，他一下子就長大了，秀說：「我不該留你的。」這句話一下子就拉大了他們之間的距離……

有關她的流言越來越多了，最後形成了既簡單又明確的的邏輯——為什麼秀一家盡出女幹部？因為她們一家都亂搞；在這樣的家庭裡長大的秀當然不可能是什麼好東西。否則又怎麼會從省城分到小鎮上來呢？她的男朋友又怎麼會不要她呢？學校又怎麼會到處都是她的畫像，而且還盡是光屁股、有陰毛和乳房的畫像呢？既然不是什麼好東西，是爛貨，那誰又會要她呢？所以小鎮上的人都說：「不要，白給我也不要！」可憐的秀就這樣在不到一年的時間裡從鳳凰變成了雞。她的頭髮開始一綹一綹地掉，她離開了學校，住進了縣裡的醫院。後來經她大姐介紹，嫁給了新疆一個有矽肺病的煤礦工人。她堅持在他母親所在的那所醫院做婚前體檢，結果表明：她二十三歲，婚前未發生過性行為。人們對這份體檢抱著十分複雜的心理。她的畫像被偷偷擦去了，但有幾幅還留著。人們似乎要留下些什麼來做紀念——頸子長長的秀，頭髮長及腳踝的形象是美麗的……

他也回到了地區的那所中學。學校讓他留級，他拒絕了，說給我一個月吧，如果跟得上就留在原來的班上。他跟上了，又成了晶的同班同學。晶的成績越來越差了，他看得出她的學習壓力很大。她問他為什麼不給她回信，他躲開了，不知道如何回答，卻在一個晚上約她一起做作業。這一次，他很輕鬆就解開了她的褲子，把她壓在了身下；但剛進入一小截，就聞到了她身上的糖蒜味。他的反應一下子就變得激烈，他猛地抽出身體，坐起來，抱著頭說：「我們還是做作業吧。」晶滾燙的身體像是被潑了一盆冰水，她充滿恨意地問：「你怎麼啦？」他不說話，之後又說：「我先走了。」她沒有攔他，卻斬釘截鐵地說道：「不管怎樣，我已經是你的人了。」

多年以後他都記得這句話，晶的樣子他記不清了，但這句話他記得。這句話所包含的意志是不可撤銷的，也是帶著恨意的。其實他也是帶著恨意回來的，他只是講不清具體恨什麼。離開那個小鎮時，他專程去縣醫院看秀，他說：「我要走了，記住我說過的話，不管怎樣我都會要你的。」

她無力地笑了笑說：「這樣的傻話你都還記得呵！」

不久她就嫁到新疆去了，之後就再也沒有和他聯繫過。

他的一個朋友曾經告訴他，說他的第一次是和他的中學老師發生的。剛一進去，他就聽見「啪」的一聲。他哭了，爬起來說：「斷了，斷了，一定是弄斷了。」事實上並沒有斷。但之後每一次他都能聽見「啪」的一聲，沒有這種聲音的性愛在他看來是不可能的。

有時候他也想，他如此執著地想弄清楚自己的第一次是不是也是一種病態？事實上人人都如此，只是他迷失得更深、更遠。第一次不完美就會尋找完美，第一次很快樂就會永遠尋找快樂，第一次是意外以後也會充滿意外。他的第一次是如此不完整，以至於他以後的人生都是破碎的。

如果將第一次僅僅定義為一個動作，一項包括進入和抽插的身體運動，那麼他的第一次則是若干年後跟一個三十歲的女人發生的。他們在酒店約會，她小聲地說：「你對我好點，我還是第一次……」又說：「讓我好好感受你。」她的臉頰滿是潮紅，他心想：「去你的第一次吧。」然後，非常迅猛地就進去了，接著就聽見她撕心裂肺的叫喊聲；他快速而猛烈地抽動，她哭著說：「停下，停下，你他媽的是個野獸！」他非常興奮地看著自己野獸的心血淋淋地掛在牆上。他終於把自己的第一次給殺了，所謂的第一次來得多麼曲折、多麼傷痕累累呵！

之後他離開，一個女人接著一個女人，一個城市接著一個城市地離開。他又想起那句詩：「離開，就是死了一點點。」他記不得這句詩是誰寫的了，但在他心裡，這句詩就是他寫的……

第三章　海狼——一首抒情詩

一

現在他只能坐著了，這是命運的裁定。命運裁定這個是對的，那個錯了；又裁定這是美的，那個很醜；還裁定這個有罪，那個沒罪。有些裁定無關緊要，也可以說無所謂。命運有時候真是多事、無聊；老糊塗了，囉哩囉嗦，還莫名其妙。可有些裁定卻會致命！比如前幾天他還是自由的，他看得見完整的天空，也看得見街道和街道上自由行走的人。天空不陰不陽的，像一塊皺巴巴的灰布，沒有任何先兆。街道也是，正常得不能再正常了，但像是用刷子刷上去似的。刷這些街道的人顯然不懂色彩，連同那些樓房，紅的、藍的和黃的，都很彆扭，很醜。人更是，在皺巴巴的天空下不明由來地行走……

行走，瞧這個詞多麼重要！它先是一個動作，一連串的動作；接著是一種狀態，之後就是一種命運。相對行走而言，道路是虛假的，斷斷續續，時有時無，甚至根本就是可笑的臆想。人需要道路是因為需要明確的東西，沒有路是可怕的。於是，他們做規劃，畫圖紙，還一而再、再而三地標注：這條路是去上班的，那條路是回家的。但這些從一開始就錯了，是自欺欺人。因為根本沒有道路這回事；家更是沒有的，從來就沒有，因為人在行走，永無寧日。至於上班就更可笑，上班的「班」不就是班房的「班」嗎？不就是一個人在規定的時間和地點完成規定的事情嗎？可生活不是這樣的，生活從來都雜亂無章，一陣風起，便塵土般飛揚，成不了形……

可前些天，前些天他還是自由的呵，而且深切體會到自由多可貴，自由的人們多麼幸福！他甚至在某個早晨還充滿期待地勃起了，他的期待還在小美的撫弄下得到了滿足。當然，小美也很滿足；她在大汗淋漓中尖叫，還大聲喊：「操，你個牲口，爽死了！」可是，一轉眼，命運就陰著臉說：「自由吧，很爽吧，你要得太多了！」他想為自己辯解，可命運像一頭怪獸，說變就變，而且馬上消失了。他想拽住它，問：「我怎麼啦？怎麼就要多啦？我是一個正常人，一個男人，一個有權利享受生命的人。」可他什麼也沒拽住。他聽見咣噹一聲，眼前就只有這面牆；從那一刻起他就只能坐著，而不能到處走，更不能奔跑和跳躍了……

一個只能坐著的人當然還可以想，也可以回憶和說話。命運說：「你還有一些權利。」「還有？……一些？」他對著那面牆問：「什麼意思？」他本來想說：「我本來就有，生而有之。」但他聽不到任何回答。他的面前只有一道牆，牆什麼也回答不了。他只好坐下，面對著牆壁……。命運這時又不在了，它可真像是一個瘋子，一會兒在一會兒又不在……。他想命運不在的時候會去哪裡呢？美在不美的時候會是什麼樣的呢？還有自由，該死的自由！自由在不自由的時候多麼空洞呵，可這些東西都不能多想了，一想就頭痛，也想不明白。

也許他和命運原本就是一副德性——雄心勃勃，卻撲朔迷離。還有，命運的另一個特點是瘋癲，是不可思議，這一點他們也像，他就是瘋癲和不可思議的，包括他不可思議地出生在南方的某個山村，也包括他不可思議地去了那個城市上大學——那個粉色的城市，到處都是斑駁的房子，衰老、骯髒。當然也有粉色的女人，肉嘟嘟或瘦弱的粉色的女人，有少女、少婦和寡婦。總之，他曾在那座古老的、粉色的城市裡迷失；在那座城市的鐘聲中、雜貨鋪、街道上、小酒館裡，也在一座像石棺一樣冰冷陰濕的圖書館裡迷失……。他迷了很大時間的路，幾乎成了一個酒鬼、革命者和神經兮兮的抒情詩人。但在那座粉紅色的迷宮般的老城裡，他也認識了夏和秋，認識了嫻、英英和方強。夏夏！他曾經愛過的那個女孩，最後像氣泡一樣消失了，像血液中冒起的骯髒的氣泡……。他戀愛了，當他把這個消息告訴秋的時候，秋握住他的手說：「我也一樣，戀愛了。——愛情萬歲！」於是，他們約好去郊遊。「我們就沿著校園後面的那條河一直往前走，走到哪兒算哪兒。」他說。第二天秋帶來了他的女友，很白、很乖巧、很精緻，嘴唇粉嘟嘟的。與夏夏不同，秋的女友沒有一丁點兒憂鬱。他覺得弄反了，她應該叫夏夏才對，晴朗的夏夏，萬里無雲的夏夏，有露水和梔子花香氣的夏夏……

秋說：「這是我的女友，叫嫻！」

他立即就想起瑪格麗特・莒哈絲的《情人》——「才十五歲半，體形纖細羸弱，胸脯平得像小孩的前胸一樣……。」

「好吧，嫻，你和夏夏結成姐妹吧，正如我和秋是兄弟一樣。」他說。

於是，他們開始沿著那條河往前走。天濛濛亮他們就上路了，開始的時候他們都又蹦又跳的。遠處的夜幕上有一道灰色的亮光，他們沿著河朝那道亮光蹦蹦跳跳地走去。可一個多小時後，嫻走不動了；他們停下來，在河邊一個緩坡上大大地躺著。夜幕正在退去，那道亮光在夜色稀釋後顯得十分貧弱。對，那是一片十分貧弱的亮光。河水靜靜地流淌著，河水的亮光比天空的亮光還要羸弱。他們已經走了近兩小時的夜路。緩坡上的草很柔軟，他想，這些草一定很茂盛，在陽光下一定綠油油的，充滿了初夏的氣味……

他們很快就睡著了，嫻依偎著秋，夏夏依偎著他。但不一會兒他就醒了，他是最早醒來的。他看見晨曦灑滿了河水和他們躺著的那道緩坡，也看見一縷絳紅的晨光在輕撫嫻和夏夏的臉，晨光沿著她們起伏的身體發出了細微的聲響。他同時感受到了嫻和夏夏的呼吸與心跳。嫻那幼女般的胸脯在晨曦下均勻地起伏著，她那張純潔的臉表明她應該不是一個多夢的人，她的睡眠每天都應該是甜美的。夏夏就不同，她總是在漫長的夢裡糾纏著，她大大的眼睛即便在深睡中也是睜開的。對了，當時她就睜著一雙憂鬱的大眼睛看著他，而他正看著嫻微微起伏的胸脯……。接著，秋也醒來了，他趕緊裝睡；他微微閉上眼睛，看見秋站了起來，並從那道緩坡跑到了河邊；他揮舞著雙手，像是在擁抱整個早晨似的……好吧，他們是大三的學生，嫻和夏夏小一些，大一。他們的青春和愛情就是從那個郊遊的早晨進入他的回憶的。可他現在卻孤單地在這面牆壁下坐著，秋、嫻和夏夏都不在了，消失在他不敢回望的歲月裡了……

二

他依然在想那次郊遊。他們當時怎麼那麼早就動身了？是誰提出來的？也許應該半夜出發，就像過去私奔的人一樣。也許他們只是想要穿過黎明時的那種感覺。總之，他們凌晨四點就動身了。秋在河岸上張開雙臂，接著又來回跑了幾圈。之後他回來，和他聊起了對早晨的感受。他說早晨的美在於不著痕跡，嫻和夏夏就像早晨一樣美。他表示同意，雖然他對「不著痕跡」這個詞有點把握不住。之後，嫻和夏夏都醒了，她們的頭髮沾著露水和青草，都是生平第一次從野地裡醒來，而且以後也不會再有這樣的機會了。秋問：「嫻，你做夢了嗎？」「呵，沒有呵，難道你看見了？我做夢的樣子一定很醜吧。」秋就編了一個故事逗她。她多少有點不信，側過身問他：「你呢，也看見我做夢的樣子啦？」「我怎麼會看見呢？我只能看見夏夏做夢的樣子。」但話一說完，他的臉就紅了。他雖然沒有看見她做夢的樣子，卻看見了她微微起伏的胸脯，而這對胸脯一年後還被他忘情地撫摸、吸吮……

（……你相信報應嗎？如果相信，那一切的惡果就都可以追溯。他的罪孽其實早已埋下，命運因此變得簡單，有一種明確的因果關係。可他不相信，他從來都不相信那種簡單的因果關係。生活是複雜的，他說，他的疼痛是神祕的，孤獨、罪孽、苦難都不可理喻……）

他繼續回憶。嫻問他：「我們真的要沿著這條河一直走下去嗎？」

他說：「是的。」

「那這樣走下去會到什麼地方呢？」

「會到岷江。」

「到了岷江再一直走呢？」

「會到長江。」

「到了長江再一直走呢？」

「那就到海了。」他又回答。

「啊，那我可不走了，我的腳都起泡了，而且我還要趕回學校上晚自習呢。」嫻說。

夏夏就笑她，說：「嫻，我們都上路了，回不去了，我們必須一直走到海邊去。」

「討厭，你們都騙我！」她打了秋一拳，又說：「你這個壞人！」

秋握住她的小粉拳，放在嘴上親了一下，他說：

「很快你就會知道什麼叫真正的壞人了。」秋說這話的時候，樣子就壞壞的。嫻彷彿在沉思似的，問他：

「你見過海嗎？」

他說：「沒見過。」

「你騙人，沒見過海你的名字怎麼叫海狼？」

他就逗她說：「人都是沒什麼才叫什麼的。比如窮人都起名叫富貴，你不嫺所以叫嫺，夏夏不夏所以叫夏，秋呢，也只是期待像秋天一樣果實纍纍才叫秋的。」

她說：「原來這樣，你叫海狼是因為你沒見過海，而且渴望像狼一樣兇狠、貪婪、殘暴。」

秋說：「你終於懂了。不過，海狼是他的筆名，子虛烏有的，他寫〈大腳農婦〉時就用了這個筆名，結果一夜成名。」

「哦，那你的本名呢？」她問。

「他叫豪，豪氣干雲的豪。豪氣干雲和海狼一樣也是子虛烏有的。」秋說。

她就纏著他背〈大腳農婦〉，他背了。當他背到大腳農婦的腳步聲在水田裡、石板上和廣場中央「叭嗒～叭嗒」地響起時，她咯咯地笑了，她說：「我怎麼感覺是一隻鴨子而不是大腳農婦？」哦，鴨子，的確，他其實是在寫一隻鴨子，在廣場中央「叭嗒～叭嗒」行走的鴨子，問題是：那隻鴨子是怎樣走到廣場中央去的？而且牠像是完全沒有被嚇住……

（他得承認，那個時候他是多麼地矯揉造作呵，他出生在內陸一個偏遠的省份，卻給自己取了一個叫海狼的名字，他崇拜的人是蘭波、惠特曼、普寧和像海明威那樣的硬漢！

哦，鴨子，一隻在宮牆下和廣場中央「叭嗒～叭嗒」行走的鴨子，想起來他就覺得好笑，那個年紀的人，喜歡與眾不同，喜歡桀驁不馴，可又總是矯揉造作和無病呻吟……）

他們繼續沿著那條河往前走，一路上，嫻和夏夏都在歌唱，她們一首一首地唱，既唱美國的鄉村歌曲，也唱俄羅斯的民歌和臺灣的校園歌曲。秋還朗誦了他的新詩：「我是太陽，在波光粼粼的大海中誕生……」後來，他們路過一片田野，看見了一座村莊。他們都累了，而且又餓又渴。「我們到田野上去野餐吧。」秋說。「好呵！」大家都歡呼起來。他們帶了麵包、餅乾和水果，又找了一些稻草，墊在地上坐了下來。可嫻發現了不遠處的幾堆草垛，他們跑過去，躺在草垛上邊吃邊鬧。草垛應該是去年的了，有一股發潮的味道和發暗的金黃色光澤，可誰都沒有在意，他們在草垛上打滾，秋抱著嫻，他抱著夏夏，他們滾來滾去，最後都埋進了稻草裡。秋說：「我們休息一下，睡個小午覺，然後再往回走吧。」「好呵，像大腳農婦那樣躺在稻草上睡覺嘍。」嫻歡呼著（當時的場景多像柯羅的一幅油畫呵……），他們把自己埋在稻草裡睡覺，但很快就聽見嫻在一邊說：「哎呀，我的褲子！」他摟著夏夏，湊著她的耳朵說：「他們在幹壞事了！」夏夏的臉一下子就紅了，緋紅的臉上全是大顆大顆的汗珠，呼吸緊跟著也急促起來。太陽真的很烈，他開始脫衣服，接著脫夏夏的衣服。他們無比激烈地翻滾在一起了，然後精疲力盡，進入了昏眩般的睡眠……。多熱的正午，多麼安靜的田野，多麼浪漫，多麼不羈！田野上響起了動人的蟲鳴……。不知過了多久，迷迷糊糊又聽見嫻在一旁說：「哎呀，我的褲子！」他和夏夏在一個草垛裡，秋和嫻在另一個草垛裡，兩個草垛相隔不過三五米。秋和嫻繼續在草垛裡翻滾，可夏夏醒來了，她靜靜地躺在草垛上，看著明亮刺眼的天空……

太陽開始落山了，天空中出現了五彩斑斕的雲彩。嫻從旁邊的草垛上站起來，她一身都是稻草，滿臉都是汗，頭髮亂蓬蓬的。她站起來，正好迎著他的目光。他的目光變得十分熱烈，她盯著他看，還傻笑；她似乎明白了他熱切目光的含義，臉蹭地一下就紅了，拽著還賴在草垛裡的秋說：「討厭！」可又對他回眸一笑。他僵在那裡，再一次用熱切的目光迎上去。「討厭！起來啦！」她使勁拽秋。秋和夏夏都起來了。他們相互摘去身上的稻草，整理好衣服和頭髮，幸福無比地踏上了回去的路。他們繼續沿著那條河走，嫻在前面高聲喊：「鴨子！」他在後面緊跟著「叭嗒～叭嗒」，還模仿鴨子走路的樣子。「鴨子！」「叭嗒～叭嗒！」「鴨子！」「叭嗒～叭嗒！」他們就這樣回到了學校……

三

又是按部就班的校園生活，三點一線；嫻和夏夏照舊每天上課，他和秋照舊三天打魚兩天曬網。他們不同系，但經常在食堂一起打飯。通常都是他和秋在窗口排隊，嫻和夏夏在飯桌占座位。吃完飯他們會去河邊散步，那是他們四個人的河，靜靜地流淌著他們心中的祕密。有時候他們走著走著，嫻會突然捂住臉，發出「撲哧」的笑聲，然後就用她的小粉拳打秋：「你真的好討厭！」他和夏夏就在一邊笑，他熱切地看著夏夏，夏夏的臉上飛滿了緋紅……。他們都盼著天黑，天黑下來的時候，他們會各自選擇一塊草地，然後……。嫻總是說：「哎呀，我今天又沒上晚自習。」那條河顯然比晚自習更有吸引力。

「瞧，我們生活在一個多麼美好的時代呵，想走就走，想戀愛就戀愛，想上晚自習就上晚自習！」他說，嫻反駁他：「生活本來就是這樣的嘛，難道生活還不准戀愛不成？」

「你還小，不知道生活的殘酷，生活殘酷的一面是不可思議的。」他說，隨後就講了一段往事——

「一切都是真實的，而且只是前幾年發生的事情。」他說，「我出生在一個偏遠的山區，父親平反後被安排在本地的一所大學工作，生活才開始好起來。但一所小城市的校園生活依然是沉悶的。不過地下戀愛已如草籽般發出了嫩芽，膽大一點的人甚至已經春潮暗湧了。人們總是在猜誰和誰在談戀愛了，這樣的猜想給了人們很多心理暗示，也壯了不少人的膽。但終歸沒人敢公開戀愛，地下戀愛則總會惹出一些亂子來，懷孕啦，打胎啦，精神分裂啦……。不久，學校就發生了一件聳人聽聞的事情。」

「某個晚上，一對地下戀人去學校的後山上約會，苟合之後，竟在山上睡著了。次日凌晨，一個老漢到後山去撿狗屎，看見了這對衣履不堪的戀人，就威脅著要將他們送到派出所去。那對戀人深知後果嚴重，求老漢放過他們，可憐的女生甚至還下了跪。老漢答應了，卻要求那個女生也讓他搞一次……，戀人萬般無奈之下竟同意了。後來這老漢就成了戀人心中揮之不去的陰影。男生認為女生失了身了，且失身的對象竟是一個撿狗屎的老漢；女生則經常在半夜哭醒，醒來就跑到廁所裡去洗，邊洗邊嚎啕大哭。不久女生便因精神分裂被送進了醫院……。」

他講完，大家都沒有說話。過了好久嫻才自言自語地問：「秋，如果是我們，你會怎樣？」秋沒有回答，或許他還沉陷在剛才的故事裡。嫻又夢囈似地問：「你呢，夏夏，如果是你，你會屈從嗎？」

「不可能，太噁心了，就算是死也絕不可能！」夏夏萬分憤慨地站了起來。

「可他會把我們送到派出所去的呵，學校會開除我們的！」嫻哭了，邊哭邊說：「我也是受害者呵，大家應該同情我呀，我不會得精神病的，我還沒有結婚，還沒有穿婚紗呢！」她趴在秋身上悲聲大哭。

「看你講了些什麼亂七八糟的東西！」夏夏責怪他，也跟著哭了。他趕緊安慰，說自己錯了，不該講這些殘酷的事情。又說：

「其實我只是講了一個故事，我正在寫的一篇小說的故事，不是真的。生活中不會有這樣的悲劇的，我們應該好好珍惜眼前的幸福！」

「你還說！」夏夏抬起頭，再一次責怪他。

他知道他講的故事太髒了，這樣的故事是會讓人不愉快的，他有點後悔講了這樣的事情。他們回到宿舍，嫻和夏夏晚上都做噩夢了，都是他的錯。

好在不久就沒人再提這件事，他們繼續戀愛，繼續到河邊去散步，那條河依然平緩地往前流，嫻也依然那麼快樂。她說：

「海狼，要是我們真沿著這條河走到岷江，走到長江，再走到海邊，那該多美、多浪漫呵！」

「我們早晚會這樣走下去的。」他說。

一切不可能發生的事都讓他們好奇，也讓他們產生獵奇的欲望。他們當然也會拌嘴，像任何年輕的戀人一樣。有一次，在食堂，嫻真的生氣了，氣得眼圈都紅了，站起來就往外跑。他追上去哄她，一直陪她走到操場上。她顯然受了委屈，哭著說：

「我第一次就給了他，在野地裡就給了他，他還這樣！」他就哄她，說：「我知道，我知道，可第一次那麼重要嗎？」他問這句話時心裡禁不住咯噔了一下，彷彿不是在問嫺而是在問自己。

「當然了！」她瞪著一雙大眼睛站住了，充滿疑惑地問他：「你這人，怎麼這麼問？」

「哦……可，可為什麼呢？」他看著她，裝出很困惑、很天真的樣子。

「為什麼？為什麼？大家都這樣說呵！」

他很嚴肅地點了點頭，之後又裝模作樣地說：「懂了！」

「什麼懂了呀，你這人，好像不是第一次似的。」但馬上又問：「你是嗎？」

他沒有回答，卻繼續看著她，他看她的心情是很複雜的。

「夏夏呢？」她又問，突然就像明白了什麼似的，往後退了一步，萬分驚奇地看著他。他笑了，走上前去，很輕柔、很關切地問：「第一次，疼嗎？」

「不很疼呵，」她很爽朗地回答，但馬上就意識到自己有點那個——的確，她有點兒……，也未免有點兒太傻了……。他沒有接她的話，而是模仿她的口吻說：「哎呀，我的褲子！」她一下子就笑了，舉起拳頭要打他。他跑開了，但跑著跑著突然就站住了，他說：「嫺，你也太可愛了！我，我真想親你一下。」她愣住了，低著頭，沒有說話。他俯下身子，輕輕地吻了一下她的嘴唇，那嘴唇可真軟，他吻了她，還想進一步，可她躲開了，紅著臉輕聲地說：「你也是——討厭！」接著就走了，一個人很快地往前走，可沒走幾步，就在前面喊：「鴨子！」他愣了一下，緊接著就跟上：「叭嗒～叭嗒！」

「鴨子！」「叭嗒～叭嗒！」

晚自習後秋來找他，他問：「嫻怎麼樣？」一晚上都沒理我，教室、圖書館都不在。」秋很著急也很沮喪，他同樣陪他去操場散步。他們聊起了文學上的話題，聊到了存在主義和意識流。他問：「伍爾夫的《海浪》你看了嗎？」

「當然，可六個主人公我連一個人的臉都沒記住，也不知道他們的身高、年齡、衣著、職業和性格。」秋說。

「那又怎樣？這些都不重要。不同長相、不同年齡、不同性格、不同職業與身分的人有時候會有完全相同的命運，而性格十分相像的兩個人卻經歷著完全不同的人生。」他說。

「倒也是，那依你看什麼才是最重要的？」

「文體、效果、詞……，生命的一個又一個瞬間；總之，打破常規，文字的顛覆才是寫作的樂趣與使命。」他說。

可秋不這樣認為，他說：「無論如何，語言最根本的功能都是交流，再了不起的創作也要讓人看得懂。」至於文體、效果及好的文字，秋又說：「簡潔、乾淨而又有意味的文字就是好文字，甚至是好文字的標準。尤其是中文，要像麥粒一樣飽滿，讓人感受得到金燦燦的光澤，還能想像得到它在風中的姿態，它變成麵包之後的香氣！」

「當然！」他表示同意，但又說：「好文字之所以給人帶來豐富的閱讀體驗，正是因為對語言的顛覆；任何傳統的、線性的敘述方式和抒情方式都做不到了。好文字更像是一個又一個光斑，在早晨、中午、黃昏，在山上、田野和海邊，在不同的情境下和夢幻中折射出斑斕的色澤與光彩。它們如夢如幻，帶給我們迷宮般的體驗。這與交流，看得懂、看不懂沒有關係。好文字是一個開放體系，會讓讀者參與其中，共同創造；它不是讓人懂的，而是讓人震撼的。在讀完一段好文字之後，人們會震驚——呀，還可以這樣寫，這樣相愛，這樣犯罪，這樣死亡！」

「相反，如果僅僅是為了交流，為了陳情達意，為了讓人看得懂或受到感動，那麼電報與留言條就夠了，有些電報也滿感人的，留言條同樣可以簡潔、乾淨、有意味……，但再好的電報與留言條也成不了小說和詩歌。」

他們熱烈地討論著，似乎已經忘了秋是因為嫻才來找他的。後來他說：「沒事，鬧點脾氣而已，你要學會哄她。」秋當然知道哄她，可他嘆了一口氣說：「嫻真是太小了，還沒有成人。」

「成人？你是說她應該善解人意、通情達理、老於世故？」他說。

「老於世故倒不至於，可她真的還什麼都不懂。」

「多好呵，老天爺給了你一個花骨朵，讓她在你的園子裡慢慢地綻放，她要是什麼都懂了還談什麼戀愛？」

「那依你說什麼才是戀愛？」秋問。

「戀愛當然是神祕的心跳，是神祕和對神祕的欲求。」

「神祕？是呵，可嫻就像一眼清澈見底的泉水，有什麼神祕可言？夏夏就不同了，夏夏是一泓深潭，她的憂傷才是神祕的，你永遠不知道她心裡在想什麼，她的微笑讓人充滿了探求的欲望……」

他笑了笑，說他這是貪婪。簡單的東西也可以很神祕，比如波光、星辰和花朵……，不過他也同意沒有貪婪就沒有欲求，沒有欲求就沒有愛……

「還有，」他又說，「凡是沒有得到的就覺得神祕。所以任何戀愛都會止於欲望的滿足和占有，婚姻必定是愛情的墳墓。」

秋表示同意，又說他一直喜歡小腿完美的女孩；是的，夏夏，只有夏夏才有那樣完美的小腿。

「你他娘的還喜歡胸部豐滿的女孩呢！」他在心裡罵道。嫻近乎於平胸而夏夏卻很豐滿。

「她們真該調個個兒，嫻的性格才是夏天，她應該叫夏夏才對。」秋說。

他說他也這樣認為，第一次見到嫻他就這樣想了。唉，嫻和夏夏，兩個像早晨一樣美麗的、不著痕跡的女孩！可嫻真像是夏天的一隻小水獸呀，她自由自在地在水裡游，冷不丁兒就對你噴出一道驚奇的水柱……

「多麼神奇，這隻可愛的精靈般的水獸！」他在心裡這樣想，但沒有說出來。他在回味和嫻的吻，那淺淺的一吻讓他癡癡呆呆的。他在癡癡呆呆中想起了三妹——他們鑽進草垛，三妹好聞的氣味和稻草金黃色的光澤混在一起，讓他如癡如醉。秋在一旁突然說：「要不我們換一換吧。」

換一換？他一陣戰慄，突然感覺到他是如此渴望嫻的嘴唇，他想含著它，吸吮它，讓它在自己的舌頭下化掉……。他發著呆，正不知如何回應，卻看見兩個身影，向他們快步走來。

「你們在幹什麼呀，嫻都找你半天了。」是嫻和夏夏。她們走到跟前，夏夏對秋說：

「秋，趕緊向嫻道歉。」秋道了歉，嫻說：

「你好討厭，是個壞人！」又問：「你們在聊什麼？」

秋說了他們剛才各自對文學的觀點，可他心不在焉的。他看著嫻，也看著夏夏，又想起嫻在緩坡上微微起伏的胸脯，想起秋剛才說的話。秋的話大膽、新穎，令人想入非非……。他心情激蕩，哼著歌和他們一起回到了宿舍。

一個多麼甜美的夜晚！他失眠了，在半夢半醒中同時夢見嫻和夏夏，他們三個人在緩坡上，在河水中，在草垛裡。剛開始夏夏是不願意的，她在一旁流眼淚，既冷漠又憤懣，可隨後就加入了……

他們三個人糾纏在一起，不斷地翻滾、尖叫，渾身是汗，呼吸急促，持續的呻吟像海浪一樣在夜色中起伏，是他跟嫻說到過的海。之後地平線越來越遠，大海已變成深淵，白浪驚天……，不，是黑浪！黑色的巨浪席捲而至，像一座山一樣倒下，發出駭人的巨響。

嫻不停地說：「還要，還要！」夏夏的神情既神迷又詭異，她對嫻說：「你個浪貨，你再說——還要，還要！」

嫻沒有再說，她哭了，在他身下哭得像一朵花似的；可那朵花很快就凋謝了，在他猛烈的衝擊下，她的容顏在一瞬間變老了，全是滄桑和殘枝敗葉……

好幾天秋都沒有再說：「我們換一換吧。」他們沒有再談這個話題，如果再談，也許他會說：「那就試試吧，你可以去追夏夏，如果她願意，當然我也可以去追嫻。」但他心裡想的卻是：「不，兩個我都要，我們一起吧！」

但夏夏是不會同意的，她是從舊家庭出來的人，所謂的「大家閨秀」，這樣的家庭有自己的原則，也有自己的道德和美學標準。而且她很快就要走了，她的父親、母親、哥哥、姐姐都已經去了美國，她本來也要走的，可她堅持要在國內念一年大學。她參加了兩次高考，第一次沒考上，第二次終於考上了，成了他的學妹。她驕傲、倔強、有信念，像很多人一樣把高考當作戰場。終於攻下了這個山頭，不可能放棄；她得享受自己的勝利，得讓所有人知道她不是因為考不上大學才到美國去的，而且她想有在國內上大學的經歷，她得戀愛，熱烈而浪漫地戀愛，然後和這個人生離死別。總之，她想有自己的生活，而無論這生活是什麼樣的結果。最後母親說：「尊重她吧，讓她再任一次性吧，人這一輩子任性的機會並不多，我們做父母的不能讓她遺憾。」多麼開明的父母！她留下來，留在她爺爺留下的宅院裡，有竹林和水井，有十幾間廂房。她住一間，宋嫂住一間，其餘的都上了鎖。她保留了爺爺的書房，這間書房平時鎖著，不准任何人進去；她每週回去打掃一次，每次都要在書房裡待小半天，她在這裡懷念爺爺，回憶孤單的童年，感受家族的逝去……。母親把宋嫂也給她留下來了，在家裡工作了二十多年的宋嫂總是說：「夏夏，再過一個夏天你也要走了。」她總是安慰她，可她的安慰是牽強的，也是無力的……

她應該是學校唯一一個有宅院和保姆的學生了。平時她住在學校的宿舍裡，和所有的同學一樣，但更樸素，衣服全是姐姐走時留下的，款式老了，顏色也不時興。她甚至在宿舍睡光板床，沒有褥子，只有床單；床單的樣式也是最普通的。她直挺挺地睡在只鋪了一張床單的床板上，沒有人知道她的家庭條件，她跟父母說好了，只讀一年，一年級結束她就走，去美國另讀一所大學，完全服從父母的安排……

所以，他們的戀愛從一開始就註定是沒有結果的，是一個插曲。她的未來早就安排好了，戀愛也是，只是談談而已，一年、半年或者幾天都一樣，不會有任何結果。你可以說她自私，但她並沒有欺騙誰。他追她的時候她就說不會有結果的。他說他不要結果，做任何事他都只注重過程。結果是沒有的，誰能按計畫生活一輩子呢？未來不可知，一個人不可能知道自己的未來，甚至明天出門會不會被撞死都不知道。他的想法比她更偏激，他甚至認為那些動不動就向生活要結果的人是糊塗的，要麼就是厚顏無恥的功利主義者。生活是用來享受的，一個人怎麼可能因為掌握不了未來就放棄生活呢？愛情更是，它首先應該是一首詩，讓我們盡情吟誦那些美麗的詩句吧……。她說：「那好，既然你這樣想，而且想得這樣透徹，我們就開始吧。」他們就戀愛了……

只談了一個多月戀愛，暑假就到了。她跟他說：「該結束了，我答應了父母，上完一年級，暑假一到，就去美國……」

「親愛的，我就要走了，我們再聚一次吧，約上秋和嫻，這應該是最後一次了。」

「最後一次！」——多麼淒婉，多麼悲涼！

「好的。」他說。

最後一次他們沒有去河邊，而是在家裡，夏夏的家裡。走進那套宅院時，他們都傻了，他們想不到這就是夏夏的家，他們只知道夏夏是一個樸素、憂傷的女孩……

夏夏已經準備好了，竹林下的告別宴會。他們走進去，宋嫂在一旁不停地忙，先是下午茶，各種水果、點心、茶——用自家的井水泡的茶；然後是燭光晚宴。音樂，蕭邦的鋼琴曲和史特勞斯的圓舞曲……。秋側過身問他：

「你知道夏夏的家是這樣的嗎？你之前來過嗎？」

「沒有。」他搖了搖頭。

可秋說：「其實我早就感覺到了，我說過的吧，夏夏是一泓深潭，深不見底，她憂傷的眼神讓你有一種想一輩子探求的欲望。」

他恨不能一拳就打過去，秋洋洋得意的樣子似乎在嘲諷他。可他面無表情，一句話也沒說。他想起夏夏的話——「不會有結果的。」也想起了自己的豪言壯語，他的豪言壯語包含了他對人生的真知灼見。可現在不也是一種結果嗎？夏夏就要走了，正如她說該結束了。結束，結束當然也是一種結果！夏夏安排了這場聚會——竹林，古井……，多大的宅院啊，還有下午茶和燭光晚宴。她在向他告別，也在向秋和嫻告別，她想讓結束有一種儀式感——「為了忘卻的紀念」……

「感謝海狼，感謝他的陪伴，還有他的愛。」她說。接著也感謝了秋和嫻，她還說到了那次郊遊，但她從來不會問：「如果沿著這條河一直往前走會到什麼地方呢？」因為她知道不可能沿著那條河一直走下去；她已經和他們走了將近一天了，也算是一次遠足了，他們還在草垛裡做了愛，她滿面緋紅，頭髮上全是稻草。後來他們又多次在河邊散步，也多次做愛，這些已經夠她回憶的了，野地裡的愛情……。她在國內的大學生活是浪漫而美好的，她已經任性過一次，以後不會再有遺憾……

「來，喝酒，今晚我們要一醉方休。」她說，不停地給他們倒酒，不停地喝。秋和嫻都很高興，秋有一些傷感，但終究是高興的。剛開始他不說話，他沉默，但後來也興奮起來，他和夏夏一杯接一杯地喝，喝交杯酒——他含著酒餵夏夏，一口一口地含著，然後吻她，吸吮她，舌頭在酒裡糾纏在一起。多麼醇美！多麼芬芳！「醉了！醉了！」——他渴望醉，醉是今晚的一切，是他的宿命，是他的抒情與紀念，也是他的淚水與狂歡。他不斷吻她，含著酒吻她的脖子、眼睛、耳朵、手指和胸，他一點一點地吻她的全身，然後衝擊她，讓她的愛液與酒混在一起，全身都是愛液與酒的香氣。她說：「親愛的，親愛的！」可他聽見的卻彷彿是嫻的大叫——「還要，還要！」於是繼續吻她，含著酒吻她的胸、小腹和大腿，最後他將頭埋進她的大腿之間，一點一點地舔她，將舌頭深深地伸了進去。她大聲喊：「哦，哦，親愛的，親愛的！」他的舌頭充滿了詩歌的激情與靈性，不是一首短促的抒情詩，而是一部如歌如泣的詩劇，鏗鏘有力，如風暴一般席捲而至……。她站在風暴的中心，更大聲地喊：「啊，天哪，天哪，我愛你，愛你！」她終於說出了這句話，在一起一個多月，她從來都沒有說過一句「我愛你」。他好幾次都說：「我愛你，夏夏！」又問：「你呢？愛我嗎？」她只是微微地笑著，連她最憂傷的眼睛也從沒有對他說過這句話。可是現在她說了，在他的衝擊下大聲地喊了出來。然後風暴過去，一切歸於岑寂，他在風暴過去後聽見了夜色的吟誦，也聽見嫻在外面說：「多可憐呵，海狼，以後他就只有一個人了！」

他聽見這嘆息般的聲音，臉上已滿是淚水……

四

暑假終於過去了，殘酷的暑假。到處都是大雨滂沱之後的爛泥，深一腳淺一腳的，時間都長毛了，天空又陰又濕，宿舍裡瀰漫令人不快的霉味。他沒有回家，整個暑假都待在學校裡，每天躺在床上寫詩、呼吸，一天只吃兩頓飯，甚至不吃……，發了霉的宿舍……

秋和嫻出去玩去了，到了一個苗族的寨子裡，美其名曰去「採風」，去搞調查。夏夏呢？夏夏的確是走了，走得很乾脆，沒有一丁點遲疑。他似乎失戀了，這種失戀是難以名狀的，沒有敵人，卻敗下陣來。的確，他說過不要結果，可萬事最終都會有結果，與你想不想要沒有關係；好事不一定，壞事一定會有。這是他沒有想到的。

「美好的事物轉瞬即逝，憂傷卻永不磨滅。」

他寫了十幾首詩，想寄給夏夏。可她走了之後連一封信都沒有來過，沒有地址，沒有任何消息，像氣泡一樣消失了，都不知道是死了還是活著……

（當然，她是不可能死的，她是一個很懂生活的人，似乎什麼都看透了，而且，全在她的掌握之中……）

他的確說過只要過程不要結果；可結果出現了，過程卻被她撕了，還隨手扔進了她剛剛離開的那座城市……

「好嘛，」他對自己說，「走吧，無所謂的。」

可說的不過是氣話，是自我安慰與自我鼓勵。整個暑假他過得一塌糊塗，像一隻躲在洞裡的老鼠。他本可以回家，也可以和秋他們去玩，可鬼使神差，他一個人留在了學校，

他低估了夏夏，高估了自己。他越是一個人待在宿舍，夏夏的力量就越強大。他頹唐、氣惱，每天都去收發室看有沒有信，都只有絕望……。事實上他並不在乎夏夏是不是真的走了，而是在乎一直沒有來信。他是被這種結束方式給傷害了，這種完全不把他當一回事兒，完全不搭理他的結束方式傷害了他，弄得他每天都像是在舔傷口似的……

秋和嫻回來了，他們去看他，秋問：「老兄，怎麼啦？夏夏一個暑假都沒有來信嗎？」

他得意洋洋的樣子像是早就預見到了什麼。他點了點頭，嫻瞪著一雙大眼睛說：

「這個夏夏，太不像話了，我寫信去罵她！」

「連個地址都沒有……」他說，大家就沉默了，都沒有說話。

「操，太牛了！」嫻輕輕地踢了一下腳下的小石子。他本來想說他一個人孤零零地過了一個暑假，

弄明白了很多事情，還寫了十幾首詩。可他什麼也沒說，說這些是沒有意義的。這個暑假秋和嫻才是幸福的，他們都曬黑了，臉上洋溢著太陽曝曬過後的幸福與熱情，用秋的話說——他們已經收穫了金燦燦的麥穗……

「不過，夏夏是對的，她很理智，比我們都成熟。」秋最後說，但馬上就遭到了嫻的反對，嫻說：「好嘛，這就叫成熟！哪天你也會這樣對我，是吧。」

秋說：「哪跟哪呀，簡直不可理喻！」

嫻氣得跑開了，他在一旁自言自語：「是的，成熟，每個人都會因理智而成熟……」

然而他並不承認自己真那麼痛苦，更不會萎靡不振。他只是心裡空而已，需要調整、填補或者轉移，也需要一些新東西——新的聲音、文字、人和風景。現在好了，秋和嫻回來了，新學期開始了……

新學期一開始就有某些東西在風起雲湧。先是一陣又一陣的思潮，所有的大學都活躍起來了，一個接一個的大學生社團冒了出來。有些是偶然的，成立不久就辦不下去了；有些卻很頑強，變得日益壯大。新的資訊和新的思想每天都在被同學們談論。演講、辯論、詩歌朗誦會、先鋒藝術展和實驗音樂……，總之，活動不斷，每天都有外校甚至外地的朋友來，大家一見面就熟，就熱烈討論，而且一夜之間就彷彿成了兄弟……。他們豪情萬丈，課是基本不上了，逃掉了，沒意思的，太浪費時間了……。他們通常都在茶館或小酒館裡，辯論，高歌，大碗喝酒，立下誓言，熱淚滿面……

瞧，一群多麼可愛的仁人志士！

方強說：「海狼，你們也做一個社團吧，你和秋，你們都是有理想、有才華的人。」

方強是學校唯一一個叫他「海狼」的老師，大他十三歲，畢業後留校，出國讀博士，當時是學校的團總支書記，也是他和秋的兄長、引路人，甚至於導師。於是他和秋就組織了一個課外學習小組，但很快就產生了分歧，散夥了。他想——要搞就自己搞，而且必須搞大。他和秋就各自成立了自己的社團，也成了常在一起論戰的兩派。他經常到各個學生宿舍去，向不同年級、不同專業的人宣揚自己的觀點，發展他們成為社團成員。他的熱情、思想與雄辯使他有了不少擁躉者。之後他和秋論戰，他的社團和秋的社團，他們各自掌握了一部分真理，當然，是局部的，自以為是的。其實真理並不存在，或者真理很多，糾纏在一起就成了一團亂麻，反而讓人覺得沒有真理了。事實上，他們的論戰都是方強事先安排好的，方強精心策畫了每一次論戰的主題，讓他們各自去尋找論點和論據，然後貼海報，在大教室裡開始一次又一次的論戰……

雖然他們成了一對有名的論敵，各有各的局部真理和追隨者，而且，從來都是劍拔弩張的，但私下裡卻依然是情真意切的好朋友。秋和嫻依然經常去河邊散步，可夏夏不在了，他只好退出。他是對的，不能無端去做「電燈泡」。但嫻總想拉著他，她跟秋說：「要不我們給他找一個吧。」她就給他介紹了她最好的朋友。

「她叫梅子，在醫學院讀書，從來都像大姐姐一樣照顧我，很懂事，你會喜歡的。」

於是他給梅子寫信。他在信裡說：

梅子，你好！嫻介紹了你，可不用介紹，我對你都很熟悉。『望梅止渴』嘛！瞧，你有一個多好的名字，讓人一下子就想起了曹操的典故。重要的是，讓人一想起就想吃，酸酸甜甜的，多麼解渴……

梅子沒有回信，「這人太輕浮！」她跟嫻說，還拿出他的信給她看。

「哪裡，海狼是詩人嘛，詩人都有自己的語言風格呵。」嫻說，可接著又去批評他──「你這人也真是的，人家一個女孩子，你怎麼第一封信就那樣說嘛，『酸酸甜甜』，『讓人一想起來就想吃』，吃你個頭呵。」

他笑了笑，說：「是有點輕浮哈，不過我說的是真話。她也太無感了，輕浮也就罷了，她不至於認為我在調戲她吧？」

「你沒有嗎？」她盯著他的眼睛，逼他變誠實。

他承認了，說至少有一點兒輕薄。可又說：

「換上你和夏夏，你們都不會這樣大驚小怪的。」

「夏夏我不知道，我也許會更生氣。」

「你不會的。」

「憑什麼這麼說？」

他就再次模仿她的口吻說：

「哎呀，我的褲子！」

她就罵他，追著要打他。

「你多好呵，嫻，『清水出芙蓉』，所有的美都一定是發乎自然的。」

她說：「可她不同呵，她是一個有原則的女孩。不過你放心，我會再跟她談談。」

「談什麼談？」「再見吧，梅子，等你什麼時候學會打情罵俏再說吧。」他說，做了個鬼臉，就走了。

嫻的好心就此打住，沒辦法，他是詩人嘛，嫻也沒有和梅子再聊這件事，她甚至認為海狼是對的。

他和秋繼續論戰，嫻和秋繼續去河邊散步，她跟秋說起他和梅子的事——

「望梅止渴，酸酸甜甜，讓人一想起就想吃。」

她模仿他的口吻，扮鬼臉，笑得腰都直不起來。可笑完之後又感嘆：

「海狼，他一個人多可憐呵！」

「有什麼好可憐的，他只是剛跟夏夏分手，還沒有走出來罷了。」

「所以呀，所以他需要幫助呀，需要一個新朋友呀，單靠自己，他是走不出來的。」

「要不，你去幫幫他？」

「說什麼呀，有你這樣說話的嗎？」

「要不你就承認了吧，你喜歡的一直都是夏夏，對嗎？」她突然又問。

秋的臉一下子就紅了，他猝不及防，很生氣的樣子，卻不知道說什麼才好。

「慌了吧，別急，急就說明你心裡有鬼！」

「我急什麼呀，誰心裡有鬼還不一定，你其實也一直喜歡海狼，海浪也是，一直都喜歡你，別以為我不知道！」

嫺一下子就愣住了，她還不知道他們說了多麼嚴重的蠢話……

過了幾天，秋單獨去找他。他們又到操場去散步，那是晚飯前的一段時間，操場上的人很多，有踢球的也有跑步的；他們在有單雙槓的那個區域坐下來，他坐在雙槓上，聽秋說：

「海狼，你得走出來。」

「什麼？」他問。

「從夏夏的陰影中走出來。」

他跳下雙槓，笑了。「夏夏的陰影？你也太高看夏夏了吧！」他說。

「高看？你別不承認，夏夏的確是一個有魅力的女人，換上我也不會這麼快就走出來的。」秋說。

「換上你？對了，你不是說要換一換嗎？現在還想換嗎？」

「可夏夏不在了……，不公平，沒得換了！」

「哦，要是夏夏在你就會換嘍？」

秋低著頭，沒有說話，他像是默認了。

「我也知道你一直喜歡嫻。」秋想說，但他不可能在這個時候說這種話，因為現在只有嫻而沒有夏夏了。他囁嚅著，過了好半天才說：

「其實一個男人應該多幾個女人。」

「你這話算是說對了，我不是何患無妻而是何患有妻，我是獨身主義者，婚姻多無聊呵！」他說。

「那照你這麼說，愛情又是什麼呢？」秋問。

「我以前說過的，是神祕和對神祕的欲望，但經歷過夏夏之後，我要修正一下，愛情只是一個故事，開始時是傳奇故事，結束後是寓言故事。」他說。

「這個說法好，有新意，也深刻，所以男人需要不同的女人，任何男人都想成為一個有故事的人，正如聶魯達說：『我承認，我曾歷經滄桑……』」秋說。

「好吧，歷經滄桑，可好故事不是想有就有的，好女人也不是想遇見就遇見的。」

「所以你需要忘記夏夏，也需要另一個女人。」

「怎麼？嫻剛給我介紹了一個，你不會又來給我做媒吧？」他問。

「那倒不是，不過有個女人你可以試試，可惜我不認識。」秋說。

「你不認識還說什麼？不是廢話嗎？」

「雖然我不認識，可人人都認識她，你肯定也認識，而且應該還很熟。」

「見鬼了，幹嘛弄得這麼神祕，誰？直說吧。」

「阿慶酒館的老闆娘，你幾乎天天都去的。」秋說。

當然，阿慶酒館，他當然熟得不能再熟了。他和朋友們經常去那裡喝酒，討論問題，激情澎湃，瘋瘋癲癲。他當然也見過阿慶，一個很麻利、很潑辣的女人，三十來歲，身材很好，皮膚很白，但每天都罵罵咧咧的。

「其實她丈夫才叫阿慶，她是真正的阿慶嫂。」

「哦，阿慶嫂，《沙家浜》裡的阿慶嫂……。說實話，小時候看樣板戲，也只有阿慶嫂最有味道；李鐵梅是不行的，小白鴿白茹更是一杯清水。阿慶嫂就不同了，最有味道。」

「什麼亂七八糟的，不是讓你評論樣板戲，是要你去找女人，一個風情萬種的女人。」

「你怎麼知道她風情萬種？她丈夫呢？阿慶呢？」

「死了，她是一個寡婦，而且，沒有孩子。」

「你倒是打探得很清楚嘛，寡婦？好吧，我喜歡寡婦，喜歡有經歷的女人。」

「那好，你去追她，現在就去，我這裡正好有兩張電影票，今天晚上的，夜場，高倉健的電影。」

他驚呆了，秋是有備而來，他什麼都打探清楚了……

他們就到了阿慶酒館，要了兩瓶啤酒，一碟花生米，一盤夫妻肺片，兩碗小麵。秋陪著他，叮囑他說：

「待會兒她來上菜，你就把電影票給她。」

「好吧。」他說。

「一盤夫妻肺片，一碟花生米，兩碗小麵，兩瓶雪花啤酒。」她收完錢，對著廚房喊，聲音很大，有些沙啞。她不停地忙，圍著一條碎花小圍裙，身上盡是油煙的味道，很濃，隔著兩張桌子都能聞到。她的皮膚真的很白，腰也很細，雖然聲音有些沙啞，但走路的姿勢很迷人，有一種既爽快又扭捏的風姿……

他們點完菜，在座位上坐著，他給自己倒了一碗茶，手裡捏著那兩張電影票，手心都是汗……。茶水很濃，也有一股油煙味。菜和啤酒上來了，可很遺憾，她沒有來上菜，她一直在櫃檯站著，在算帳，菜是夥計上的。他們只好喝酒，他低著頭，心想他來這家酒館無數次了，今天是第一次注意她。她低著頭算帳的樣子很迷人，一縷頭髮垂下，遮住了一小部分臉；她的嘴唇很性感，下巴微微有點翹，脖子頎長，鼻子很秀氣。他裝著喝酒，偷偷看她，手裡緊緊地握著那兩張電影票。她似乎感覺到了什麼，臉上有了一絲慍怒，但隨即便抬起頭來，朝他嫣然一笑。這一笑可把他嚇壞了，他趕緊埋下頭去吃麵，然後走出了酒館。「你給她呀！」他走出酒館，在對面的馬路上蹲下，秋追出來，從他手裡搶過電影票，又跑進酒館，給了她。電影票皺巴巴的，都快濕了。他看見她瞥了秋一眼，打開電影票，又朝馬路對面的他看了一眼，就低下頭繼續算帳……。電影開演前，他一直在電影院的門口等，她沒有來，開演半小時了還是沒有來，他十分沮喪地回到宿舍，想起她的脖子、下巴和眼睛，也想起她的嫣然一笑。她的牙齒很白，很整齊……。一個寡婦，三十來歲，有味道——他心想，就決定再去。

第二次他是下完晚自習去的；他已經很久沒有上晚自習了，不知為什麼，他那天十分專心，一直在教室看書。之後就去了阿慶酒館。都快打烊了，只有他一個客人，夥計似乎都走了。他照舊要了一瓶啤酒，一碟花生米，一盤夫妻肺片。她上完菜就進裡屋了，打著哈欠，很疲倦的樣子。他一個人慢慢地喝酒，不知不覺竟喝了一個來小時。都快十二點了，她沒有再理他，一個人在裡屋，他再次感到沮喪，喝完最後一杯，對著裡屋喊：「結帳！」「進來吧。」他進去，看見她坐在一張椅子上，在看電視；那那間屋子看上去既是臥室，也是小酒館的倉庫。到處都堆著酒和食品，只有一張床，一臺很小的黑白電視。他又說：「結帳。」她瞥了他一眼，沒有說話。電視機上放著一杯茶，他端起來喝了一口，她看著他，既不吃驚也不慌張。「累了吧？」他問道，上前把她攬在了胸前。她靠著他，疲倦至極的樣子；他把她從椅子上拉起來，抱著她，她很溫順，沒有抗拒，也沒有掙脫，而是依偎在他胸前，輕輕地嘆了一口氣。他靜靜地抱了她幾分鐘，感受到她的疲倦與孤單，低下頭吻她。她回應了他，舌頭和嘴唇都很溫軟。接下來他便開始脫她的衣服，動作很輕，眼神也很溫柔，但她阻止了，她說：「會有小孩的……」她阻止了他，手卻撫弄著他胸前的紐扣，很溫柔也很不捨。「小孩，這麼晚了哪裡還有小孩？」他問。她笑了，低下了頭……。他就抱起她，把她放倒在床上。當他再次吻她時，她顫抖著發出了輕微的呻吟。那呻吟像是貓叫，混合著小女孩一般的哭聲；他再一次脫她的衣服，她又阻止了，還是說：「會有小孩的……」但很快就不再阻止，還配合他，自己把衣服脫了，又翻過身來脫他的衣服，俯下身去吻他，動作越來越快，也越來越激烈……，最後她說：「你是第一次嗎？以前沒有過嗎？」他沒有說話，只是緊緊地抱著她；她哭了，又說：「會有小孩的……」他明白了，從一開始她就想到了結果。也許她是害怕，也許這正是她所渴望的。他在她的小酒館裡過了一夜，可天還沒亮，她就叫醒他，催他快走；她的夥計就要來了，他們要趕著做早點：包子、油條、粥……。他起床，穿好衣服，回到宿舍，全身都是小酒館的味道……

幾天之後，他將他的經歷講給秋聽，說到了她身上的氣味，她的溫柔與激情，也說到她的那句話：「會有小孩的……」

秋說：「這不是豔遇，也不是愛情，而是——經歷！」

「是的，是的……」他說，還說他一直想跟一個寡婦發生點什麼，寡婦的美是少女不可比的，就像抒情詩與敘事詩沒法相比一樣。她們的身上全是生活的痕跡，痕跡正是他所迷戀的。秋笑了，說這是神聖的，甚至於還是慈悲的，他對她的慈悲，反過來也是；生活與思想、經驗與想像終於走到一起了，相互憐憫，互為慈悲……。他說：「只是一次經歷而已，倒被你上升到這樣的高度，太作了。」

「好吧，我承認，我曾歷經滄桑！」秋又說。第二天就把他的事跟嫻說了，像電視轉播一樣。嫻十分震驚，她哭了，不斷地說：「怎麼會這樣呢？怎麼會這樣呢？」她再也不想拉他和他們一起散步了，他也不可能帶著一個幾乎人人都認識的寡婦去河邊散步。阿慶嫂，當然也有自己戀愛的方式，她不可能到河邊去、在野地裡……，這些都是屬於嫻和夏夏的，只有嫻和夏夏那樣的女孩才會覺得在草垛裡做愛是浪漫的……

當然秋沒有說是他安排了這件事，他不會告訴她，永遠也不會。她只是覺得可憐之人必有可恨之處！他已經墮落了，墮落到連品味都可以不要了，對於一個詩人而言這真是澈底的墮落。她感到十分悲哀，一個人去河邊哭了一場……

五

「啪」的一聲，他立即感覺到臉上火辣辣的，接著又是一拳，沉悶地打在了他的前胸，他一個趔趄，扶著牆站住。

「操你媽，來這兒當大爺嗎？」同時聽見一個兇狠的聲音，他這才醒過來——他是在看守所，在號房裡，座號已經在發飆了。他連忙道歉，叫大哥，說：「對不起，我馬上幹！一會兒就把馬桶刷得乾乾淨淨的……」

他活該挨打，昨天座號就分配他墩地和刷馬桶了，這是規矩，新來的人都要幹最髒的活，吃最差的伙食，然後熟了，慢慢進步，才不會有人欺侮。按說他是懂規矩的，他已經是第二次進看守所了，十五年前他就被拘役過一次，三個月。可不知為什麼，昨天一進來他就在發呆，對著牆壁想起了一個又一個人。也不知道為什麼他就想起了夏夏、嫻和秋，想起了方強和各種風起雲湧的舊事，還想起了英英……

英英姐——他們第二次約會時，她說：

「阿慶酒館用的是阿慶的名字，阿慶死了，我一直都沒有改名，也算紀念他吧。」又說：「你以後就叫我英英吧，我當姑娘時的名字，已經七八年沒人叫了，我想你叫我英英。」

「我叫你英英姐吧，我一直想有個姐姐。」

「好，你叫一聲！」

「姐，英英姐！」

「哎！」她抱住他，眼圈又紅了——一個經常罵罵咧咧的人卻如此溫柔……

「你他媽的在發什麼癡呢，想老婆啦，想情人啦，你看清楚這是什麼地方！」座號又在罵了。他趕緊刷馬桶。號裡十五六個人，就這麼一個蹲位，只要有人撒尿他就得沖一次，否則滿屋子就全是尿騷味。好在所有的人都只能在規定的時間大便，哪怕拉肚子也不能隨便拉，得憋著，實在憋不住了就求大哥。

「大哥，憋不住了！」

「你他媽的喊報告！」

「報告，大哥，拉肚子，憋不住了……」

「憋不住了是嗎？一支煙、一個饅頭，讓你拉一次。」

在看守所，想拉就拉是一件挺有面子的事，說明你有特權，甚至是自由的。

「說你呢！」座號上來就是一腳，他正蹲著刷馬桶，差一點就栽在了蹲坑上。

「報告！我在刷馬桶，也在聽大哥講話，我沒老婆，雖然有情人但是沒有想。」

大哥聽了就哈哈大笑，說：「你他娘的還真有意思，『雖然有情人但是沒有想』，你他娘的倒是想給我看看呵。虎子，晚上盯著他，看他跑沒跑馬，要是跑了明天就收拾他……。他娘的，還雖然有情人但是沒有想！」

他繼續刷馬桶，然後墩地。墩完地，座號拉開他：「來，讓虎子檢查檢查，沒鬧乾淨就給老子舔了。」

虎子穿著白襪子，在過道來回走了三圈，又用手摸了摸門、馬桶邊和水龍頭。

「還行，大哥！」

他過了一關，座號很滿意，沒有挑出什麼毛病來讓他舔掉。

「記住了，就這麼幹，馬桶必須隨時刷，地一天至少要墩三次。號裡人多，再不注意衛生鬧出病來咋整？你說呢？」座號的語氣柔和了一些。

「那是，那是，必須乾乾淨淨的。」

「你先幹著，看守所有看守所的規矩，過幾天來了新人，再讓他幹……。不過話我可要講清楚，既然進來了就規規矩矩待著，別東想西想的。聽話，沒人欺侮你，不聽話就收拾你，明白了嗎？」

「明白了，大哥放心！」

「因為啥事進來的？」

「涉嫌黑社會組織罪。」

「黑社會，就你？」

「是的。」

「都幹啥啦？」

「我救了一個人，一個小女孩，十二三歲，被人追著打，我攔住了，用一根鐵棍逼退了三個人，之後又報了警。」

「可沒想到，公安局卻把我給抓了，說是那個小女孩檢舉的，有筆錄，小女孩說我是專門組織賣淫的黑社會組織的頭頭。」

「真的假的？應該是見義勇為嘛，有獎金的，怎麼就成黑社會組織了？」

「我也不知道……，不過，總會弄清楚的。」

「啥就弄清楚呵，都進來了，最遲半個月就會捕你。」

「我知道。」他點了點頭。

「啥黑社會組織啊，大哥，不就是一個雞頭嗎？」虎子接過話，大聲說。其餘的人就跟著笑了起來。

「滾一邊去，輪得著你說話？」大哥呵斥他。

他慢慢回到了現實中來，看著這間號房，不到三十平米，要住十五六個人。座號是一個大個兒，很壯實，四十七八歲的樣子，像一尊凶神，或者殺豬的。但他很快就知道了，其實是一位銀行行長，因為受賄，已經在看守所待了兩年了。「怎麼會這麼久？」他問，「大案子，大案子，很複雜，檢察院不敢訴。一直在退檢，開不了庭。」他說，居然是一副得意洋洋的樣子。沒幾天他們就熟了，互相聊起各自的經歷、事業、雄心與愛情。他小他十二三歲，按規矩叫他大哥。案子上的事他是不問的，這也是規矩。當然，他很快就知道了他的背景——從小在一個煤礦長大，礦長的兒子，霸蠻慣了，後來居然考上了大學，學金融，之後又去美國留學，算得上是一位海外歸來的專家。所謂能人犯罪，免不了讓人痛惜，頗多感慨。但這位能人從不感慨，他說：

「能力無所謂的，誰還沒點能力？安哥拉模式——你知道安哥拉模式嗎？是我開創的，為國家賺了多少錢呵。」

「咱們今天說，要不是我，那件事連門都沒有。」

他聊起自己的光輝歷程，喜歡說「咱們今天說」，這是他的口頭禪，每天都要說，一天至少要說兩三次。「咱們今天說……」不久，他一開口，他就知道他要說的事兒了。

「無所謂的，我早想開了，這一輩子值了，去了一百多個國家，見過一百多個總統，睡過一百多個國家總共八百零八十個女人。所有的人種都睡過了，不同年齡、不同職業與身分，什麼制服誘惑，冰火九重天……，你說吧，還有什麼咱們沒玩過的？」

他目瞪口呆，驚奇得不知道說什麼好。他在一個饕餮時代，見識了一個多麼怪異的饕餮！他同意一個男人可以多幾個女人，可也不能把女人當點心吃，女人是一種情感、經歷和美，不能僅僅用來滿足欲望。他問：

「大哥，這八百零八十個女人你都記得嗎？想得起來嗎？」

「記它幹嘛，我只記得編號，六百八十個，六百八十一個……」

他鄙視他，聽了覺得噁心。他受過那麼好的教育，到了四十七八歲，就只剩下一副胃了，空蕩蕩的胃。吃！吃！吃！他腦子裡只有吃，一個殺豬的，一副豬下水，一個礦長的兒子，驕橫慣了，現在又當了座號，代表另一種法權……

那殺豬的一點都沒說錯，到了第十五天，他被捕了，在批捕文書上簽了字。他義憤填膺，感到恥辱，卻又無可奈何。他得在看守所熬下去了，在這裡等待公訴與判決，然後去監獄。「熬」這個字含義多豐富呵，他見識過，也熬過，可他這個年紀，三十五六歲，正值壯年，激情和夢想還在，思想、個性、雄心還在，有時還自以為是，與時運較勁，是不可能真正理解這個字的，但他知道熬的另一面是等，苦熬苦等！掉井裡了，四周一團黑……

一個月之後他見到了律師，是英英請的。英英姐，他們已經三年沒見面了，她在千里之外的另一個城市，怎麼可能知道他被捕了？還千里迢迢趕來給他請律師？律師帶來了小美和英英的信。英英的信很簡單，只有一句話：「相信自己，保重身體，我會盡力。」小美在信裡哭聲動地的，她說：「哥，我可怎麼辦？我沒文化，不懂法，沒關係，也沒有錢。我請不起律師，聽說這事要花很多錢，除了請律師，還要找關係。我該找誰呢？我翻你的手機，看能夠找誰，好在你的老手機還在，有英英姐的電話、短信和照片，她抱著一個男孩，你說過那是你外甥的。既然是你姐，總會幫你吧，我給她打了電話，她來了，給你請了律師，還說『相信他，他是冤枉的』，我當然知道你是冤枉的，可我不知道該怎麼做，幸虧有英英姐……」他都明白了，「英英，姐……」，他在律師面前也沒忍住，哽咽起來……

「我來是先向你瞭解一下情況，目前我還看不到你的卷宗。」律師說。

他講了事情的經過。兩個多月前，他和小美在街上散步，路過一個餃子店，看見三個壯漢打一個女孩，十二三歲的樣子，鼻青臉腫的，恐怖地尖叫。他上前勸阻，小女孩跑了出去，那三個人又追，他抄起一根鐵棍攔住了。小女孩跑了，他隨後也報了警。

可沒幾天，警察來了，他被帶到公安局去訊問，當天就被拘留了。他怎麼也沒想到那個小女孩竟指控他是黑社會組織的頭頭，專門組織賣淫。更不可思議的是，那個小女孩居然還是小美弟弟的女朋友，小美弟弟才十八歲，也指控他是黑社會組織的……

「真是匪夷所思，我就是不明白那個小女孩為什麼要指控我，我救了她，小美弟弟更是，為什麼？」

「公安局已確定那個餃子館是賣淫窩點，白天賣餃子，晚上賣淫。關鍵是找到那個小女孩。過幾天我就能看見她和小美弟弟的筆錄。你肯定沒有組織過賣淫嗎？」

「開什麼玩笑？我當然肯定！」「我犯過錯，在道德上也不是沒有瑕疵，有些事我一直在悔罪。可我悔罪的事從沒有人問我，這件莫須有的事反倒讓我成了嫌疑犯！」他說。

「好吧，總會搞清楚的。」律師說完，就跟他告別。

他繼續在看守所苦熬，大半年過去了，他還在熬。他顯然在等待希望與正義……

記不得那張照片是誰拍的了，一張合影，有十五六個人，在一家餐館裡。是英英的餐館嗎？不是的，應該比英英的餐館更大一些，也更高檔。照片中，方強坐在中間，他和秋站在兩側，然後是外校來的詩人、畫家、哲學家、評論家、神祕主義者……，應該是一次研討會之後的合影。嫻也在，她對什麼都好奇；主題他忘了，但照片中的人都意氣風發，他現在真有點不理解為什麼那時候的人全都在激揚文字、指點江山？他很少保留照片卻保留了這一張，還保留了一張英英姐的，英英和孩子，是她那年寄到他家裡去的……

孩子是他和英英的，英英堅持生下來，卻讓他叫他舅舅。「舅舅！」她讓那孩子這樣叫他。

「你給取個名字吧。」英英說。

「好，就叫鏞吧，一種樂器，能發出洪亮的聲音……」

任何時候方強都是靈魂人物，是思想的中心，也是行動的指南。那段時間，大家一到週末就去他家裡聚會。社團負責人、外校和外地來的朋友。大家慕名而至，討論各種問題。討論問題成了去方強家聚會的通行證——你有問題嗎？有，那就來吧，問題越多、越尖銳越好。方強事先也會準備問題，但他更習慣大家討論，很少談自己的觀點；他引導大家討論，然後做總結。一些結論本來已經形成了，但不久又被推翻。重來，推倒重來，他進一步引導大家討論，然後再做總結。每次，當問題討論得差不多時，他都會煮一壺咖啡，放一支曲子。這時所有的人都凝神靜聽，在音樂聲中，聚會變得更高雅。方強是從國外回來的新銳學者，有一張令人仰視的博士文憑和一套讓人羨慕的環繞音響。他推薦他們聽柴可夫斯基的《天鵝湖》、蕭斯塔科維奇的《列寧格勒交響曲》、拉威爾的《水之嬉戲》、孟德爾頌的《春之歌》、聖桑的《死之舞》……，不久大家就都有了音樂的耳朵，可他聽來聽去只喜歡貝多芬的《命運交響曲》，其他的，或許他們也不懂，只是他敢承認，沒有裝懂而已……

連續多日的陰天使他格外憂鬱，波特萊爾的《陽臺》和陰天一樣影響了他的心情。他充滿了不可逆轉的絕望，不知道活下去的意義。他去找方強，方強打開門，眼睛裡散發出奇異的光彩——「你知道嗎？海狼，大時代就要來了！」

還真是未卜先知，不久就有人遊行了，先是小範圍的，在春天的細雨中，接著就成了氣候。學校停課了，城市近於癱瘓，他衝到街上也衝到廣場上。他整夜整夜不睡覺，和人討論問題，發表演說，嘶聲力竭……，後來他要帶著一群鐵桿兄弟到北京去。秋勸阻他，方強卻支持他。他去了北京，絕了食，之後就失蹤了，被拘役三個月。出來的時候，學校已經放假了，校園裡空蕩蕩的，他找不到方強，據說方強也被抓了，事情似乎很嚴重……

他在英英的小酒館裡等學校開學，想拿畢業證，也在等他的兄弟，等秋、嫻和方強。他苦等著，每天都喝酒，喝醉了就哭；一些人知道他出來了，請他吃飯；他知道有人佩服他，有人同情他，也有人躲他。只有英英一直陪著他，小酒館也歇業了，她什麼都不幹，就陪他，他醉了就給他擦身子，哭的時候就抱著他，安慰他。之後他不哭了，低頭喝酒，還唱歌，也給她讀詩，吻她，和她做愛。

「英英姐，我好難受！」

「我知道的，我知道的，弟弟！」……

學校開學了，他去學生處要畢業證。「沒有！」學生處的人說，「你沒有做論文，沒有答辯，還連續三個多月曠課，你被開除了，沒有畢業證……」

他回到英英的小酒館，嚎啕大哭，之後就不再說話，連續幾天不吃不喝……

英英抱著他，使勁抱著，還掐他，然後自己也哭，拚命哭，她說：「弟弟，弟弟，沒事的，沒事的……」

幾天後他見到了秋，秋很好，被學校留校了，在系裡當輔導員……。他們去操場散步，他批評他，說他不聽勸，都說迷途知返，他是不撞南牆不回頭。又說到方強，秋很義憤，說方強居心不良，他早看出來了，一個極端分子，自私、陰險、誤人子弟，也害了他。他不同意，說方強是有理想的人，也有人格魅力，並沒有做錯什麼。兩人觀點不同，不歡而散……

他也去找了嫻，在圖書館前面的池塘邊，他說：

「我們去河邊走走吧。」

「不！」

「那我請你吃飯？」

「不去！」

最後她說進城去，她請他喝咖啡。他就騎自行車帶她進城。他們喝了咖啡，但話很少，他說秋留校了，他卻被開除了。「是呀，現在我明白了，秋和夏夏比我們都成熟，你最傻，傻透了。」嫻接過他的話說，說完眼圈就紅了。

他握住她的手，她沒有掙脫，讓他握著，之後她說：

「要不我們去看場電影吧。」

咖啡館旁邊就是電影院，他們去看了電影，但心不在焉的。他握著她的手，她也握著他；不久他就開始摸她，手伸進她的衣服摸她的乳房。她的乳房很小，但乳頭很敏感，摸了兩下就翹了，這讓他非常興奮。她也一樣，小聲說：「你含住它。」他就埋下頭去，含住她的乳頭。開始他只是輕輕舔，接著就用力吸吮，她發出迷醉般的呻吟，急切地說：「咬我，你咬疼我！」他就咬她，讓她疼，她叫了一聲，就使勁抱著他的頭——

「再咬，使勁地咬，咬疼我！」她幾乎要喊出聲來……

電影結束的時候，他看見了她眼裡的淚花，他摟住她，想抱吻她，可她拒絕了，她說：

「不，你嘴裡都是小飯館的油煙味……」

電影散場了，他帶著她，騎自行車回學校。可路上遇上了暴雨，他們淋得像落湯雞似的，還摔了一跤。他的腳崴了，不能再騎車了；嫻的膝蓋也摔破了，還出了血。

「把自行車存在什麼地方吧，坐公車回去。」他說好。一瘸一拐的，好不容易存好車，可末班車沒了，只好一瘸一拐地往前走。

終於回到了學校，她說：「你走吧，就別進去了。」

他知道這已經不是他的學校了，就說好。要走的時候她又叫住他——「還回小酒館嗎？」她問。

他點了點頭，說：「學校已經沒有我的宿舍了……」

「好吧。」她撇了撇嘴，轉身進了學校大門。

後來他又見過秋一次，秋很吃驚，問他：

「你還在？沒有走？」

他說：「沒有，在等方強，見了他就走。」

「那你住哪裡呢？還是阿慶小館嗎？」

「是的。」

「你不嫌她低俗嗎？昨天我路過，看見她跟顧客吵架，簡直就是個潑婦！」

他恨不能一拳打過去。

他又去找過一次嫻，嫻說：「忙，功課很緊，前兩年盡瞎玩了，現在得補回來。」他說：「好吧，這是對的。」就走了，再也沒有找過她。

有時候他會想起嫻說過的話：「海狼，如果我們一直沿著這條河走，走到岷江，走到長江，再走到海邊，那該多美，多浪漫呵！」

事實上他們已經一起走過不少路了，但最後一次很狼狽，想哭。他覺得已經有某種東西在諷刺他。他也會想起與秋的最後一次見面。他不會原諒他，他可以說他，怎麼說都行，但不能罵英英。英英還是他要他去追的呢；那個時候他對英英，對他和英英的關係評價都很高。可沒過一年他就說英英低俗，是個潑婦！他後悔當時沒有給他一拳，也後悔那天沒有和嫻做愛，他應該和嫻做愛……，可他也知道嫻那天不可能和他做愛。她只是讓他含住她，咬她而已。他甚至不願意讓他吻她，還說他嘴裡有小酒館的油煙味……。他知道她已經到頭了，像夏夏一樣，也是「為了忘卻的紀念」……

六

終於見到方強了！他像是變了一個人似的；人很瘦，顯得既絕望又憂傷，但眼睛依然很亮，像是有了什麼新覺悟似的。他們聊起各自在看守所的經歷。

「他們沒有打你吧？」方強問。

「沒有。」他說，「只是問我為什麼遊行？還絕食，去廣場演講是誰唆使的？」

「我說沒有人唆使，只是想出風頭，想得到同學們的崇拜。」

「不可能的，一定有人唆使，你只要說出來我們就放你。畢竟是學生，太年輕，上了人家的當。」

「我說真的沒有，只是想出風頭，認為機會來了……。天性如此，虛榮心作怪，老想當英雄，以後不會再犯這樣的錯誤了，太幼稚，太愚蠢！」

方強說：「你做得很好，也很聰明。」又說秋是一個小人，還檢舉了他。「這人太有心機，我們每次聚會他都做了筆記，後來寫成材料，立了功，留校了，害了不少人。」

他也問了方強在看守所的情況，他沉默了，好半天才說：

「這半年我的世界觀發生了很大的改變。」

「世界觀？」他問。

「是的，世界觀，也可以說對世界的根本看法。這個問題不解決，人歸根到底都是糊塗的；這個問題解決了，一切就會變得很容易。」

「哦？方老師，我也二十二歲了，可從來沒有過自己的世界觀。您剛才說您的世界觀發生了很大的改變，能跟我說說嗎？」他問。

「我成了一個不可知論者。」

「不可知？」

「是的，世界是不可知的，休謨早就說過，但我們都忘了。在走了若干彎路後，我才又回到這個最基本也最重要的命題上來。不過有了這個基本點，看什麼就會變得透徹，對生活也就更有底了。」

「我不理解，方老師。第一，世界怎麼就不可知了？人類不是已經掌握了越來越多的規律嗎？人類的技術與文明不是越來越強大了嗎？第二，既然世界是不可知的，又怎麼可能更透徹和對生活更有底呢？」

方強笑了笑，繼續說：

「人類的確已經掌握了不少規律，但都是局部的也是片面的和階段性的。從總體上看，世界依然是不可知的；其實人類掌握的規律越多，就會越困惑。有了世界是不可知的這一根本認識，人類才會少些虛妄，並真正懂得謙卑，同時對任何自以為已知的東西保持清醒的頭腦和可貴的懷疑心，這正是我們變得更透徹和更有底氣的基礎。」

「是不是可以這樣理解？世界同時存在已知和未知，人的認識和實踐越多，未知的就會越來越少，對世界的把握就會越來越大，人類就會越來越進步。」

「這恰恰是人類的妄念，也是膚淺的、自以為是的認知與邏輯；事實上，已知的背後都是不可知，已知總是被不可知顛覆。」

「怎麼講？」

「比如我在看守所認識一個人，本來只是一個老實厚道的農民，一輩子都在勤勤懇懇種地，後來學會了開車，開始跑運輸。他知道開車，也知道開車會撞死人，這是他已知的世界，是他生活的常識。可這個已知世界背後的不可知他是不知道的，他不知道會突然竄出一個老太太，一秒鐘，僅僅一秒鐘他就撞死人了，他的命運因為他已知世界背後的不可知發生了根本性變化，不可知在一剎那顛覆了已知。所以他為自己辯解，說他開得那麼慢，真是撞上鬼了。」

「這是一個偶然事件，說明不了什麼吧。」

「當不可知顛覆已知時，我們常常稱之為偶然事件，但這個世界，包括人生都是被偶然事件改變的。必然性改變不了什麼，因為必然是常態，是已知世界。」

「還可以舉若干例子來說明世界是不可知的。比如，你知道自己明天會發生什麼事情嗎？會遇見什麼人？說什麼話？有怎樣的心情嗎？你不知道。你連自己明天是什麼樣的都不知道，當然也不可能知道其他人明天是什麼樣的了。你對自己及身邊的人是最熟悉的，可連自己最熟悉的人與事你都不知道，又何談世界是可知的呢？」

「世界處於各種運動與變化中。可我們對那些已經發生的、正在發生的和將要發生的運動與變化瞭解嗎？不瞭解！我們永遠也不知道此時的世界在幹什麼，更不知道彼時的世界會是怎樣的？它將發生怎樣的運動與變化，這些運動與變化又將給我們帶來什麼樣的機會、幸福與災難。我們聽消息說：某地地震了，某地發生了車禍，某個大人物死了，而他的死正在引致或停止某場戰爭……，連地球的運動與變化也只是茫茫宇宙中若干運動與變化的一種，何況人呢？我們的命運正在變壞或變好我們什麼時候知道過？我們從來不知道，否則我們就可以躲過一場又一場災難了……」

「方老師，我承認你說得很好，我也沒有能力辯駁。可就算知道了世界是不可知的又有什麼意義呢？」

「當然有，有了這個根本認識，我們對成敗得失、對苦難與不幸就不會再大驚小怪，大喊大叫。我們會變得謙卑、優雅和從容。我們當然也不會再抱任何妄想，並相信一切得失與榮辱都在運動與變化之中。我們不會因為一點小小的成就就沾沾自喜，也不會因為一點小小的失意就悲觀失望。正因為我們知道所有的成敗與得失都處於不可知的運動與變化之中，壞事或將變好，好事也將變壞，而變好與變壞並不以我們的意志、喜好、認知為轉移。事實上連好與壞，是與非，美與醜，罪與惡都處於運動與變化之中，也是不可知的。」

……

「我再舉一個具有普遍性的例子來說明我的觀點。我們都知道人會長大，長大了會戀愛和結婚，這是我們已知的世界，是生活的常識與基本形態。但我們對愛與婚姻背後的不可知瞭解嗎？從來不瞭解！我們憑已知的經驗與邏輯認為這對年輕人是合適的，可他們也許根本就走不到一起去，或者勉強結了婚，生活也並不幸福。」

「有太多的不可知在影響並決定人類的婚姻了，它們如此強大，遠遠超過了人類的經驗與認識。這些不可知的因素我們窮盡一生也瞭解不了。」

「連戀愛與婚姻都不可知，又怎麼可能知道我們的後代與幸福呢？連後代都不知道，又怎麼可能知道未來呢？」

「能不能再舉一些例子，也許例子多了，就可以找出某種規律？」

「你的意思是通過若干例子，我們至少可以找到戀愛與婚姻的規律，從而有某種婚姻成功的寶典？」

他笑了，他也知道不可能有這樣的寶典。

「海狼，我講了這麼多，就是想告訴你：一、世界是不可知的，一切都處在運動與變化之中，好事隨時可能變成壞事，壞事也會變成好事。所以無論發生什麼都不要大驚小怪。要學會謙卑與從容。二、任何事都不要從單一維度去看，不要以為你掌握了什麼真理，唯一的真理就是不可知，是變化與運動。任何自以為真理在手並因此形成強權的社會都是邪惡的。三、世界是不可知的，但相對而言現在比將來要更確切。所以不要抱任何妄念，不要為未來而恐懼，不要沉陷在虛幻的泥沼之中。做一個現在主義者，享受此時此刻。人的一生是由若干此時此刻構成的，努力讓你的此時此刻過得精彩，如果每個此時此刻都是精彩的，你的一生就一定會很精彩。四、千萬不要以為認識到了世界是不可知的就會消極，恰恰相反，正因為世界不可知，生活才有意義，才值得我們追求和夢想。已知的、一眼望到頭的生活有什麼意義呢？所以任何時候都不要放棄信念與夢想，更不能自暴自棄……」

他這才明白方強的意思，他在叮囑他，也在與他告別。

「方老師，接下來你有什麼打算呢？」

「學校會處理我，我將失去公職，不過這沒什麼，我想我會休息一段時間，也需要系統地想一些問題，然後等待新的開始。你呢？」

「我得儘快回老家去，父親身體不好，我留下來只為見你一面，現在已經見了，我也該走了。學校開除了我，找工作會很難，我也想回去看看，看老家有沒有機會。」

「好吧，來日方長，我們暫時告別，我會找你的。」

「謝謝方老師。」

「以後不要再叫我老師，我們是朋友也是兄弟，多保重。」

是的，保重！因為該走了，已經到了和這座粉紅色的城市告別的時候。他在這座城市上了四年大學，有過自己的青春與熱血，愛情與夢想。現在該見的人都見了，該做的事也做了。他和這座城市告別。他沒有通知任何人，只是跟英英說：「姐，我要走了，明天的火車。」英英什麼也沒說，只是做了一桌子菜，陪他喝最後一次酒。她看著他，然後說：

「我本來想帶你回一次老家，我的老家在一個小鎮上，距這裡有八十里。」

「為什麼？」他問。

「家裡沒人了，爸媽早走了，本來有個弟弟，和你一樣大，考上了大學，可一年級就死了，出了車禍，死得太慘了，面目全非……。我想帶你回去看看，給爸媽燒點紙，告訴他們弟弟回來了，已經大學畢業……」

「唉，還是算了……」她又搖了搖頭。

「我是一個不吉利的人，爸媽死了，阿慶死了，唯一的弟弟也死了，只要是我的親人，就全都被我克死了，剩下我一個，不吉利，我不能帶你回去……」她的聲音依舊沙啞，還斷斷續續。但她沒有哭，連最輕微的哭泣也沒有，只有淚水，不斷地從發紅的眼圈裡湧出，滿臉都是，一個淚人兒！

「不，你沒有克他們，更沒有克我。」他說，就握著她的手。

「已經克了你了，要不是我，你也不會被開除的。認識我以後，你的運氣就一直不好，遊行、絕食、喝醉酒、被學校開除了，還崴了腳……」

「這些都是我自己的事情，與你無關。你沒有克我，反而收留了我。在我走投無路的時候，給我床睡，給我飯吃，還陪我喝酒。大家都說你潑辣，很厲害，可無論我做了什麼，你都沒有說過我，連句重話都沒有說過……」

「你是弟弟呵，不是收留，是弟弟回家了……」他就抱著她哭，哭得驚天動地的。她也抱著他，親他。最後，他哭累了，累極了，精疲力盡的。她說：「太累了，弟弟，好好睡一覺吧。」然後就給他打水，幫他洗澡，擦乾，扶他上床。

他真是累了，像一個孩子，哭得撕心裂肺的。睡覺的時候，她一直坐在他身邊，輕輕撫摸他，看著他……

不知道過了多久，他醒來，看著她，撲在她懷裡，又抱吻她，脫她的衣服……。她沒有再說「會有小孩的」，而是問：「弟弟，要是真有了怎麼辦？」

他只顧著脫她的衣服，吻她，沒有聽見，沒有回答。她輕輕嘆了一口氣，在他身邊躺下，任由他吻她，吻遍了她的全身……

兩個月後他在老家收到她的信，她說：「弟弟，我有了，剛做完B超，是個男孩……」又說：「其實你在的時候我就已經懷上了。我向來很準，每個月二十五號都會來，可那個月沒有來……。我本來想告訴你我懷了你的孩子，很高興，很幸福。可我沒說，怕嚇著你……。現在好了，孩子已經三個月，成了形了。」

「我早就想好了，想得很明白，我要生下這個孩子，你和我的孩子！」

他傻了，一動不動地坐在房間裡。他回信說：

「姐，得把孩子做掉，我才二十二歲，被學校開除了，沒有工作，沒有錢，而且我也不能結婚，我害怕結婚……」

她回信說：「孩子我一定要生下來，我不會逼你結婚，也不要你管，我自己會養活他……」

他又去信求她：「一定要做掉，求你了，姐！」

她回信，態度越來越堅決，她說：「不可能做掉，他已經長大了，是我生命的一部分。我知道你早晚會發達的，我不會拖累你，孩子也不會，你是我弟弟，只能是我弟弟，以後也只讓孩子叫你舅舅。」又說：「不要逼我了，我已經沒有親人了，三十出頭，也不想再嫁，一輩子就這麼個孩子，你和他是我在世上唯一的親人，求求你，不要再逼我……」

他不知道該如何處理，沒有再去信。他當時正如喪家之犬，惶惶不可終日。又過了幾個月，他收到她一封信，只有一張照片，孩子生下來了，她和孩子的照片……

七

還記得嗎？當然記得，怎麼會不記得呢？

他下了火車，走出月臺，看見父親站在出站口，快半夜了，燈光昏暗，父親站在那裡，像一聲嘆息……

四年前父親也是在這個火車站送他去上大學的，可那時是夏天，現在卻是秋天了，四年後肅殺的深秋。

四年前的盛夏他去上大學，同學們都去送他，還有老師、校長和親戚。他考上了大學，在那個年代的小城市是一件值得慶賀的事情。他的中學旁邊是有名的柳子廟，是後人為紀念唐代散文家柳宗元而修建的。畢業聯歡會上，他說將來也要讓後人修一座王子廟，他姓王，也要讓人紀念他；他口出狂言，也足見了他的抱負。在火車站送他的時候，大家對他抱著多麼真誠的期許呵！

「兄弟，等你回來，我兒子長大了還要去參觀王子廟呢。」

「是呀，我們都等著你榮歸故里呵。」同學們嘻嘻哈哈、熱熱鬧鬧的。

「王子廟不好，不如叫王君廟吧。」校長很和藹，一副語重心長的樣子，那天特意穿了一身西服，以示送行的隆重。他連忙說：「謝謝校長，謝謝校長！」轉過頭，卻看見父親在一旁很憂鬱地站著。

他十三歲才到父親身邊。父親平了反，他隨他進城，和他生活了近五年。一生坎坷的父親是出了名的怪人，沒有朋友，卻滿懷雄心；孤獨慣了，多年以來習慣了一個人過獨身生活，中間卻插進來一個兒子，十三歲。他不知道該怎麼辦？他該怎樣做一個十三歲孩子的父親？他連自己都管不好，生活總是顛三倒四；既是一個被荒誕化了的怪人，又怎麼可能給他一個符合常理的管教呢？他管不了，只好聽之任之。「隨他去，順其自然，天生天養……」他讓他在學校寄宿，週末回去改善一次伙食，自己卻繼續回到自由自在的單身生活中去。他用一種落拓不羈的老光棍的方式將他變成了一個更不羈、更澈底的自由分子。好在他愛讀書，各種書都讀，但他的叛逆心是父親預想不到的。野慣了，還膽大妄為，經常說各種狂人癡語……

幾年之中，父子倆幾乎沒怎麼說話。週末他回家，雖然同處一室，但互不干擾。一個「老光棍」和「一個小光棍」在牆的兩邊自由自在地胡思亂想。「老光棍」不羈，「小光棍」更不羈。兩人隔牆而立，猜測對方的心思，還經常較勁。事實上他們太熟悉了，根本不用說話，便對對方瞭若指掌……

現在兒子要走了，要去外地上大學，做父親的就空茫起來。兒子整裝待發，訂火車票，與同學和朋友逐一告別，做父親的便急切著似乎有話要說，但最終都沒有說話。他關切著即將遠行的兒子，卻依然用了牆那頭沉默的方式。他們之間的那堵牆永遠也拆不掉了，他好幾次都到了牆那邊，甚至還到了兒子的房間，吃飯的時候還給他夾菜，但他無語，做兒子的便也無語。兒子的行期一天天逼近，直至到了火車站，他卻依然只是站在一旁，孤單地看著兒子在人群中和朋友們說話……

其實他對即將遠行的兒子是擔心的，他看見他在同學錄上的留言——「未來不可知，所以我們相信未來。」一便覺得這句話彷彿含著某種不測似的。現在，不知為何，他更覺得危險已經堆在火車站了；他隱隱約約地覺察到未來正如一個巨大的黑洞，隨時都會將兒子吞沒。他想攔住徐徐進站的火車，但開了口卻沒有聲音，伸出手卻沒有力氣。他知道只要一登上火車，兒子就不再屬於他了。兒子勇往直前，命運卻在暗處搭上了弓箭，對於這一點，對於兒子將遭遇的不測，他似乎早就心知肚明……

「好了，沒事了，回來就好了！」父親安慰他，給他做了一碗麵條，他吃完就上床睡覺。他在入睡前想起了英英的話，他喝醉的時候，哭的時候，英英也總是說：「沒事的，沒事的。」可他不可能在父親面前哭，他要睡一覺，然後起來，去迎接闊別多年的故鄉的太陽……

這座城市是一座邊城，被一條寬闊的河流分成了南城和北城。南城是原住民的居住地和行政機關所在地，北城則是父親工作的那所學校和幾座簡陋的工廠。河上每天都漂著木排，木排上有孤單的小木屋和水手。偶爾也會有機動船突突地駛過，冒著黑煙，招惹著一群光屁股的小孩沿著河岸追逐著大喊：「機動船來了，機動船來了！」……連接兩岸的是兩座橋，一座是浮橋，另一座是水泥橋。有河流的地方就有故事和夢想，邊城向來都是流放犯人的地方，流放者大都是文人，所以城裡有許多紀念他們的廟宇，千百年來倒也滋養了本地的人文風氣。河流和廟宇也養成了本地的民風——剽悍、憂傷，喜歡讀書，也喜歡四處飄流……。他回來，覺得自己被流放了，在外面漂泊多年後回來了。這裡是他的故鄉，有他的同學和老師，有父親、親戚和朋友。他會在這裡找到工作，找到友誼，也會在這裡得到幫助的……

第二天他去母校見校長。校長老了，快退休了，見到他，沒有他想像中的熱切，也不再說「王君廟」的事情。他給他倒了一杯茶，問他哪天回來的，然後就不再說話。他立即明白校長已經知道他的事了，他本來打算一五一十給校長說自己的事情的。但校長的臉色告訴他——不用說了，我知道了。我說什麼好呢？他明白他讓校長失望了，失望寫在校長的臉上，也瀰漫在他那間小小的房間。他本來還想問：「校長，能不能安排我在學校代課？」可他沒有問，校長的臉色讓他問不出來。最後只說了幾句閒話，問起了學校、老師和其他同學的情況，也問起校長的身體。「要記得吃藥呵！」「保重身體呵！」就和校長告別。校長起身說：

「在這裡吃飯吧。」

「不用了，我父親在等我吃飯，先走了，以後再來看您。」

「你下一步準備怎麼辦呢？」校長終於關切地問了一句，臉色也表明他在為他擔心，他笑了笑說：

「總會有辦法的，順其自然吧……」

從學校出來，路過柳子廟，他進去看了一眼蘇東坡的「荔子碑」，覺得很無趣；又想起四年前自己的狂語，「王君廟」顯然已經是個笑話了……

他走在街上。那是一條古舊的街道，兩邊都是低矮的老房子，街上很寧靜也很乾淨。他想起孤單的童年和意氣風發的中學生活，覺得腳步既沉重又乏力。在街上，遇見了幾個熟人，都是父親的同事；他笑著和他們打招呼，他們說：「回來啦？」就走開了，之後便交頭接耳，顯然是在議論他……

很快人們便知道他回來了，也知道了他的事情。一個被學校開除的人，還坐過牢……。父親說：「你這幾天就在家裡休息吧，沒事就別出門了。」他說：「好的……」可沒過幾天，同學中有人張羅，十來個人就聚了一次會，歡迎他回來，說：「沒事的，回來就好了，不就是被開除了嗎？」馬上就有人打斷──「不談這些，不談這些。」沒有人再提被開除的事，更沒有人提坐牢。他本來想說：「並沒有坐牢，只是被拘役了，在看守所，和坐牢是不同的。」但大家都不往這上面說了，大家只是說某某畢業了、某某和某某談戀愛了。「真看不出來，他們怎麼會走到一起去了？」之後就相互敬酒，說起各自生活中的趣事。這次聚會的同學都沒有考上大學，他們留在了家鄉，但四年下來，全都工作了，有在稅務局的，也有在物價局、煙廠、中藥廠和造紙廠的，總之全都安定了下來。

「我們也就這樣了，不像你們這些考上大學的，還要為遠大前程努力，我們是沒有前程的，一輩子也就這樣了。上班、下班、結婚、生子……」

「不過也好，小地方，人頭熟，沒風沒雨的……」

他想起方強的話——「一眼望到頭的生活有什麼意思呢？」方強的話是對的，他同意。可他現在的生活正相反，完全看不清前面是什麼，好像遇上了大霧，前面五十米都看不清楚……

「沒事的，人怎麼可能一直順利呢？還記得傑嗎？他才叫可憐！」

「當然，怎麼會不記得呢？他不是判刑了嗎？我大二那年回來，還去監獄看過他，再過幾年也該出來了吧？」

「去年就出來了，得了病，瘋了，真可憐！」

他進一步問情況。「不清楚，只知道得了精神病，現在在家裡，他媽照顧他。」

有人問他的打算。「得找工作，父親老了，身體不好，不能再讓他養著。」又說：「既然回來了，就拜託大家，幫想想辦法，做什麼都行。」

大家就停下來，不再說話。

「要不我們先幫忙打聽打聽？」

「好的，謝謝了，拜託，拜託！」

連續幾天，他都出去找工作，去找他姨父，一位在政府機關工作的老處長。

「讀了四年大學有什麼用？花了家裡那麼多錢，被開除了，檔案裡有汙點，誰敢要你？還不如不讀，不讀也工作了……」姨夫說。

「不同的，畢竟有學問了，不急，慢慢來，總會有機會的……」姨媽趕緊打斷姨父的話。

「謝謝姨媽，謝謝！」

他們說的都是實情，工作不好找。他也覺得自己就像蒙著眼睛在繞圈，繞來繞去又回到了原來的地方，而且比原地不動的人還不如，都已經有汙點了……

如果還在那座粉紅色的城市，他碰了釘子，心裡難受，總可以去英英那裡喝酒，喝醉，哭，做愛……，可他現在如此落魄，不可能再喝醉，更不可能有人陪他，和他做愛了……

父親看他每天出去，又空落落地回來，一個人關在房間裡，不說話，心裡就難受、擔心。他猶豫要不要去找學校的領導。他是從不找領導的，他不求人。可他還是去了，給領導講了兒子的情況，問能不能在學校安排點事做。

「能做什麼呢？」領導問。

「隨便做點什麼都可以呵，他畢竟是名牌大學的畢業生，成績一向都很好，也愛好文學，發表過不少文章。」

「好吧，我們留意一下。」

之後就沒消息了。父親在房間坐著，聽見兒子在隔壁房間裡走來走去，就想起自己年輕的時候。父子倆的命運何其相似，年輕時都雄心勃勃，有才華，有理想，可一到社會就卡殼了，過不去了……

幾天後，他去看傑，去看那個比他還可憐的人。

傑原本是地委副書記的寄子，是當年的高幹子弟，學校的偶像與明星，也是他最好的朋友與兄弟。可傑是因為他媽不斷改嫁才成為高幹子弟的。傑他媽有名，一是因為長得漂亮，二是因為幾次改嫁。奇怪的是，隨著不斷地改嫁，傑他媽的身材竟越來越好，嫁的人也一個比一個地位高。記得第一次見傑他媽時，他發了足有兩分鐘的呆——一個嫁了三次、生過兩個孩子的女人，居然還有那麼美的腰身。她穿最時髦的衣服，講最糯人的蘇州話，眼含秋波，面映飛霞……

傑有一個妹妹，十四歲，是他繼父和前妻生的。她文文靜靜的，像個洋娃娃，一個頭髮上總戴著粉紅蝴蝶結的小公主。但性子很野，很刁鑽，一張嘴就是髒話，比街上的小混混說的話都髒。她對傑總是既親熱又溫柔，這個小蕩婦，似乎只對傑才既親熱又溫柔。但脾氣不好，經常摔他的飯鍋子。他吃完一碗飯，正要盛第二碗，她就跑過來，搶過他的飯勺，往鍋裡一摔——沒了，沒飯了！鍋裡明明還有飯……，可摔完後又對他親熱——「不嘛，好哥哥……」傑恨恨地對他說：「娘希匹，老子早晚要把她搞了……」

他和傑能夠成為好朋友，起初僅僅是因為他成績好。他以模範生的名義在學校做了一場報告，副書記知道了，就講給傑他媽聽。傑他媽（他後來叫她艾阿姨）就跑到學校去，要求校長讓傑和他結為對子。校長並不情願，擔心他被傑帶壞了，但他說不會的，他很樂意。傑就從家裡搬出來，成了他的室友。他們很快就成了最好的朋友。其實傑見多識廣，還是學校的籃球中鋒。他幾乎擁有他想要的一切，包括一個美豔無比的媽、一個有權有勢的爹、一顆時髦而狂野的心。他是第一個讓他知道世界上有啤酒的人，也是第一個讓他知道有手淫這碼子事的人。他穿喇叭褲，騎永久牌自行車，私下裡抽大重九牌香煙，是學校潛規則的制定者，十六歲，已經有了漂亮的喉結；除了籃球，還是優美的單杆選手，常常在操場上引起女生們的驚叫。女生們總是用水靈的眼睛迎送他，他似乎也總有花樣讓自己成為焦點……。但傑的心裡始終藏著一個不可告人的祕密，這祕密又只有他一個人知道——他經常偷他媽的內褲和乳罩，在夜深人靜的時候拿出來聞。他的魂被母親所攝取，對他繼父既巴結又憎恨……

真正讓他們成為兄弟的正是這個祕密。一個陽光燦爛的星期天的下午，他吃完中飯回到學校。推開宿舍的門，便聽見一陣急促的喘息聲和窸窣的摩擦聲。他看見傑光著屁股，在床上蹭來蹭去，床上扔著好些女人的衣服。他呆呆地站在門口，傑的動作越來越急，喘息聲也越來越粗。最後他一聲大叫——「媽呀！媽呀！」就癱在了床上。「舒服死了！」——他說，接著又說：「這叫精，你懂嗎，有了精，你就是真正的男人了。」

他的情欲就是在那個令人緊張的下午被帶出來的。他們成了同盟者，建立在兩腿之間髒兮兮的同盟者。他很快也學會了手淫，但與傑的方式不同，傑總是在快來的時候大叫「媽呀，媽呀！」接著就發出像哭一樣的叫聲；他呢，總是在快來的時候大叫「沖，沖，沖！」接著就發出像狼一樣的嚎叫！

「娘希匹，我早晚要搞了她！」傑總是說，他一定又被他妹妹捧飯鍋子了，又被那個小淫婦摟著說「不嘛，好哥哥」了。沒想到，傑後來真的搞了她。不幸的是搞的時候被他繼父撞上了。那位當副書記的繼父大發雷霆，立即就給公安局打了電話。警察來了，傑他媽想攔住，她說：「不過是兩個孩子鬧著玩而已。」但副書記很生氣，也許他早就把傑當作眼中釘了。傑被捕了，因為強姦，判了十二年……

可傑怎麼就瘋了呢？他去看他，見到了艾阿姨，她正在給傑洗頭，看到他，請他坐下。剛開始傑不理他，之後就說：

「你回來了？你欠了我那麼多錢還敢回來？」

「今天情況還不錯，沒有捧東西，沒有吃蚯蚓。他總是吃蚯蚓，一年多了，沒有辦法。」艾阿姨說。

「我前年回來，去監獄看他還好好的，怎麼就這樣了？」他問。

「怎麼就這樣了？我一直在向監獄要說法。沒有人告訴我發生了什麼事，只是說突然就瘋了，開始吃蚯蚓和碳渣……」艾阿姨說。

他看著傑，樣子依然英俊，但目光是呆癡的，坐在那裡不斷地流口水。他說：「艾阿姨，真是勞煩您了，您不容易！」

艾阿姨嘆了一口氣，問他哪天回來的，他講了自己的情況，她說：

「怎麼會這樣？一個好端端的大學生！要不這樣吧，你先到老趙的船上去幹吧，也沒什麼了不起的，早就有個體戶了，自己闖吧。」

他就開始跟老趙跑船運，有了第一份工作，心情很好，對未來也有了憧憬……

老趙是艾阿姨的第四任丈夫，傑被捕之後，副書記也死了，病死的，肝癌。據說艾阿姨在副書記生病的時候就跟老趙好上了。老趙是個工人，是艾阿姨嫁過的人中地位最低的。可他年輕，沒有婚史，很熱烈地追她，後來又辭了職，在河上跑運輸，成了本地最早的萬元戶。好吧，他們結婚了……

老趙人很爽快，見了他就說：「大學生？幹得了嗎？不怕吃苦就來吧。」可一個月之後，不幹了，不是吃不了苦，而是受不了老趙的為人。每次出船，老趙都喝酒、打野食、想方設法搞女人。這沒什麼，男人嘛。可他總是說艾阿姨，說當初追她是因為她是地委副書記的老婆，沒想到竟結了婚，自己還真是吃了虧了。

「她都嫁過三次了，我還是一個童男子……」

他一喝酒就叨叨，話說得太髒了，說艾阿姨是爛B貨……。有一次，他沒忍住，就和老趙打了一架，不幹了，第一份工作一個月就幹砸了……

之後的一年，他打各種零工，給中藥廠寫產品說明，做新產品的上市方案，還給當地的報紙寫巴掌大的文章。都是同學介紹的，有一搭無一搭。有一天，父親說：「總這樣也不行呵，要不我們辦所學校吧。」就四處借錢，辦了一所學校，給高考落榜生補習英語。父親是當地有名的英語老師，還翻譯過小說，應該不會缺生源的。果然一開學就有幾十個學生。父親算了算，夠開支了，就說有些學生窮，交不起學費，我們就免費吧。好的，免費。學校就這樣辦了兩年多，捉襟見肘的。後來方強來信了，說來海南吧。他和父親商量，父親說：「去吧，你不可能在這個小城市待一輩子。」他勸父親把學校停了，父親說：「好，你先過去，情況好我就停了。」可一直沒停，年年辦，年年賠錢。他知道這是父親的心血，對學校有感情，也怕他再出事，要為他守住這個根據地。反正他也開始賺錢了，就年年給父親貼，一直到他去世。他覺得父親一輩子都孤孤單單的，沒享過一天福，心裡一直很難受。

八

「你愛過嗎？」某個晚上，一個人問他。這人讀過他的書，對他好奇；還喜歡探討情感問題，尤其喜歡分析、歸納和總結。

「愛過！」他心裡很肯定但並沒有回答。作為一個男人，他始終不大分得清愛與欲望的區別。沒有欲望是不可能有愛的，可僅有欲望也不可能有愛。欲望太容易滿足，也太短暫。可欲望一旦有了回憶就不一樣了，與愛的界限就會變得十分模糊。如果欲望加上回憶相當於愛，那他就得承認他愛過。他愛過夏夏，至少他是這樣認為的。可他對夏夏的回憶是什麼呢？說到底還是欲望。他和夏夏在一起的時間太短了，一種沒有充分滿足的欲望才使他經常回憶和想念夏夏的。夏夏聰明就聰明在飄忽不定，看得見，摸不著；或者，摸著了也把握不住。他設想若干年後在某個酒店看見了一個背影。他心跳狂野，等待那個背影再次出現。當它再次出現時，他上前去——「夏夏，真是你嗎？」「是的，是的。」兩個人都很驚喜，坐下來聊天。但只是他在說，夏夏在聽。她對自己的事情輕描淡寫，沒有故事，沒有任何值得一提的經歷。

「去了美國，讀本科、研究生、博士生，現在在一家投資銀行工作。」她三言兩語就把十幾年的生活講完了。

「結婚了嗎？」他問。

「結了。」她的聲音很輕，很慢，意味深長，甚至……曖昧。但看得出她對自己的生活是滿意的。她談到自己的孩子——

「一個小天才，才八歲，已經念完了全部初中課程。老師說，停下吧，別再讓他念了，再念十歲就高中畢業了……」

她只好把孩子帶回國，讓他學國畫、圍棋和古琴……

他誇她是一個天才母親，但有些言不由衷。他聽她不斷地講那個孩子，可一個母親和一個連婚都沒有結過的男人是沒有共同語言的。他不甘心，想把她拉回到之前的世界。「你想我嗎？」他問，「或者想過嗎？」又問，顯得不自信，沒把握。

她笑了笑說：「讓我想想……哦，這應該是個老問題，你以前也總問，我不回答。」

好吧，不回答就是回答。兩人又聊了些閒話，越來越無趣，他突然就吻了她，只是淺淺地吻了一下，沒有深入。可這淺淺的一吻，終結了他對她多年的思念。因為感覺不同了，她的吻已經完全不是當年的味道。她也是，笑了笑，最後問到他的創作：「還寫詩嗎？」他說：「不寫了，現在做生意。」

「寫吧，不矛盾的，希望能再讀到你的詩。」她說。

他說再也寫不出來了，詩歌是唯一讓他羞愧的東西，只有它是神聖的，不能再褻瀆詩歌了。可後來還是給她寫了一首。她收下，說：「謝謝。」……之後就再也沒有見面，也沒有再談過詩歌與愛情……

當然這只是他的假設，他假設和夏夏見過面了，實際上他們從沒見過。那人說：「這才是聰明女人。愛情只產生於女人發傻，婚姻卻天天與聰明交媾。這女人是一個頂好的結婚對象，可惜與你無緣。」

他後來真正見過的卻是嫺。是的，那一年他離開故鄉，回應方強的召喚去了海南。他開始學做生意，在方強的公司裡，先是做普通員工，三級辦事員；之後是專案經理、專案總監、方強的助理、副總裁……。他們很成功，幾年後就成立了集團公司。他代表集團回到了那座粉紅之城，在那裡開發新專案。這也是方強的安排，他說：「海狼，獨立操盤吧，你不會久居人下的。」

他回到那粉色之城時，不禁吃了一驚。他怎麼記得那座城市是粉紅色的呢？它應該是灰色的，而且是潮濕的、有霉味的深灰色。他很奇怪他的記憶會出現如此大的色差，連方強也認為那座城市是深灰色的。事實上，他回去的時候，連灰色都不是，因為到處都在蓋房子，到處都是看板。霓虹燈已經將那座城市弄得一塌糊塗了，樓房也是，青一幢紫一幢的，顏色越來越雜，也越來越大膽，反而沒有了調性……

他安頓下來，註冊公司，開發新專案，很快就賺了錢。一天他給嫻打電話，約她見面。他們已經好幾年沒怎麼聯繫了。她接到電話，並不吃驚，她說：

「你這個壞人，秋不在的時候你就打電話約我。」

他真不知道秋不在。他一直沒有與秋聯繫，沒興趣，也沒有事情，而且方強也忌諱。

「很多年不見了，想請你吃飯。」他說。

「好吧，吃飯，幾年前我請你喝咖啡，今天你要補回來，請我吃大餐。」她還記得幾年前的咖啡……

他們到了一家旋轉餐廳，在五十層的高樓上，喝酒，聊各種話題，她說：「今天是週末，吃完飯我們去跳舞吧。」她畢業後就在一所學校教書，兩年前和秋結了婚。

「我們沒要孩子。」她說，

之後就不談這些，不談秋，不談婚姻生活，也不談那條河流。他們只是吃飯，喝酒，聊有趣的事情，還哈哈大笑，然後去了一家歌廳。

「這種地方你們做生意的常來吧。」她問。

他說：「沒有，沒有。」

「不至於吧？連承認的勇氣都沒有嗎？」

他感到她變了，說話很直接，也很尖刻。

「今天你把我當作小姐吧，請我跳舞，給我小費……，我想當一回小姐。」她說。

他吃了一驚，就說：「你還是那樣，對什麼都好奇，小姐有小姐的氣質，也有她們的行頭，你學不來的。」

她就把外套脫了，開始搔首弄姿。「來，來，來！」他們跳舞；她進一步扮騷、發嗲，他給她小費。快半夜了，街上空無一人，她要求出臺。他說：「好了，別鬧了，回去吧。」就送她回家……

第二天上午，她來電話，說醒了，想見他。他說：「好呵，你來吧，我等你。」

她到了他的房間，坐下來，很直接地說：「你去洗一洗吧。」

他去洗了，然後和她做愛……

想起八年前在電影院，她說：「你含著我，咬我，咬疼我！」他當時是興奮的，她也是，拚命抱著他的頭，幾乎要喊出來：「咬我，咬疼我！」可八年後已經沒有了當年的感覺。她依然說：「咬我！」但很快就說：「疼！」他換了個姿勢，沒有再咬，而是很快、很熟練地進去了，像是去拜訪一個老朋友，熟門熟路，連一句客氣話都沒有。他想起他有過的幻想，他和夏夏，他們三個人翻滾在一起，她總是說：「還要，還要！」可事實上她沒有說，一次也沒有說。他們太熟悉了，沒有太多的過場，也沒有激情，但配合默契。之後她去洗澡，至少一小時，她不斷地洗，還催促他也洗。他洗完回來。「不行，再洗！」她說，他只好再洗，洗很長時間。他問為什麼，她很激動，說：「怎麼能不洗呢？多髒呵！」然後黯然神傷地坐在那裡，過了好久才說：「你知道嗎？秋就有性病。」

他愣住了，不知道說什麼，之後又說：「怎麼可能呢？秋在學校工作。」

她睜大眼睛，氣憤地反駁道：「怎麼不可能？人要是髒的，在天堂也會得性病！」

他沒有再說什麼，她接著又說：「不過你放心，我沒有，我和他已經一年多沒有親熱了……」

他們之後又多次約會，每次都那樣，沒有激情，但配合默契，然後就是洗，洗很長時間……

有一次她說想離婚，想和他在一起。他沒有說話，之後才說：「我們太熟了，這對秋而言打擊也太大。」

他們在一起從來都不提秋，這次卻提了，把秋搬出來，當作了藉口。不久她就和秋離了婚；他們又約過幾次，之後就不再見面了，沒有任何理由，也沒有任何解釋，只是不再見面了……

「你和嫻才是夫妻，你們太熟了，配合默契，不需要多餘的話，也不需要解釋。」那人說。他笑了笑，沒有贊同也沒有反對。他心裡很清楚，他和嫻沒有走下去是因為他害怕。他既怕被朋友譴責，也怕遭天譴！瞧，感情是不能分析的，分析沒有用。這個世界人人都渴望整體的愛，愛一個人的一部分卻討厭甚至害怕他（她）的另一部分是不可能的。愛與不愛沒法共存，愛與害怕更不能共處。否則，愛與不愛、愛與害怕就會相互窺視、相互挑剔和攻擊。這不是包容不包容的問題，是因為愛與不愛、愛與害怕沒法平行，更不能相互鼓勵與相互幫助。當然，有時候天使與魔鬼也會共處一室，愛與不愛、愛與害怕也會同時存在，但這恰恰是不幸的根源。要麼愛要麼不愛，要麼勇敢地愛要麼偷偷摸摸地愛，如果非要共處一室，那麼不愛最終一定會戰勝愛，把它趕跑，將它流放；害怕也一樣。那個時候人們就會感到極端的孤獨與冷漠，甚至會產生絕望與仇恨。於是不愛的人起來造反，無論付出多大的代價都要找到愛，滿世界找。當然那是永遠也找不到的，再也找不到了，不愛與害怕對愛的制裁是致命的，不可能有任何形式的復活……

他也見過英英一次，他去看她。她還在開餐館，但規模大多了。他看見她，胖了一些，再也沒有油煙味了，還有了某種幸福與富態。他也見到了那個孩子，七歲了，剛上學。她說：「這是舅舅。」孩子就叫舅舅，很快就和他熟悉起來。他給了她一筆錢，她不要，說：「我不缺錢。」他說：「不是給你的，是給孩子的。」好吧，她收下了……

後來他犯了一個錯。他賺了錢，有些忘乎所以，就給外國文學研究所捐了一筆錢，用來獎勵出色的翻譯及引進更多的名著。他一直認為自己是看翻譯作品成長起來的，他們那代人很多都是。本土作家是不行的，中國人用白話寫作才一百年，不可能產生真正意義上的好作品。雖然中國古代有燦爛的文學，但那是古漢語。古漢語與現代漢語是完全不同的書寫語言，甚至很難傳承……。他做了這件事，心裡是很高興的。可方強大發雷霆，責問他有什麼權力這樣做？把集團公司當什麼了？把董事會當什麼了？他想解釋，說：「我相信你會贊同我的觀點的，中國文化要進步，需要引進更多的優秀作品。」

「這是兩碼事，我們是在做企業，做一件事與我們喜不喜歡沒有關係；企業有企業的規矩與原則，這是起碼的常識。」他第一次反駁方強，說：「錢是我賺的，你也說要我獨立操盤。」可任何解釋都沒有用，反駁更是火上加油。

「你這人太野了，老毛病，秉性難移，改不了的。」之後又說：「你這是挪用公款，是犯罪。」

「好吧，都說到這個份上了，那我走吧。」

他辭了職，在家裡休息了兩年，寫了一部小說，出版了，心裡卻很後悔，他寫得太急，沒有好好斟酌。他對這部沒有好好斟酌的小說是不滿意的。

之後他就到了這個小城市，在這裡重新開始創業，做一個天然氣專案，還認識了小美，讓她在公司當祕書，也做了自己的情人。半年後卻發生了這件蹊蹺的事情，看上去是一件見義勇為的義舉，卻成了黑社會組織的犯罪嫌疑人，進了看守所……

九

律師又來了，說那個小女孩還沒找到，公安局總是說下落不明；但小美的弟弟找到了，並承認他遭到了警察的刑訊逼供，筆錄不真實。

「那是肯定的。」他說，「我也同樣，在派出所被警察『搭背銬』，一隻手從肩膀上面背過去，另一隻手從背後背過去，兩個大拇指用手指銬銬在一起，掛在一根橫柱上，腳尖觸地……，連續三天，其中還被當沙袋打拳擊。」

他在看守所逼仄的會見室給律師演示警察對他刑訊逼供的情形。最後說經過三個噩夢般的夜晚之後，他神志不清地在兩張寫滿了字的紙上簽了字。

「問題是刑訊逼供很難取證。」律師說。

「我今天來就是想問問你的意見。你這個案子證據並不充分，而且那個女孩與小美的弟弟是特殊關係，不能相互印證。若小美弟弟的筆錄是假的，那麼那個女孩的筆錄就更是孤證。孤證是不能成為證據的，也是無效的。」

「可問題是你已經被捕了，檢察院就不可能不訴你，既然訴了你，就不可能敗訴，否則就會涉及國家賠償，相關的人是要承擔責任的。」律師又說。

「你什麼意思？」他問。

「我們可以做無罪辯護，也可以通過做工作，爭取量刑少一些，比如兩年以下。」

「什麼話？當然只能做無罪辯護了。我沒有犯罪國家就應該賠償，相關的人就應該承擔責任。」

「你是說哪怕量刑很低你也要做無罪辯護？」

「那是肯定的，這涉及到一個人的尊嚴，只要判我有罪，我就上訴。」

「你確定？」

「當然！」

「那你就要在沒完沒了的噩夢中度過了，實際上受的罪可能比爭取低一些的量刑還要多。」律師猶豫了一下，又說。

「請問你是誰的律師？」他有些生氣。

「我是中國的律師，對中國的司法環境很瞭解，我很理性也很務實。當然你有你的權利，只是要想好。」

律師走了，他回到號房，在心裡演示他可能遭遇到的事情。無外乎兩種，其一他認罪，而且認罪態度很好，然後讓英英在外面託關係爭取最低量刑。可事實上組織賣淫罪是重罪，起刑就是十年。所以只要認罪，所謂的最低量刑就不會少於十年。更何況英英在找關係的過程中還會受到訛詐。英英是外地人，真神是找不到的，全是小鬼當家。就算找到真神又怎樣？關鍵時候真神也會變成小鬼，收了錢不辦事或者壓根兒做不了主。其二堅持自己無罪，律師也做無罪辯護，但沒有用。因為他已經被捕了，公訴機關不可能承擔國家賠償。於是不斷退查，不斷補充證據。當然，對他有利的證據是很難找到的。那個女孩是關鍵，可人不在了，根本不能對她查證。於是法院依法判決，他上訴，上一級法院發回重審，他再上訴，沒完沒了，永無寧日！

最後他明白了，無論哪種情況，他都只能在一個接一個的噩夢中度過，他沒有選擇。最後他告訴律師，說堅持自己無罪，又請律師轉告英英要她不要再管了，相信法律，相信公平與正義。律師說：「好吧，這噩夢般的生活是你自己選擇的，再沒有人可以幫你了。」

號房最近發生了一些不愉快的事情。先是座號將老劉打了，座號打老劉是因為老劉放了一個屁，座號認為那個屁是老劉衝他放的，一腳就踢了過去，又朝老劉臉上猛打了幾拳。他看不過去，說早晨放屁是正常的，誰還能不放屁呢？座號就罵他，兩人就打了一架。最後都受到了懲罰，還關了禁閉。他明白自己可能要長期待下去了，不可能再裝慫。看守所是以惡制惡的地方，這裡沒有是非只有強弱。

不知為什麼，這次在看守所他總在回憶往事。他是不是老了？三十五六歲，加速變老！只有老年人才動不動就想過去的事情。當然，也許只有往事才是真實的，其他的都靠不住，包括方強說過的「此時此刻」。這一次與十五年前他第一次進看守所多麼不同呵！那個時候他年輕，即便在看守所也桀驁不馴。他相信自己沒有錯，還相信自己是站在時代頂峰的人。這次他也相信自己沒有錯，更沒有罪。但這次只是他一個人的遭遇，是命運對一個小人物的不屑與懲罰。這是正常的，命運每天都在懲罰人……

他很迷茫，不知道案子的走向，不知道哪天能出去以及出去之後將會怎麼樣，他對自己的生活已經毫無把握；他賺過一些錢，可又沒有了。他沒有家，也沒有買房子。他過去總是嘲笑那些動不動就買房子的人，認為動不動就買房子這件事說明人是卑微的，沒有安全感，已經不能坦然面對生活的變化，只想著有一個安樂窩。安樂窩是沒有的，所有與家有關的觀念都是可笑的，是自欺欺人。可他面對的已經不是變化而是不測。變化是可以理解的，也是常態；不測卻讓他如臨深淵。他已經成為方強說過的不可知論的例證了，一個活生生的例證！

沒過幾天，律師又來了，拿來了一張報紙。他看完之後大吃一驚，問他的事怎麼會登到報紙上去。律師說你看清楚了，是幾年前發生在北方的一件事情，同樣是見義勇為卻成了組織賣淫罪，剛開始判了十六年，經過不斷上訴，最後減為六年半；他從監獄出來，不服，繼續申訴，申訴不成又上訪，前前後後又折騰了十幾年，整個一生都搭進去了。

「我真不願意你也這樣，十幾年，什麼都沒有了……」律師說。他明白律師的意思，他想拿一個活生生的例子來勸他。他笑了笑，說決定了，他必須做無罪辯護，只要判他有罪，他就上訴，這是他的命，他沒有辦法……

有時候他也想，即便現在被無罪釋放又怎樣呢？他還能回到那個他毫無預知的生活中去嗎？他沒有家，父親也走了。他有過幾個女人，可都沒有結果。他是不屑於要結果的。如果非要要結果，也許也只有英英願意給他。英英才可能給他一個家，給他家的寬容和溫暖。可他能再回到她身邊去嗎？如果他回去，對那個孩子說不要再叫他舅舅，叫爸爸，他能泰然處之嗎？孩子已經十三歲了，他會有自己的思想與判斷，他能承受這樣突兀的父子關係嗎？就像他當年，十三歲，到了父親身邊，有了一種突兀的父子關係一樣……

哦父親，他最近總是想起父親，父親是八年前死的，腦梗，「嘎」的一聲，就倒下了，沒有思維、意志和感受了，在床上癱了一個多月，臨終的時候他不在身邊，他和方強一起，正為一個新項目忙得不亦樂乎。父親生病的時候，他曾回去過一次，待了三天，給父親請了個保姆就走了。他說：「阿姨，拜託了，我給雙倍工資……」

追悼會是父親的一個學生主持的，他寫了一篇悼念父親的文章，可沒有讀。悼詞是學校事先寫好的，無外乎是父親的生平和一些不關痛癢的套話。他只是捧著父親的遺像，萬分悲慟地站在那裡，讓人看見他還是孝順的。之後那篇文章也沒有發表。好吧，擇錄於此吧，他想起他的父親，他和父親何其相似，他們都是很感性的人，真實，且憑真實生活了一輩子，結果敗得一塌糊塗。他用一篇文章終結了與父親現實中的責任與關係，正如他用愚行埋葬了與兒子現實中的責任與關係一樣。下面就是他悼念父親的那篇文章。

我的父親

他是一個夢幻者，一個恍惚的男人。從他靜坐午夜的背影裡，從牆那邊他與某個客人的談話中，我千百次感受到他純真的本性。他出生在一個沒落並掙扎著的大家族，從一些人的回憶中，我知道他從小嗜賭，喜歡揮霍，缺乏責任心並極端任性。他少有才華，但青春年華已經在寒冷的憂傷與混亂中虛擲。我認識他時已經九歲，在一個廢棄的祠堂裡，我看見他站在淒迷的晨曦中，高大、禿頂，低著頭問我的姓名。我知道了我們的關係，我忘不了我的父親是一個披著黑大衣，站在冬天的門檻上的憂鬱的傢伙！那一年，他四十五歲。

他在戰爭年代的顛沛流離中念書，在人類最大的黑暗到來之時埋葬掉自己的雄心與抱負。我知道，有些災難並不是他的過失，也並非他一人獨有。但在我的印象中，幹荒唐事、做荒唐夢確是他的看家本領。雨中徒步，大部分時間貼牆而走，把手錶送給乞丐，用幾倍的錢買廉價的商品……，他傷害過一些女人，也被女人所害。年輕時縱情恣意，步入中年則下決心學習勤儉、節制和有規律的生活。我不知道除了本行他還懂些什麼。作為一個人我喜歡他，作為父親我則對他刻骨怨恨。我很少見到像他那樣熱情、寬懷、率性而為的漢子，也很少見到像他那樣冷漠、殘酷、缺乏責任心、懶散無度的家長。他寧願在朋友家裡閒度一天，也不願意和自己的家人待上哪怕一小時，不幸的是他一生並無真正的朋友，能夠以心換心，不負友誼。這個世界正在一步一步地忘記他，從我這裡他也沒有得到發乎自然的愛的回報。他在自己的命運、情感和夢幻中跌跌撞撞地走了一輩子，現在時年有限，像任何一個老人一樣糊塗、麻木、喜歡空談。我希望他再生此世，也希望有機會從頭再做一次他的兒子。

文章的後半部分，他們現實的父子關係開始向幻想的父子關係轉化——

「爸爸，我的鐵環壞了，幫我修鐵環。」

我從山下跑回家，一下子就跳到了父親的背上。他光著上身，古銅色的脊背上滾滿了豆粒般大小的汗珠。

「好，我來看看。」父親接過我的鐵環，仔細檢查了斷處，便將鐵環放在火爐上。

我從父親身上跳下來，跑到火爐邊，幫父親拉風箱。火苗很快升起來，藍色的火焰意趣盎然。鐵環燒熔了，父親將鐵環夾出來，放在鐵砧上。他掄起一把大鐵錘，我掄起一把小的。他「噹」的一聲砸下去，我跟著「叮」的一聲砸下去。母親則替我們拉風箱，我們「叮叮噹噹」，鐵環很快就修好了……

我們一家生活在九嶷山的林場裡。父親雖然是右派，但高大、強壯、樂觀、隨和，除了伐木，還會打鐵、捕魚、放排、下夾子抓野豬。我們一家與林場的群眾相處極好，並無批鬥會抓父親遊街。我在很多方面都成了父親的小幫手。我們形影不離，他打鐵我便拉風箱，他捕魚我便結網。我們是獵人阿爾特彌斯的後裔，有祖傳的手藝、膽量和力氣，我們是九嶷山著名的獵人父子。

……

九嶷山莊嚴而蒼翠，下山的路皆由青石板鋪成。這條路上到處都是與舜帝有關的傳說，到處都是英雄氣概，我耳濡目染，長大成人。

我騎在父親的脖子上，雄赳赳氣昂昂地揮舞著父親為我打造的寶劍，這是他為我準備的新年禮物，我們要下山去，要到爺爺家去過新年。

「伢子，下來，你爸都出汗了。」母親說。

「不嘛，我要看太陽。」

「好，我們看太陽。伢子，太陽出汗了嗎？」爸爸問。

「出汗了，太陽的臉比爸爸的臉還紅，太陽沒有爸爸的力氣大。」

我們歡聲笑語，我問各種問題，父親不厭其煩。他講舜帝的故事，也講爺爺、奶奶、三叔和姐姐小時候的故事。

「爸爸，爺爺和奶奶會喜歡我嗎？」

「會。」

「三叔呢？」

「會。」

「姐姐呢？」

「也會。」

「為什麼呀？」

「因為你會背詩，會舞劍，因為你是伢子呀！」

三四個小時的山路不知不覺就到了。我見到了爺爺、奶奶、三叔和紮著羊角辮的姐姐。我表演了劍術，給爺爺和奶奶背了古詩，還用英文背誦了一段莎士比亞的臺詞——「活著，還是死去，這是一個問題……」我是王家的長孫，文武雙全的英俊少年，我受到了全家的寵愛，彷彿整個節日都只為我而準備……

注：這部小說引用了《南方週末》二〇一六年七月二十八日A5版記者王瑞峰的報導〈解救賣淫女，官司惹上身——真假黑社會〉中的部分情節。特此說明並致謝王瑞峰先生。

二〇一六年八～九月初稿於萬全

二〇一七年九月二稿於香港

二〇二一年十一月定稿於臺北

長詩・浮雲之歌

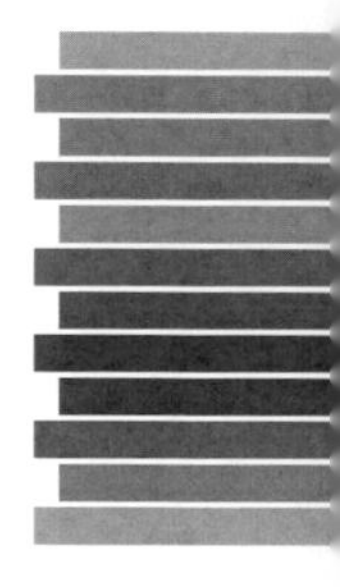

名稱：無題
規格：85×85cm
材質：布面丙烯
年代：2020
繪者：唐寅九

一、銅鑼灣的天臺

有人要將你的小說拍成電影
有人停下來打聽一位少年
在香港，陽光和煦
究竟是什麼在催促？
一根針往心裡鑽
你在攥著什麼？
攥得那麼緊
像一個瞎眼小孩攥著雲的衣角。
飄浮不定的雲，五十歲該坦然面對
井枯了，針扎得很深
你想起那個老人，他在閣樓上死了
一艘船可以去更遠的地方

某個外太空
就像老人曾經說過的那樣；
恐懼不是今天才來
憂愁如此飄浮
你想起那個荒坡
一次聚會，在銅鑼灣的天臺上
你認識了那位來自法國的年輕導演

你認出了湖南的陰雨天
認出了寒霜和古怪的激情
你們談到冬天的田野
一群人在燭光中回憶尖叫聲

這本來只是一次偶遇
一種心情遇上另一種心情

一個時代的的難題
讓另一個時代的人產生了興趣
你抽著煙斗，談吐間偶有笑意
他提出要將你的小說拍成電影
你看著維多利亞港的夜景
看著海邊斜街上的路燈
它們如夢似幻，直至天明；
直至一個人登上半山
在太古城，房價開始微弱下調

你懷疑他能否把握四十年前的憤怒與抗議
你懷疑一個年輕人
他熟悉你小說的若干細節
瘦小的身形與萬丈雄心
像你當年一樣彆扭、呆癡

他似乎有四分之三的中國血統
能用粵語和香港人交流

「這部電影的主題是什麼？」他問
你笑了笑，隔了一會兒才說：
「我不懂白話。」
他又用法語問了一遍
你裝不了了，坦白說：「我不懂法文。」
據說他熟悉你小說的若干細節
或者曾聽某個遠親說過一些事情
他關注一個男人的第一次
認為男人的初夜是一個長期被忽視的問題

早晨在發霉
捲心菜上白綠色的肉蟲聞到了雨水的氣味

整個夏天你都在挖蚯蚓
十三歲的身影在雲端和灌木叢中狂奔

他問到電影的主題，你乾脆說：「沒有！」
你一直反對思維定式（任何一種）
從小學起老師就在講中心思想和段落大意
你的目光曾經越過她枯槁的表情
直接到了那塊墳地

關於主題……
一個導演不清楚他要拍的電影的主題
一個人在聽他提各種疑問
他說必須用一兩句話把主題講清楚
你回答，那是一個十三歲男孩
與二十四歲女孩的故事

有些古怪
有孤獨欲死的夢遺
有閃電的初夜和愛情的雄心
但主要是美、神話、疏離與抗議
是一個病人對另一個病人的救贖

關於救贖
你所想到的便只是秀
她的頭髮長及腳踝
乳房像一道強光
當年在一間黑屋子裡
雷鳴電閃
你夢見自己擊中了她

導演說：「有些東西太哲學」
你笑而不答。

透過咖啡館的玻璃窗
可以看見無數招牌和一條條匆匆離去的腿
觸目所及是高聳入雲的樓房
你不理解那種被稱之為牙籤樓的建築
也不相信它會產生愛情、性
和任何一種有質地的幻想

夢被榨成了魚乾
在四十年前的唐家山
在一間即將倒塌的水磚房
一個男孩偷看過文表嫂圓圓的白屁股

一首詩在乾涸的河流上奄奄一息
你曾經一出門就看見一群死老鼠
你讀過卡繆的《鼠疫》
幾乎會背〈藝術家的悔罪經〉

你問那位年輕的導演
《肖申克的救贖》[*]是什麼主題？
他愣住了，皺著眉頭
說這麼一問還真講不清楚。

導演說：「將燈光打在看守所的號房」
你在另一篇小說，用了這麼一句開場白
它製造了一種舞臺效果
產生了一種懸念
你對導演說：「也許就該這樣理解生活

它全是碎片……」
雲在高處小便，天氣微涼
主題就是一道光從窗外照了進來

關於電影……你當然熟悉秀的命運
人們在牆上畫她的裸體
再在旁邊畫上男性生殖器

「這主題還不夠嗎？」
你盯著年輕導演的眼睛問。

從一幢牙籤樓狹窄的窗戶
可以看見燈火通明的交易大廳
欲望剛被馬桶沖走
就在股票帳戶上怒目圓睜

「你說的是……意淫？」年輕導演問
每個人都會意淫，這不能成為主題
「好吧」你說，「我們再找找。」

二、秀

今天收到秀的絕筆
字跡難辨，像極了她的辮子
她的腰、乳房、冬日陽光下的紅暈
像極了被剪掉的一切

絕筆意味著一隻青蛙被溫水煮了
你體會不到悲憤之情。

一封信說：「死，是一件真事情」
張棗的詩——「我寧願被舔，
而不願生活。」

情色一直都在
他抛下湖南，去了德國
隨後德國也抛棄了他
這面目模糊的一生
在香港北角的一個展廳
總有驚叫聲從牆上傳來
快樂是麻木的另一副樣子
驚叫聲像鬼吹燈
你懷念你的詩人兄弟，你說：都鬼吹燈了
人呵，應該入睡

長久以來，秀的絕望就像一幅畫
今天它掛在天臺外的夜空中
你再也沒有見過誰有那麼晶瑩的淚水。
在銅鑼灣，一個她從未聽說過的地方
你總是問——
她能否通過愛情或死亡抵達彼岸？
或者你夢遊，揚起一把塵土
在鏡中
人們縱容詩人
對死者視而不見

達米恩・赫斯特的作品——一條鯊魚和一個標題
在博物館，月亮倒映在荷花池
你聽見阿炳的琴聲，徹夜難眠

一個人仍在自言自語——
誰說「生者不關心死者？」

導演問：那長及腳踝的長髮
是否意味著一種傳統和追思？
你說：不，是憑弔！
但秀死於某種炫耀

一種美的炫耀，在另一個人的掌心中
一個噩夢可以抵達另一個噩夢
冬天向來殘忍
美人無助
赫斯特的鯊魚在拍賣
買者是對沖基金的牛人科恩

你會再次想起秀的絕望
它能否穿過三十年的記憶
在博物館，被另一個叫科恩的人賣走？
當然不能
秀不是鯊魚
你也不是赫斯特
一種遊戲進入不了另一種遊戲
一些悲劇變成了錢
另一些變成了泡影

「毛姆先生，生日快樂！」
一大早你就看見微信讀書的推文
看見街道上殘留的英倫風情
有人在祝福，對一個死人
街頭人群魚貫，帶傘

在奧爾巴赫的扶梯上
路燈潮濕，上去的人站在右邊
成排，恭敬，雨傘掛在左臂
一條毒舌在酒中妙語連珠
戰火連年，他的戲照常上演；
一幢古堡成為中心，之後失散
像炸裂的黑夜
幽默和雄心散落一地。
也許某天也會有人對你致意——
「九叔，您好！」
山花爛漫，湧向街頭
那一年柏樺躺在你的客廳
焦躁，瘋癲，半夜裡改了你一句詩——
「他在戀愛怎樣一支蠟燭
又在哭泣怎樣一位歌手呢？」

「一天，我看見一個男人
在一處公共場所的大廳
他走過來對我說
我覺得你現在比年輕時更美
與你那時的相貌相比
我更愛你現在備受摧殘的容顏」
莒哈絲的《情人》，鑽心的疼痛
你曾幻想與她見面
爐火微明，你朗誦那首詩

三、九嶷山

那首詩如刺在喉，從未寫完。
你用了它的韻腳
也用了九嶷山的白雲和淚竹
在你熟悉的神話裡
一個人因死而成為疑問。
悲歡離合，人們總是自作多情
愛米麗的老房子
奇怪的氣味總是不期而遇
白色床單上，有一具乾屍的印痕
那扇窗幾年都未曾打開
人至垂死
才知道忠誠不過是一種自慰

你站在細雨中，等一盞燈滅
這陳舊的表達能維持多久？

「九嶷山上白雲飛
帝子乘風下翠微。」
灰塵揚起
一個時代有一個時代的悲劇。
你遺失了所有詩稿
在西行的火車上
一個憂傷的詩人被悍匪打劫

你遺失了有關愛的記憶
田野上的冰很薄
一個男孩提著一盞燈籠
夢在打滑

另一個在摔跤
她等著你長大
等著矽肺病人咳得眼冒金星
肺變成鉛
結石變成秤砣
水銀落地
垂死之人睜大眼睛

想一想艾略特
他在彷徨中寫《荒原》
——「不真實的城」
普魯斯特一生都害怕新鮮空氣
「荒涼而空虛是那片大海」
你既然還活著
就試著去遠地方，你外婆家

看看那無底的深淵能打撈些什麼？
如果算術好
很容易知道死人一定多過活人
人呵，前仆後繼
終會抵達終點
那時暮色四合
一片沉寂。
舜帝和他的兩個妃子
成了你一生的榜樣
一些石頭上有馬蹄印
另一些石頭被劈開
英雄何以成為英雄？
愛情何以傳頌？
九嶷山的嶷原本是疑問的疑
九疑即很多疑問

你感到自己被忽略了
初二去外婆家
皮膚被感染
表兄弟們在風中打野戰
你蒙著被子
和吊死鬼躲在同一個夢中
老鼠踮著腳尖
你是因為害怕
什麼時候再聽一遍舜帝的神話
讓一生變得明亮
杜鵑啼血　將成就你的詩意與想像

四、在香港

兩年前你來到這座城市
在一艘貨輪的煙囪上
遠處的海岬有一座燈塔
白天它是一個影子
晚上是光
高樓林立
沿海傾瀉的是斑駁的人臉
在深處攪動的是人心
你想不到世界會如此閃爍
燈火變幻
像各種懸疑
尖叫聲尾隨而至

一幢樓裡有數百個帳戶
月有陰晴圓缺
任何好事都隨時可能凍結

紙上財富一片歡騰
逃竄的人影連成一片
「激情是風景中的一點」
你無可奈何，開始迷戀遣詞造句
這座城市以算命聞名
油麻地呈現出撲朔迷離的幻境

一個人將他的命放在字典中
街道冷僻，誰能將斷句還原？
上午約客人喝茶
下午菲律賓人席地聚會

天黑了，有人在街邊燒紙錢
倫敦金成為又一個騙局

那個要把你的小說拍成電影的年輕人
約你在炮臺山的粗菜館吃飯
他到晚了，你在等他
老闆念念有詞
許多鏡子對著你
一個聲音說：「快把它們砸了
再將碎裂的玻璃鑲進畫框。」
大半夜讀《卡拉馬助夫兄弟們》
人性與罪行的辯護詞
你何時才能適應黑白顛倒？
市民在橋下「打小人」
棺材當道

碎東西已經裝好
你找到了一種形式
偉大的作品因此誕生
在巴塞爾藝博會
三個叫科恩的基金經理與你討論價錢
成交從來都是順姦
你假裝不情願，卻已俯身屈就
人呵，終究會向惡勢力低頭

毫無疑問，一部電影需要一個名字
它含義深遠
在某種怪異中具有意義
（或許毫無意義）
拍賣會將以天價落槌
好人與壞人結成同盟

他們交杯換盞，成為彼此的影子
遇上好天氣
一個影子便會牽出另一個影子

一個人夢見另一個人的後花園
審判官在夢裡審訊
珠寶整箱被挖出
波赫士大獲成功！

導演，再來說說那場戲
你認為好演員難求
這部電影怪異而神祕
要不我們達成共識
將鏡頭交出去
你我同時出演。

音樂要傳統
碎了的東西一定令人揪心
當你把一個女人壓在身下
她說：「求求你，對我好一點」
你猜她還是第一次
「去你媽的第一次」——你憤然而起
隨手就將一顆野獸的心掛在了牆上

年輕導演十分滿意這個結局
二〇一九年一月
在銅鑼灣，在某個天臺上
他擬好了編劇、演員和工作人員的名單
想像一部電影將如期上演
海嘯到來之前
他做了該做的

海浪成排逃竄，驚懼的海鳥議論紛紛；
你患得患失
終得以在螢幕上看見三個字
——全劇終。
電影院十分周到
喇叭也很客氣，它恭敬地說——
「小心臺階，謝謝觀影！」

* 編按：《肖申克的救贖》臺灣譯為《刺激一九九五》，考慮上下文意，此處保留作者原文。

電影劇本・一小片浮雲

名稱：無題
規格：85×85 cm
材質：布面丙烯
年代：2020
繪者：唐寅九

根據唐寅九小說〈第一次〉改編
編劇：唐寅九、叶闌

01　冬日下午／小鎮・衛生院／內景／病人、眾多圍觀者

一個陰沉的下午。醫院裡充斥著令人不快的哄鬧聲，夾雜著哀傷與痛苦的呻吟。幾個圍觀者幸災樂禍盯著手術室緊閉的門，門口站著兩個公安幹警。

婦女A　聽說校長他們衝進去那會兒，兩個人就在被窩裡，她還好意思說啥也沒做！

婦女C　這是在做啥？人流嗎？咋還有公安呢？

婦女B　做檢查！公社的人說她啥都不承認，還要求做檢查，證明自己是處女。

婦女A　處女？張家出了那麼多女幹部還會有處女？

婦女B　可不是嗎？她三姐上回也是被人堵在被窩裡的。

婦女C　一屋子破鞋！

02 冬日下午／衛生院．唐醫生的宿舍／內景／豪伢子

門外上了鎖，裡面不斷傳出摔東西和砸門的聲音。

豪伢子在裡面砸東西，屋裡一片狼藉。

豪伢子 （自言自語）爛透了，都爛透了！只有她是好的！聽話，聽個球！（他上床，在被子裡蒙著頭，黑暗中只剩下急促的呼吸聲。）

晶 （畫外音，囈語）小豪，傑出事了，他和一個女的耍流氓，被公安局抓了……

豪伢子驚恐地蜷伏著，過了一會兒又猛地掀開被子，再一次憤怒地砸門。

他砸累了，把臉緊緊貼在窗玻璃上，那是一張十四五歲，狼狽而陰鬱的臉。

03 清晨／山間／外景

一輛破舊的大巴車在蜿蜒的山路穿行，前燈亮得很遠，不時傳來急刹車和急轉彎的聲音。

出片名：《一小片浮雲》

04 清晨／大巴車上／內景／豪伢子、壯漢、婦女、滿車乘客

豪伢子靠在車窗上，怏怏地往外看。他膝蓋上放著個網兜，裡面是報紙包好的兩根油條和幾個橘子。

窗外連綿的山巒不斷地隨著車身晃動著。汽車急轉彎，豪伢子猛地撞在了前座正在打瞌睡的壯漢身上。

壯漢回頭瞪了他一眼，接著睡。豪伢子縮回自己的座位，閉上眼睛。

汽車接連急轉彎和急刹車，刹車聲急促而刺耳。

豪伢子強忍著嘔吐的衝動，發出幾聲乾嘔。他摸索著解開網兜，油條的氣味湧上來，他忍不住一陣急嘔，吐了壯漢一身。

壯漢驚醒，身上沾著豪伢子的嘔吐物，站起來揪住豪伢子的衣領。

壯漢 你他媽的……

豪伢子在壯漢手裡掙扎，可還想吐。旁邊的婦女起身攔住壯漢。

婦女 算了嘛，他一個小伢子，又不是故意的。

壯漢 再吐，再吐老子揍死你！

壯漢悻悻地鬆手，找出一張舊報紙擦身上的嘔吐物。婦女拿出手帕給豪伢子擦嘴，又拍了拍他的背，幫他把橘子拿出來。

婦女 吃點橘子，聞聞橘子皮。

豪伢子低頭慢慢剝橘子，把橘子皮湊到鼻子下面使勁兒聞，最後仰著頭，昏昏沉沉地睡著了。

05 晌午時分／縣城・長途車站／外景／豪伢子、唐醫生（母親）、眾多旅客

大巴車緩緩開進車站。車上的人依次下車。豪伢子癱在座位上。唐醫生在人群中眼巴巴盯著車門。

豪伢子最後一個下車，一下車就蹲在了地上。唐醫生上前扶起他，兩個人慢慢地隨著人群走出車站。豪伢子有氣無力，唐醫生緊緊地攥著他的胳膊。

唐醫生 上個月去看你還好好的，怎麼就病了呢？

豪伢子 我沒事。

唐醫生 跟你爸一樣，鴨子死了嘴硬。看你臉黃的，你爸也是，你病了不送你去醫院，讓你一個人坐長途車回來，整天神神叨叨，地區醫院的條件不比鎮上的醫院好啊？

豪伢子露出不耐煩的神情，掙脫母親的手，與母親拉開距離。

06　下午／小鎮・集市／外景／豪伢子、唐醫生、趕集的人

小鎮的集市擺滿了各樣商品，青菜、水果、糕點、竹製品……，叫賣聲此起彼伏。豪伢子和唐醫生在擠擠挨挨的人群中走著。豪伢子茫然地四處張望。有人和唐醫生打招呼，還有意無意地看一眼豪伢子。

路人　唐醫生，兒子從地區回來啦？他爸爸呢？

唐醫生　（心不在焉地點了點頭）嗯。

唐醫生拽著豪伢子走開。路人看著兩人的背影，神情古怪。

唐醫生在一家肉鋪前停下，猶豫了片刻，過去挑肉。

豪伢子提著行李站在一旁發呆。一陣歌聲傳來，唱的是〈小城故事〉，他向歌聲傳來的方向望去。

供銷社裡人頭攢動，透過人群，他看到了一條長長的辮子。人群搖晃著挪動。秀的身影顯露出來，閃著太陽的光暈，像是自身就在發光。他呆住了。

秀唱著歌，一回頭，與豪伢子四目相對；豪伢子的臉蹭地一下就紅了。

07 日／衛生院・病房／內景／雷醫生、唐醫生、豪伢子

雷醫生給豪伢子檢查身體，唐醫生站在旁邊，不時看看兩人。

唐醫生　豪伢子，哪裡不舒服要跟雷醫生講。

豪伢子任由雷醫生擺弄，不理會母親。唐醫生給他倒了杯水放在床頭櫃上。雷醫生檢查完，唐醫生送他出病房，豪伢子自顧自縮進被子裡。

雷醫生　沒什麼大問題，就是身體虛，按時吃藥，多休息，養養就好了。不過豪伢子這裡缺不得人，你又沒時間管，他爸爸能不能回來照顧一下？要不還是回地區去，那邊畢竟條件好些，王老師人也不像你這樣三天兩頭下鄉。

唐醫生勉強地笑了笑。她返回病房，垂著頭走到豪伢子床邊，把豪伢子的藥翻出來。

唐醫生　媽媽過幾天又要下鄉了，你爸這個人真是鐵石心腸，你住院，他把你丟回來，問都不問一句，也不曉得整天在想什麼。鄉下這麼一個小破地方，能咋養得好？（豪伢子翻過身不理她）你還隨他，也不理人。我造了什麼孽，咋就碰到了你們這樣的怪人？

豪伢子翻身起來，接過藥片，吃藥。把空杯子塞回給唐醫生，又躺回去。

唐醫生　屁都不放一個，就曉得等人伺候，你可真是你爸的種……

豪伢子猛地翻身起來瞪著她，唐醫生愣了一下，把後面的話吞了回去，又像是覺得被他這樣看著丟了人似的，橫眉立目起來。豪伢子梗著脖子與母視對視。

病房的門推開了，一個護士探頭進來。

護士　唐醫生，十二床病人醒了。

唐醫生對護士點了點頭，帶上門出去了。豪伢子撇著嘴，臉上盡是厭惡和無奈的神情。

門又被推開，唐醫生探頭進來。

唐醫生 沒不舒服就出去轉轉，你這個病得多出去走走，莫跟別個說你有病……

豪伢子背對著她再次躺下。門再次關上。豪伢子小心地確認門關好了，便從枕套裡摸出一個本子，他翻開，拿出一張從畫報上撕下來的《紅燈記》李鐵梅的劇照。

08 （閃回）日／父親的宿舍／內景／父親、豪伢子

房間很小，擠著放了兩張床和兩張書桌。書桌一大一小，小書桌擠在牆角，大書桌上堆著凌亂的書和稿紙，後面是一個裝滿書的書櫃。窗外傳來《紅燈記》的唱腔：我家的表叔數不清……

豪伢子懨懨地趴在小書桌上，面前鋪開著作業本，作業本下面露出畫報的一角，正是前面那幅劇照。他邊寫作業，邊隨著外面的唱段有一下沒一下地搖頭晃腦。

父親整理著褲子進來，斜了他一眼，往他的書桌輕輕踹了一腳。

父親 專心點！

豪伢子抬頭看了看他，低下頭繼續寫作業。父親抓了抓凌亂的頭髮，把自己砸進椅子，埋進書堆，奮筆疾書。豪伢子偷偷地瞄了他一眼。

父親寫了幾行，扔下筆，在狹小的房間裡困獸般踱步，發出急促而巨大的腳步聲。

（閃回畢）

09 日／衛生院外・籃球場／外景／一組鏡頭／知青們、豪伢子

正午。跑動的腳步聲。幾個知青正在打球。豪伢子遠遠地看著，露出羨慕的神色。籃球從籃板上彈開，向豪伢子彈過來，豪伢子緊張而興奮地看著，剛想動，一個知青追上抓住了球。

知青拿著球打量他，對他晃了晃球，轉身跑回去繼續打球。

傍晚豪伢子又來看打球。一個知青乾脆瞄準豪伢子投球，球打偏了，往他身旁一個水坑砸了過去。球掉進水坑，濺了豪伢子一身。豪伢子匆忙躲避。知青們哄笑。哄笑聲越來越刺耳。有人向他招手，示意他去把球撿回來。豪伢子悻悻地走開。

10　日／衛生院門口／外景／門衛、豪伢子

豪伢子空虛而無聊地往回走。衛生院傳達室的門衛捧著搪瓷缸，推開玻璃窗叫住他。

門衛　哎，王豪，（豪伢子站住腳，茫然地看著他）你的信！

豪伢子走過去，門衛遞給他一封很大的信封，對他擠眉弄眼地怪笑。豪伢子被他看得發毛，瞪了對方一眼，搶過信封走開。

門衛　是女的吧？這麼小就有人寫信了？你爸不是在地區嗎？你病了咋不在地區治？他是不是不要你了啊？

11 日／衛生院・病房走廊／內景／豪伢子、兩個婦女、唐醫生

豪伢子揣著信，心懷鬼胎地東張西望，手腳僵硬地挪動。走廊上的燈滋滋作響。兩個婦女坐在一張長板凳上悄聲說話，見他過來便詭異地停下了，他走近時卻對他笑了笑。

豪伢子進了病房，帶上門。

12 日／衛生院・病房／內景／豪伢子、唐醫生

豪伢子一邊看信，一邊小心地注意門外有沒有人。門外的交談聲隱隱約約地繼續。

晶 （畫外音）小豪，見信好，你的病好些了嗎？什麼時候能回來？我給你寄去一本書，爸爸說這是一本世界名著，希望你看完後能告訴我你的想法……

豪伢子從信封裡掏出一本《少年維特的煩惱》。門口傳來腳步聲，他急忙把信夾進書

裡，把書塞進信封，把信封藏到枕頭底下。

唐醫生走進來。一眼就看到了枕頭底下露出的信封。她一邊替豪伢子整理枕頭，一邊故作無意地把露出來的信封塞進去。

唐醫生 雷醫生說你恢復得不錯，就是心情不大好，要不你去公社中學插班吧，也好有些伴。

豪伢子 你才心情不好呢！我一個地區中學的學生去公社中學插班丟人不丟人？不去！

13 日／纖的裁縫鋪／內景／纖、唐醫生、豪伢子

裁縫鋪的牆上掛著零星的布匹，光線微弱。狹小的鋪面正中是一張裁縫桌。

纖正在給他量腰圍。豪伢子板著臉站在那裡，有些侷促地高舉著手。

纖 豪伢子，給你做新衣服，要開心點啊。

豪伢子 我不做衣服！

唐醫生 要去插班呢。

豪伢子 我不去插班！

唐醫生　（不再理豪伢子，對纖說）就這個驢脾氣！

纖附和著笑了笑，幫豪伢子量袖長。

纖　（對唐醫生說）你想叫豪伢子去公社中學插班呀？

唐醫生　你看他（指豪伢子），小孩子一個，可老是心事重重的！雷醫生跟我說，他身體還可以，是心情問題，要有一些伴。再說我又要下鄉了，實在也是管不了他。

豪伢子　哪個要你管！我不去！

纖　（拍打著豪伢子，安撫他）秀明後天來取衣服，我先跟她提一提。要是合適，就叫豪伢子去她班上，好不好？

唐醫生　哎呀，麻煩你了！豪伢子，快謝謝纖姨！

豪伢子　謝什麼？都說了我不去了！

纖拿著量尺，用手捧著豪伢子的臉往旁邊轉，引導他看牆上的照片。照片裡纖身旁站著一個女孩，大約十六七歲，胸前垂著長長的辮子，和豪伢子那張李鐵梅的劇照一模一樣。

豪伢子凝視著牆上的照片。

纖　豪伢子，這是我滿妹，叫秀，你得叫滿姨，知道不？滿姨可有出息了，十六七歲的時候就在祁劇團演李鐵梅了。

纖說著就猛烈咳嗽起來，唐醫生急忙幫她拍背。

唐醫生　可不是？她後來還考上了省裡的師範學校吧？

纖　是保送的呢。去年畢業，說要到基層發光發熱，才回來的公社中學。

纖面露驕傲，唐醫生觀察著豪伢子的表情，豪伢子一直盯著照片。

14　中午／衛生院・唐醫生宿舍走廊／內景／唐醫生、豪伢子、鄰居

唐醫生在走廊上用煤氣爐子炒菜。半開的門裡，能看到豪伢子在屋裡看書。他時不時向門外張望。

鄰居路過。

鄰居　唐醫生，豪伢子回來了，你都捨得炒肉啦！

唐醫生　哪個管他，有客人，他跟著沾光嘛。

15　中午／衛生院・唐醫生宿舍／內景／唐醫生、豪伢子

宿舍不大，放著一張床、一張舊書桌、一張吃飯的小方桌、四把吃飯坐的小凳子、一個臉盆架子。

唐醫生端著一碗菜進屋。豪伢子立刻把書合上，塞到被子下。

唐醫生當作沒看見，放下菜，擺開三個碗。豪伢子悄悄把書再往裡推。從封皮能看出，是那本《少年維特的煩惱》。

豪伢子　媽，這個鎮子怪頭怪腦的，我總感覺有什麼東西在盯著我。

唐醫生　一天到晚胡思亂想，哪個盯著你嘛！一會兒滿姨來了，你可要好好表現。

豪伢子　我不去插班，丟人！

唐醫生　媽媽就要下鄉了，你總得有人管吧？不然你吃啥？喝啥？天天關在屋裡頭幹啥？

豪伢子　哦，說實話了，你是沒時間管我！小時候就把我丟給外婆，我就是個野人，生下來就是！

唐醫生愣了一下。她就著彎腰的姿勢看著豪伢子。她的腰微微扭曲著，僵硬地露出某種傷心與辛勞。

豪伢子看著她，有些心虛地垂下頭去。

唐醫生　媽也有難處，你都十四了，該懂點事情了。

豪伢子別開臉，含混地嘟噥了一聲。他整個人都很僵硬。

敲門聲解救了他，他起來去開門。

16　一組鏡頭（與15場穿插對跳）

女聲哼唱著輕柔的小調。一雙穿繡著簡約紋樣繡鞋的腳穿過街巷，走上臺階。

一隻纖細柔軟的手，顯然經過精心的修理。手裡提著一小網兜橘子。

輕巧晃動的辮子梢，隨著走動聲來回躍動。

秀的背影。她走上家屬樓狹窄的樓梯，轉角處，夕陽將她的影子在身後拉得長長的。

17 傍晚／衛生院・唐醫生宿舍／內景／唐醫生、秀、豪伢子

唐醫生和秀打招呼。秀把手上的水果放在書桌上，豪伢子手足無措站在門邊。秀回頭看他，豪伢子的眼神和她一對，面紅耳赤地往退後，撞到了門框。

秀 （笑）你就是從地區回來的豪伢子吧？是見過大世面的人了。

豪伢子 什麼地區不地區的，你還是從省裡回來的呢。

秀 （笑）呀，還臉紅呢，從地區回來的有什麼不好嗎？

唐醫生 秀，別理他，他就這樣，什麼都要懂不懂的。

豪伢子 （小聲）你才要懂不懂的！

三人圍著小桌子坐下。唐醫生把肉菜放到秀面前，給她佈菜。豪伢子埋頭扒飯，又忍不住從餘光裡偷偷看秀。

唐醫生 秀，家裡的情況你都知道，我過幾天就要下鄉了，實在沒辦法兩頭顧。他呢，啥都要懂不懂，身體又不好，自己待著不成。能不能讓他去公社中學插班？勞煩你帶帶他。

秀 這麼優秀的小夥子當然沒問題了，就來我們班吧，正好我帶初三。（衝豪伢子笑了笑，豪伢子趕緊埋頭刨飯。）也可以住學校，條件是差點，不過有同學做伴也滿好。吃飯嘛，中午跟大家吃食堂，早晚在我那裡搭伙。豪伢子，你喜歡語文還是數學？課本帶回來沒有？

豪伢子繼續埋頭刨飯，悶聲不語。

唐醫生 豪伢子！你不是一直想見滿姨嗎？咋人來了，你啞巴了呢？

豪伢子刨飯的動作一頓，瞪了唐醫生一眼沒敢看秀，窘迫地放下筷子，走出了房間。

18 晨／公社中學校門口／外景／秀、豪伢子、學生們

公社中學傳達室，窗臺上放著一遝信封，秀在窗口看了看，失望地走開了。

豪伢子背著書包，緊緊捏著拳頭，在學校門口逡巡。

學生們從他身邊路過，紛紛對他投以好奇的眼神。

19 晨／公社中學・初三教室／內景／秀、豪伢子、李明、其他學生們

上課鈴聲。秀走進教室，豪伢子低眉順眼跟在後面，瘋跑的學生們回到了座位上。

秀　同學們，今天我們班來了一位新同學，他叫王豪，是從地區轉學過來的，大家以後要多幫助他。

學生們的眼睛都盯著豪伢子，豪伢子有些緊張地再次攥緊了拳頭。

後排角落裡，李明沉著臉看著牆壁。

秀　王豪，你跟大家介紹一下自己吧。

豪伢子緊張地咳嗽了一聲，站在講臺前說不出話來。

李明朝他看了一眼，嗤笑出聲。豪伢子聽見了，也朝他看了一眼。秀在他肩上輕輕拍了拍。

秀　先下去吧，坐第三排中間那個空位。

豪伢子如釋重負，坐到座位上。秀背過身寫板書，長長的辮子在背後甩動。陽光從窗外投射進來，在她的辮子上閃動。豪伢子坐在座位上茫然地看著那條辮子。

20　日／衛生院・手術室／內景／唐醫生、兩個民兵

兩個健碩的民兵胡亂套著護士的白大褂，搬了兩把椅子出去，在門口一左一右坐下。

唐醫生忙著整理手術器材。寒光閃閃的器械和鐵盤碰撞出尖銳刺耳的響聲。

21 日／公社中學・初三教室／內景／豪伢子、李明、同學甲、乙、丙、李明的死黨

下課鈴響起。

豪伢子桌邊圍了一圈人。他受寵若驚，但往哪裡看都是僵硬的，臉也憋得通紅。

同學甲 王豪，地區是啥樣呵，遠嗎？你是怎麼來的？

豪伢子 坐長途汽車……

同學乙 長途汽車長啥樣？

豪伢子正用手勢比劃，一隻麻雀突然從窗外飛進來，同學們立即四散去抓麻雀。同學甲抓住了麻雀，塞給豪伢子，豪伢子下意識地握住麻雀。

同學甲 給你養。長途汽車得坐多久？地區有鳥嗎？我們村裡的山上鳥可多了，有山雞、畫眉、布穀鳥，還有人面鸚鵡，臉長得跟人一樣……

同學乙　你就吹吧，還長得跟人一樣，要真有你倒是拿來看看。

同學乙拍了拍豪伢子的手，示意他放鬆一些。豪伢子不知所措，鬆了鬆手，驚恐的麻雀迅速掙扎著從他手中飛走。

同學丙　飛了！咋不抓好牠？

同學甲　飛了就飛了嘛！哎，長途汽車到底要坐好久啊？地區是不是每天都有肉吃啊？

同學丙　瞧你那點出息！地區再好也不可能每天都有肉吃吧……

豪伢子呆愣地看著說話的人換來換去，完全插不上嘴。

教室一角，李明陰鬱地盯著豪伢子，他的死黨看著他。

李明　等著，早晚有一天會落在我手裡！

死黨　說誰呢？哪個惹你了嘛？

李明　唐醫生，他媽，缺德！

22A 日／衛生院・手術室內外／內景／被墮胎婦女、民兵們、婦女的丈夫、唐醫生

四個民兵將一位明顯有孕的婦女拖進手術室，婦女奮力掙扎，衣服已經扯破，背上和腿上都是劃破的傷痕。一個男人衝上來，門口那兩個民兵將他攔住。手術室內四個民兵將婦女按在手術臺上。婦女拚命護住自己的肚子，民兵們下力氣掰開她的手。

婦女 醫生、醫生，求你了，我們家就這一個兒子！就這一個——你們不能這麼缺德！

砸門聲和謾罵聲裡，唐醫生端著器械走近。手術簾拉上。

手術室門外，男人抱著頭蹲在地上痛哭。兩個民兵漠然地看著。

22B 日／衛生院．手術室內外／內景／唐醫生、醫生甲

洗手池。唐醫生在洗手，血水順著她的手往下淌。她的手輕輕發抖，白大褂上也沾著血，淋漓的一大片。

醫生甲 唐醫生，辛苦了，總算做完了！

唐醫生 我做了十幾年的計畫生育，沒碰到過這麼倔的。勸了十幾天，說啥都沒用，實在沒辦法……

醫生甲 那女的也太壯了，四個民兵才把她按住。都生了三個了還要生，就是要要個兒子，太沒覺悟了！

唐醫生 先走了啊。

23 傍晚／公社中學・秀的宿舍門口／外景／秀、豪伢子

秀在宿舍門口做飯，另一個煤氣爐子在熬中藥。她身後的門半開著，豪伢子坐在房間裡，手裡捧著那本《少年維特的煩惱》。秀不時往屋裡瞟他一眼。

秀 昨天的詩背下來沒有？

豪伢子 君問歸期未有期，巴山夜雨漲秋池。何當共剪西窗燭，卻話巴山夜雨時。

秀 這首詩是什麼意思？

豪伢子 不懂，沒意思。

秀 不懂你就說它沒意思？你在看什麼？

豪伢子 世界名著。

24 傍晚／公社中學・秀的宿舍／內景／秀、豪伢子

秀的宿舍溫馨、整潔，有一種詩一樣的少女的氣息。臨窗放著一張書桌，桌上放著一面鏡子，一個精緻的小木盒，幾本書和一疊作業本。書桌旁邊靠牆放著一架風琴，琴上鋪著白色的桌布，桌布有鉤邊的花紋，上面還放著個瓶子，瓶子裡插著一小把野花。秀把飯菜端進來，佈置好餐桌，從豪伢子的手裡拿過那本《少年維特的煩惱》。

秀 這種書別看。

豪伢子 怎麼啦？

秀 這種書在我們學校都是禁書，要抓去關豬欄的！

秀把書放在書桌上，豪伢子沒有反對，卻時不時往書那裡看幾眼。

秀 你在地區上住校嗎？

豪伢子 不，和我爸住宿舍。

秀　那多好呵，你爸那麼有學問，你可以跟他學不少東西。

豪伢子　好什麼好，一個老光棍和一個小光棍……

秀詫異地看著他。豪伢子自覺唐突，悶頭吃飯。秀給他夾了一筷子菜。

秀　多吃菜，吃完飯記得吃藥。

豪伢子　中藥太苦了，不想吃。

秀　苦也得吃，誰叫你在養病呢？

豪伢子刨了一大口飯，用力咀嚼。秀慢慢地小口吃著，一邊觀察豪伢子的表情。

秀　聽說你爸在寫書？

豪伢子　他？他能寫出什麼來？神神叨叨，囉囉嗦嗦，寫了別人也不理解，沒意思。

25　（閃回）夜／父親的宿舍／內景／父親、豪伢子

父親在書桌上改稿子，時而起身在屋裡來回走動，時而念念有詞。

父親　在暗的陽光下，
生活無端地跑著跳著扭動著，
厚顏無恥，亂喊亂叫……

路燈照進房間，父親和豪伢子在床上背向而眠。
父親突然坐起來，豪伢子也跟著迷迷瞪瞪坐起來。父親打開檯燈，下床，又在屋裡邊踱步邊念念有詞。

父親　我的精神，像我的脊椎一樣，
強烈地渴望休息；
我的心裡滿是陰鬱的夢想……

（閃回畢）

26 夜／公社中學・學生宿舍／內景／豪伢子、其他學生

一整排大通鋪，十幾個男孩睡得四仰八叉，呼嚕聲此起彼伏。豪伢子翻身，用被子堵住耳朵，煩躁又氣悶地往四周看。他什麼也看不清，只能看到高低起伏的黑影，在此起彼伏的呼嚕裡扭曲而怪異。

27 晨／公社中學・秀的宿舍／內景／秀、豪伢子

半開的窗戶下，秀正對鏡梳妝。豪伢子坐在一張小板凳上，仰起頭看她梳頭。秀梳頭的姿勢很好看，先是站著，將頭髮散開，一縷一縷很細緻地梳。秀髮如絲，在她手裡流動如水。長長的秀髮散發出神祕的氣息，在晨曦中，彷彿滿屋子都是絲的光影。豪伢子仰視著光影的波動。

梳完頭，秀開始編辮子。幾根頭髮從晨曦中飄下來，豪伢子凝視著那些髮絲飄落，伸出手，偷偷去接。

秀 這麼早就過來了，宿舍睡不好？

豪伢子猛地縮手，侷促地看著秀，兩人在鏡子裡對視，秀嫵媚地笑了起來。

秀 幫我把掉了的頭髮撿起來。

豪伢子彎腰一根一根地撿頭髮。

秀編好辮子，用鏡子上下左右照了照，對著鏡子嫣然一笑。

豪伢子 滿姨，你是什麼時候開始留辮子的？

秀 很小的時候。我媽就是長辮子，後來祁劇團挑演員看中了我的辮子，沒想到演李鐵梅出了名。所以我特別愛我的辮子，每次梳頭都要將掉了的頭髮撿起來收好。好看嗎？

豪伢子捏著手裡的落髮，看著鏡子裡的秀發呆。

豪伢子　我……不想叫你滿姨了。

秀　那叫什麼呢？叫姐嗎？唐醫生該罵我了。

秀摸了摸豪伢子的頭，打開桌子上的小木盒。木盒裡全是頭髮，用紅絲線紮成了一小綹。她從豪伢子手裡接過頭髮，用紅絲線紮好了，放進木盒裡。

豪伢子著迷地看著，秀收起盒子。

28　晨／公社中學・傳達室門外／外景／秀、豪伢子、傳達室李大爺

秀和豪伢子走向教室，傳達室李大爺從傳達室裡探頭。

李大爺　張老師，有你的信！

秀愣了一下，頓時兩頰發紅。她轉身跑向傳達室。

豪伢子疑惑而略帶失落地看著秀的背影，垂著頭向教室走去。

29 晨／公社中學・教室門口／外景／豪伢子、李明、死黨、秀

豪伢子走到教室門口。一隻手斜刺裡伸過來攔住他。他抬起頭，李明和他的死黨站在門口，面色不善地盯著他。

李明 王豪，你媽做這種事情，早晚有你好受的。

豪伢子 我媽做什麼了？

三人僵持著，上課鈴響了，秀快步走來。李明看到秀便鬆開了手。

李明 （低聲，惡狠狠）你等著。

30　上午／衛生院門口／外景／院長、唐醫生、幾個醫生

幾個人正在牆上貼標語，院長、唐醫生等在旁邊看著。紅色橫幅上寫著：「超生超育者，你上吊不解繩，你喝農藥不搶瓶，你要投河不救人。」

醫生甲　這標語寫得真夠狠的。

院長　不狠行嗎？你看前幾天來的那個女的，四個民兵按住才把產給流了。

31　日／公社中學・秀的宿舍／內景／秀

秀從書裡取出信，看著信封上自己的名字，摩挲著信封，露出幸福的神色，小心地裁開信封讀信。

男友　（畫外音）秀，見信如晤。回鄉後一切都好嗎？我很掛念你。這段時間，我同父母多次提起你，二老雖未鬆口，卻已有所鬆動。只是辛苦你了，秀，再等等，相信很快我們就可以真正地在一起了……

秀將信和辮梢貼在心口上，笑了一會兒，小心地把信裝進信封。

32　下午／公社中學・初三教室／內景／秀、豪伢子、李明、死黨

秀正在給學生們上課。李明的座位空著。他的死黨死死盯著豪伢子。豪伢子不安地回頭看了他幾次。

下課鈴響。學生們蜂擁著跑出教室。豪伢子慢吞吞地收拾書本，眼睛一直跟著秀。

李明的死黨也在座位上收拾，眼神時不時瞄著豪伢子。

秀從書裡拿出一封信，交給豪伢子。豪伢子接過來，信封上是晶的字跡，他心虛地看了一眼秀，飛快地把信收進書包。

秀　唐醫生今天回來了，你回家吃飯吧。

豪伢子　哦。

33　傍晚／公社中學・小樹林／外景／李明、死黨、豪伢子

李明和他的死黨站在小樹林裡，遠遠地看著豪伢子從秀的宿舍出來。

34　夜／衛生院・唐醫生宿舍／內景／唐醫生、豪伢子

豪伢子偷摸地看晶的信。從門縫往外看，是唐醫生在走廊上熬藥的背影。

唐醫生端著藥進來，豪伢子立刻將信夾進書裡，把書推到一邊。

唐醫生　來，讓媽好好看看。嗯，胖了一點，氣色也好些了，雷醫生的藥還是有效的。幸好A肝也不是什麼大病，要不然，就憑你爸爸那個態度……（豪伢子面露不虞）也多虧了滿姨！學校怎麼樣？

豪伢子　就那樣。

唐醫生　就哪樣？給媽說說。

豪伢子　媽，你認識李明嗎？

唐醫生　誰？

豪伢子　就是……他說你做的事太缺德，你到底做了什麼？他還說讓我等著……

唐醫生的表情僵住了。

35　日／公社中學・初三教室／內景／豪伢子、李明和他的死黨、同學們、秀

豪伢子走進教室，在座位坐下。李明和他的死黨悄悄地摸過來，一把把他按倒。豪伢子拚命掙扎，三個人扭打一起，李明的死黨騰出手把豪伢子的書包扯下來，東西掉了一地。

教室亂哄哄一片，同學們在起鬨，沒人出來拉架。

那本《少年維特的煩惱》掉在地上，夾在裡面的信也掉了出來，豪伢子掙扎著去拿，被李明眼疾手快地搶走。李明舉著那封信跑開，豪伢子掙開壓住他的李明的死黨，追李明，李明的死黨追豪伢子。

三人在教室裡追來追去，豪伢子氣喘噓噓，癱在座位上。

李明站在講臺上，大聲讀著晶的來信。

李明 小豪，身體好些了嗎？上次寄給你的書看了嗎？我看了兩遍，特別喜歡維特給綠蒂寫的信——『我竟到了如此境地，對她的感情包容了一切，我已有上百次起了去摟她脖子的念頭。』讀這本書，我總會想起我們在一起的情景。你比維特可大膽多了，也幸運多了！閱後即毀，你的……晶。

眾人 哄堂大笑。

李明 （得意地）你的……晶，哈哈哈。王豪，看不出來嘛，你居然還耍流氓！還你的……晶。

李明的死黨高高舉起那本《少年維特的煩惱》，展開給同學們看。

豪伢子既既憤怒又羞恥，渾身都在顫抖。

李明從講臺桌上跳下來，逼近豪伢子。

李明 你不是地區來的嗎？怎麼啦？你媽幹了那麼多缺德的事，怪不得你爸不要你們了，你就是個野種！還跟女的耍流氓！你的……晶，哈哈哈，你的晶長得怎麼樣啊？

豪伢子拚命搖頭。李明用手裡的信打他的臉。

李明　野種！

死黨們　野種！野種！

同學們　野種！野種！

豪伢子搶過信，抱住李明，兩個人又扭打在一起。

秀抱著課本出現在教室門口。

秀　幹什麼？快把他們拉開！

同學們你看我我看你，推諉著將兩人拉開。

豪伢子把信捏成一團，緊緊地攥在手心。他看著秀，悄悄把手藏到身後。

秀　為什麼打架？

秀看了李明一眼，又轉頭看著豪伢子，豪伢子別開臉，不敢和她對視。

秀　王豪，你說！

豪伢子往後退了兩步，踉蹌著跑出了教室。秀愣了一下，追了出去。

36　一組鏡頭

豪伢子衝出校門，秀追出來，卻沒有了豪伢子的蹤影。

豪伢子在山路上狂奔，李明獰笑的臉和同學們的嘲笑聲彷彿在他身後緊追。

李明　（畫外音）這事沒完，你等著。

死黨們　（畫外音）你等著，等著！

同學們　（畫外音）你等著，等著！

豪伢子哭著繼續跑，山裡響起了野狗的狂吠。終於跑不動了，他摔在了山路上，發出陣陣嗚咽。

另一條山路上，李明和他的死黨輕鬆地吹著口哨下山。

秀四處尋找豪伢子，未果，她來到傳達室，從窗臺上端出電話給唐醫生打電話。門衛李大爺在窗子裡放下手裡的報紙。

李大爺 出啥事啦？張老師。

秀苦笑，匆匆回到教室。

37 夜／衛生院・唐醫生宿舍／內景／唐醫生、豪伢子

唐醫生在收拾東西，豪伢子在一張小凳子上坐著，臉剛擦了碘酒和紫藥水。

唐醫生 你就不能安分點嗎？進學校才幾天就跟人家打架，就要過小年了，媽媽過兩天還要下鄉，十天半個月都沒辦法回來，你爸爸也沒個消息，你就不能讓我省省心嗎？我怎麼就攤上了你們這兩個，你爸爸也是，你也是……

豪伢子 還怪我？你到底做了啥缺德事？

唐醫生　我能做啥？媽媽的工作也有很多難處，你不懂，不要胡說。你不願意回學校，叫媽媽把你往哪裡放啊？

豪伢子　回唐家山好了。

唐醫生　唐家山？外婆都死了，你回唐家山幹嘛？那裡誰管你啊？

豪伢子　（哭）我就是一個野種，沒人管沒人要的野種！（邊哭邊奪門而出。）

38　夜／小鎮街頭／外景／豪伢子

豪伢子跑出衛生院，走到無人的街上。月亮在雲層中時隱時現，街道黑得分辨不清。豪伢子走了一段，停下腳往來路看了看，又繼續往前走。

月亮出來了，照出他被拉長的影子。

鬼魅似的影子們和樹、房子無聲地逼近他，彷彿有什麼在撕扯和扭打。

月亮不見了，豪伢子也不見了，他像是突然間就被兇惡的夜色給吞噬了。

39 晨／公社中學・秀的宿舍／秀、唐醫生

大雨聲。秀在窗邊對鏡梳頭。

急促的敲門聲，秀手一抖，拉斷了一根頭髮。

秀 誰呀？

唐醫生 （畫外音）秀，快開門，豪伢子在你這兒嗎？

秀 （打開門）唐醫生？他不是回家了嗎？你別急呵，我們去宿舍看看。

40 晨／公社中學・學生宿舍／內景／秀、唐醫生、學生甲、學生乙、其他學生

學生宿舍的門被突然打開，秀和唐醫生站在門口。

正在起床的學生們愣住了，幾個剛起來的迅速縮回被子裡。

秀　你們見到王豪沒有？

學生們神情古怪又興奮地相互對望，但沒人出聲。

秀　莫要裝怪，快點說。

學生甲　我們又沒跟他打架，哪裡知道？

秀　李明呢？

學生乙　昨天放學後就沒有回來。

秀　沒回來？他回李家鋪了嗎？

唐醫生　李家鋪？李明是李家鋪的？糟了……

唐醫生說著便匆匆往外走，秀看了一眼擠眉弄眼的學生們，匆匆追出去。

秀　怎麼啦？唐醫生，李家鋪的怎麼啦？

唐醫生　前兩天做人流的那個女的就是李家鋪的，難怪了！這個李明也不知道跟她是什麼關係！不行，秀，我們得趕緊去找校長……

秀　他都還沒來呢。唐醫生，你莫太急，先去我宿舍待一會兒，等他來。

唐醫生　本來我想著，我老得下鄉，有你幫著帶豪伢子，在學校又有人做伴，對他養病有好處，沒想到……

秀　（安撫）沒事的，唐醫生，沒事的，待會見到李明就清楚了。

41　晨／公社中學・校長辦公室／內景／校長、唐醫生、秀

校長辦公室雜亂地擺著很多東西。唐醫生坐在一邊，校長坐在他的桌子後面。唐醫生焦躁地搓著手指，透過堆著的東西看到校長半張臉。

唐醫生　校長，該怎麼辦，人不見了，你們總要有個說法吧？

校長　張……張老師，你，你，趕緊去看看，看……李明到了沒有？到了就把他……帶過來。

42　晨／公社中學・初三教室／內景／秀、李明、學生們、李大爺

秀走進教室，李明從椅子上跳起來，撒腿就跑。

秀　李明！

秀追出去，學生們扒著窗子圍觀。

兩人在走廊裡追逐。李大爺從一個拐彎處追上來。

李大爺　張老師，張老師，你別跑，趕緊，王豪，王豪他……

秀　王豪？王豪怎麼了？他人在哪兒？

李大爺　豬、豬圈……

43　晨／公社中學・豬圈／唐醫生、豪伢子、秀、圍觀的學生們

一行人跑到豬圈，唐醫生踹開豬圈門衝進去。受驚的豬群哼叫著擠來擠去。豪伢子躺在豬屎堆裡，手腳都被麻繩綁住了，嘴裡塞著一塊破布。

學生們哄笑著捂住鼻子。

唐醫生衝進去解開豪伢子身上的繩子，扯掉他嘴裡的破布，秀幫她把豪伢子從豬糞裡扶

出來。

學生甲 哈！王豪是個豬糞仔！

秀 不許胡說，都回去上課！

豪伢子甩開唐醫生的手，掙扎著站穩。

秀 怎麼回事？怎麼會在豬圈裡？誰幹的？

豪伢子 李明。（對唐醫生）都怪你！

豪伢子帶著一身豬糞跑出豬圈。唐醫生憂愁地看著他跑走，秀扶住她。

唐醫生 秀，麻煩你帶豪伢子先洗個澡，我要和校長談談。

44　日／公社中學・校長辦公室內／內景／校長、唐醫生、豪伢子、秀

校長和唐醫生隔桌對坐。唐醫生憤憤然，緊緊盯著校長。豪伢子垂著頭站在旁邊，秀站在他身後，一手搭在他肩上。

唐醫生　豪伢子，你好好說，哪個幹的？

豪伢子　李……李明……

校長　你……你說明白了，就他一個人，能弄得了？

唐醫生　有幾個說幾個，兒子，別怕！

豪伢子　還有一個高個子，我聽到李明喊他哥哥，天黑，我沒看清臉。

校長　天黑，你咋……咋還認得是李明呢？

豪伢子　我聽到他說話了！

唐醫生　校長，你這兒不錯嘛，學校還有豬圈。

校長　唐醫生，你，你，你是知道的，我，我們本來就是一所五七中學，一年多前我們還有農場呢。

唐醫生 有豬兒是好事，可豬圈是幹什麼的？是關人的嗎？

校長 唐……醫生，看，看，看你說的。這是個……意外嘛，兩個孩子鬧了點矛盾。再，再說了……你伢子也沒……沒……他還在這裡呢！

唐醫生 意外？這是報復！是對計畫生育工作發私憤，搞破壞，你是校長，必須得給我一個說法！

校長 你……你要什麼說法？

唐醫生 處分啊，那個李明，你至少要開除吧！

校長 這，這，這樣好不好？你……先帶王豪回家，他還在生病，凍了一夜，別加重了病情。至……於李明，你讓我們先調查一下。

唐醫生 行，我給你三天時間。

唐醫生拉著豪伢子往外走，秀跟在後面。

校長 張……張老師，你留一下。

秀站住，唐醫生看看她，又看了看校長，面無表情地拉著豪伢子走了。

校長示意秀關上門，他的目光一直在秀身上逡巡。

秀　校長，還有事嗎？我還要上課呢。

校長　張……張老師，今……天的事你怎麼看？唐醫生的態……態度很強硬啊。

秀　校長，應該說，李明的行為太惡劣了。

校長　惡……惡劣？啥叫惡劣？就唐……唐醫生他們，非要給他嫂、嫂子做人流，幾個男人一路拖著，十、十幾里山路，腿上、背上都爛了……，拖到衛生院，按在手術臺上就給人家做了，這不惡劣？

秀　那也不能把同學關在豬圈裡吧？

校長　那你，你的意思是同意處分李明了？張老師，李明可是你……班上的，處分他，你……你也脫不了干係。

校長一邊說，一邊就上前去，試圖摸秀的手，秀閃開。

秀　那就連我一塊處分。

校長　你，你，你這是什麼態度？

秀　（氣惱地起身往外走）態度？我的態度有問題嗎？我一個人上兩個人的課，最近身體不大好，那我先請幾天假吧。

秀離開辦公室，校長一直盯著她的背影。

45 傍晚／衛生院・唐醫生宿舍／內景／唐醫生、豪伢子、秀、纖

豪伢子躺在床上，盯著天花板。開門聲。

唐醫生 豪伢子，纖姨和滿姨看你來了，起來吃點東西好不好？（東西放在桌上的聲音，又對秀說）他一天沒吃東西了，也不說話，也不動，嚇人得很。幸好你們來了，不然我都不知道咋辦。

秀 小豪。

豪伢子的目光從天花板緩慢轉移到了秀臉上，露出委屈的表情。

唐醫生想上前，被纖拉住。纖對她使了一個眼色，拉她出門。門關上。

秀扶豪伢子坐起來，豪伢子使勁憋著，不讓眼淚流出來。

秀 難受是吧，想哭就哭出來吧，別憋著。

豪伢子再也忍不住了，撲在秀的懷裡嚎啕大哭。

46 傍晚／衛生院・唐醫生宿舍外走廊／內景／唐醫生、纖、秀

唐醫生聽見哭聲，忍不住要推門，纖拉住她。

纖 讓他哭吧，哭出來就好了，秀在裡面，沒事的。

屋裡的哭聲漸弱。開門聲，秀走出宿舍，和纖交換了一個眼神。

秀 他本來就敏感，這次可真是受委屈了。

唐醫生 搭幫你了，秀，你也好好休息一下吧，看你的臉色，一點血色都沒有。

秀 我沒事。唐醫生，就要過小年了，我同學翠翠約我去她家過小年，要不我帶豪伢子一起去吧，九嶷山空氣好，讓他去散散心。

唐醫生 也好。（停了一下又說）秀，你太漂亮了，人前人後免不了有些閒話，別太當回事。你在長沙的男朋友呢？你們還好吧。

秀 （愣了一下）學校還有事，我先走了。

秀拎著自己的包離開，纖和唐醫生目送她到腳步聲再也聽不見。

唐醫生 秀怎麼回事，臉色那麼差？

纖 唉，我也不清楚。昨天回家也是不吃東西，一個人悶在屋裡跟誰都不說話。（劇烈咳嗽）

唐醫生 會不會和她男朋友有什麼事？

纖 他們早晚得分，你想呵，秀在鄉下，那男的在長沙，聽說還是個幹部子弟。

唐醫生 也是。就算不分以後也麻煩，兩地分居的日子不好過。

47 日／九嶷山・山路上／外景／豪伢子、秀

連綿秀麗的山巒，長滿了鬱鬱蔥蔥的竹林和灌木。

豪伢子和秀走在山路上。豪伢子離秀有些距離，秀每走出一段就要回頭等他。

秀　小豪，你是不是走不動了？

豪仔子　滿姨，我不累，這裡的風景太美了，我們還要走多久？

秀　三個來小時吧。

豪仔子　滿姨，這九嶷山怎麼這麼有名啊？

秀　可能是因為毛主席那首詩吧。

（哼唱）九嶷山上白雲飛，帝子乘風下翠微，斑竹一枝千滴淚，紅霞萬朵百重衣……

豪仔子　這首詩我會背，可是我不大懂。

秀　這首詩裡有典故，你不知道典故，當然不懂了。

豪仔子　那滿姨你給我講講吧。

秀　（笑）相傳當年舜帝南巡，死在了九嶷山；他死了之後化作了一座山，他的大臣和隨從一個個自刎，也化作了一座座山。舜帝的兩個妃子——娥皇和女英聽到丈夫的死訊，便萬里尋夫。她們到了九嶷山，見一座座山都山形彷彿，分不清究竟哪一座山是丈夫化成的，心裡十分悲慟。娥皇和女英邊走邊哭，淚水灑在路邊的竹子上，就成了斑竹。九嶷山的嶷本來是疑問的疑，九疑就是很多的疑問。

豪仔子　滿姨，你講得太美了。

秀　九嶷山不僅風景美，神話美，它還有很多動人的山歌和風俗呢。

豪伢子　滿姨，那你也給我唱一首吧。

秀　九嶷山的山歌可太多了，我同學最會唱山歌，待會兒到她們家，如果她喜歡你，會唱給你聽的。

豪伢子　那風俗呢，九嶷山有什麼好玩的風俗嗎？

秀　當然有了，最有趣的就是洗澡。

豪伢子　洗個澡有什麼？跳到小河溝裡也洗了。

秀　那可不一樣。九嶷山缺水，洗澡是一件很隆重的事情。我們遇見熟人，打招呼總是說「吃了嗎？」九嶷山的人卻說「洗了嗎？」他們真誠留客時總是說：「洗澡吧，留下洗澡。」留下洗澡就意味著留下吃飯、喝酒、洗澡、唱歌，意味著你已經被當作最尊貴的客人了。

豪伢子　哦，可不就洗個澡嗎？能有啥稀奇的？

秀　小鼻涕孩兒，那可不一樣！這裡的澡堂都是木板搭成的小房子，與灶堂連著。澡堂裡有一隻大大的澡盆，與灶堂相隔著一道木板牆，木板牆上開有一個小窗口，剛好夠得著一隻手拿了木勺伸進去加水。客人進了澡盆，隔壁的主婦就在灶堂加水。主婦問：「水涼嗎？」你答：「涼。」她便將手從窗口伸進去加一勺熱水；又問：「水燙嗎？」你答：「燙。」她便將手從窗口伸過去加一勺涼水；再問：「涼嗎？」你又答：「涼。」她便又將手從窗口伸過去加一勺熱水……，如此反覆，那主婦就一直給你加下去，直到你洗舒服了為止。

48 日／九嶷山的老林子／外景／豪伢子、秀

太陽出來了，陽光穿過密密的叢林，照在豪伢子和秀的身上，兩個人的臉紅撲撲的。不知不覺到了一片老林子。老林子密得像是陽光都照不進去似的，樹幹扭七扭八，不是長滿了青苔就是爬滿了青藤；還時不時就傳來令人驚恐的鳥叫，那些鳥叫是怪異的，牠們會突然響起，然後又停下；這時整個林子就靜得嚇人。

豪伢子走得比秀快。他時不時停下來，轉頭看東張西望、面色緊張的秀。

豪伢子

（停下來等秀）滿姨，沒事，你拉著我的手就不會害怕了。

他伸出手，秀拉著他的手，戰戰兢兢地往前走。豪伢子諦聽著秀的心跳和氣息的微響。

穿過那片老林子後，視野變得開闊起來。

秀

豪伢子，你看，我們快到了，山下就是我同學她們的村子。

豪伢子放眼望去，只見山下有炊煙升起，一個古樸的村落就在山腳下。
秀突然意識到她還拉著豪伢子的手，趕緊輕輕抽回，臉上竟泛起了淡淡的紅暈。

不遠處突然傳來了歌聲——

想你想你我想你，
找個畫家來畫你，
把你畫在枕頭上，
日日夜夜想著你；
恨你恨你我恨你，
找個畫家來畫你，
把你畫在砧板上，
千刀萬剮剁死你；
想你想你還想你，
找個畫家來畫你，
把你畫在大腿上，
捲起褲腿看見你。

……

豪伢子停下，往歌聲傳來的方向張望。秀拉了拉他，豪伢子沒有反應。

秀　（害羞地）別聽了，走吧。

豪伢子　這歌多好聽呵！

秀　歌是好聽，可歌詞不好，不健康。

豪伢子　那你唱一首吧，好不好？

秀　好好走路！

豪伢子　走路也不能捂著耳朵呀，你就唱一首吧。

秀橫了豪伢子一眼，甩了甩辮子，唱起了李鐵梅的〈打不盡豺狼絕不下戰場〉。

秀　（唱）聽奶奶講革命英勇悲壯
卻原來我是風裡生來雨裡長……

豪伢子看著秀，神情恍惚。

49 （閃回）傍晚／地區老街／外景／父親、豪伢子、小賣部老闆

秀的唱腔與收音機裡《紅燈記》的選段重合。

父親與豪伢子冒著細雨，一前一後來到老街轉角處的小賣部。小賣部門前昏暗的燈火在斜風細雨中搖晃，父親買了一包蘭花根。豪伢子站在幾步之外聽收音機裡的唱腔。

父親把錢塞進褲兜，拿著蘭花根走出小賣部。

豪伢子抬頭，發現父親已經走遠，趕緊追上。

陰雨迷濛的瀟水，一架浮橋橫跨兩岸。父親與豪伢子冒著細雨，一前一後走在橋上。

（閃回畢）

50 傍晚／九嶷山腳下・村口／外景／豪伢子、秀、翠翠

豪伢子猛地回神，秀正微笑著看著他。

秀　聽傻啦？（豪伢子呆呆點頭，秀笑著摸了摸他的頭）快走吧，馬上就到了。

翠翠從村裡的土路上跑來，大呼小叫地和秀抱作一團。她個子很小巧，臉很黑，但性格開朗，特別愛笑，一說話就笑個不停。豪伢子有些緊張地站在一旁，翠翠注意到他。

翠翠　是豪伢子吧？

豪伢子　（低聲地）翠翠姐。

翠翠　怎麼叫姐呢，要叫姨。

豪伢子　你年紀又不大。

翠翠　（哈哈大笑，對著秀）姐！輩分亂了，我們是兩輩人了！

秀作勢打她，笑鬧著向翠翠家走去。

51　傍晚／翠翠家門口／外景／翠翠爸、翠翠媽、翠翠、秀、豪伢子

翠翠爸在門口劈竹子，豪伢子蹲在旁邊看。身後的堂屋裡亮著煤油燈，翠翠媽在做菜，

翠翠和秀一邊說笑，一邊幫翠翠媽擺桌子。

翠翠 爸，豪伢子，吃飯了！

五個人圍著一張竹桌子吃飯，翠翠爸在倒包穀酒，豪伢子看著，翠翠爸給他也倒了一碗，豪伢子端起來就乾了。翠翠爸咧嘴一笑，給他添上一碗，豪伢子又乾了，臉迅速通紅。翠翠爸提起竹筒又要倒酒。

秀 叔叔，不能再喝了，再喝我回去就該挨罵了。

翠翠爸 沒事，這伢子行，豪氣。這要是在我們瑤寨，他已經是大小夥子啦。

秀 可不，都有女孩子給他寫信了。

翠翠 真的啊！（扭頭看豪伢子）你行啊！

豪伢子 （害羞地）不……不行！笨！

翠翠一家都笑了起來，豪伢子醉眼朦朧地看著秀。

豪伢子 我要洗澡！我要洗澡！怎麼還不洗澡？

翠翠爸　（大笑）洗，吃完飯就洗。

豪伢子　（盯著秀）滿姨，你給我加水，還要唱歌。

秀　（笑罵）你一個小屁孩，還真把自己當貴客了？

52　夜／翠翠家・澡堂／內景／秀、豪伢子

豪伢子坐在澡盆裡。秀從隔壁伸進手來給他加水。包穀酒和水蒸氣內外夾擊，他又舒服又暈眩。

豪伢子　滿姨，熱。

秀伸進手給他加了一瓢冷水。

秀　出了一身汗，你好好洗。

豪伢子　你怎麼不問我冷不冷？

秀　冷嗎？

豪伢子 冷。

秀伸進手給他加了一瓢熱水。

秀 兩次了，快些洗好出來。

豪伢子 （失望地）哦。

小窗子關上了，秀的腳步聲也走遠了。豪伢子把自己沉到水裡去，吐出泡泡。

53 夜／翠翠家・堂屋／內景／翠翠爸、翠翠媽、秀、豪伢子、幾個鄰居

翠翠一家、豪伢子、秀圍坐在火塘邊。火焰嗶嗶叭叭映紅了每個人的臉。堂屋一角，立滿了高高低低的竹筒。

豪伢子 叔叔，這些竹筒是做什麼的？

翠翠爸 做樂器的。

翠翠爸取過一支笛子吹了起來，翠翠和母親在笛聲中唱起了山歌。

幾個鄰人沿著歌聲推門進來，翠翠爸用方言和他們說話，請他們坐下，一一敬酒。

眾人圍著火塘邊舞邊唱，翠翠把秀拉進去，又把豪伢子拉進去一起跳。

豪伢子夾在翠翠和秀中間，拉著她們的手跳舞。他笨手笨腳，跳得亂七八糟，但臉上露出笑容。

豪伢子邊跳舞，邊看著秀歡快的笑臉。

54 夜／翠翠房間／內景／豪伢子、秀、翠翠

夜色迷濛。豪伢子睡在床的一頭，秀和翠翠睡在另一頭。

翠翠　豪伢子？……他睡著了，喝那麼多，肯定聽不到。

豪伢子假裝睡著，一直在偷聽兩姐妹說話。剛開始是小聲咕噥，之後是秀的小聲哭泣。

翠翠　別多心了，他也難，你們感情那麼好，不會有事的。

豪伢子抵不住睡意，不知不覺睡著了。

55　日／九嶷山・山路上／外景／秀、豪伢子

秀和豪伢子走在山道上。兩人一直不說話，默默地往前走。豪伢子跟在秀的後面，數次抬頭看她的背影，想說話，又低頭繼續走。秀突然停下來，轉向豪伢子。

秀　想不到你那麼不老實。

豪伢子　我怎麼啦？

秀　（慍怒）我問你，我們第一次見面你彆彆扭扭的，為什麼見了翠翠就大大方方，還翠翠姐、翠翠姐地叫，原來你的嘴也很甜嘛！

豪伢子　這也叫不老實？

秀　那你告訴我為什麼？

豪伢子　我只是緊張而已。我早就聽說過你，在畫報上看見過你，和你見面前已經想像過你很多遍了。

秀　那你都聽說過我什麼？

豪伢子　（支吾）我不說。

秀　不說是吧，那以後你也不用跟我說話了。

豪伢子　有很多關於你和你們家的議論，還有一首關於你的山歌。

秀　山歌？什麼山歌，你唱來聽聽。

豪伢子　我不能唱。

秀　（心情十分煩躁）不唱就不唱吧。

兩人沒有再說話。他們各懷心事，一前一後回到了小鎮。

56　日／小鎮街頭／外景／秀、豪伢子、一群孩子

一群孩子一看見他們，馬上就散開了。他們躲在一棵大樹下。

孩子們　（唱）秀的臉蛋漂漂的
兩隻酒窩笑笑的
走起路來翹翹的
兩隻奶子跳跳的……

小孩子唱完哄笑著跑開了。秀紅著臉，目光閃躲。

豪伢子　（小聲）就是這首歌。

秀　這歌也太壞了！快忘了它。

57　日／纖的裁縫店／內景／豪伢子、纖、唐醫生

豪伢子走進裁縫店，正要敲門，屋裡傳出纖的聲音。

纖　快要過年了，王老師也該回來了吧，你都準備了一些什麼年貨？還缺什麼嗎？

豪伢子收了手，貼在門上偷偷聽。

唐醫生　臘肉，臘雞，香腸，該有的都有了，我和豪伢子兩個人足夠了。

纖　兩個人？王老師不回來？

唐醫生　（長長地嘆了一口氣）不回來，說是學校有事。

纖　豪伢子病了不回來，過年也不會來？你可得留點心，以前王老師是右派，現在不同了，他平了反，人又長得高高大大的，還補發了那麼多工資……

唐醫生　（充滿恨意地）我怎麼留意？山長水遠的，他要真做點什麼我又有什麼辦法？不說他了，好些天沒見到秀了，她怎麼樣？

纖　怪怪的。女孩子大了，心事重，問她又不講……

豪伢子不小心滑了一下，發出一聲大響。一陣咳嗽聲後，纖打開門。

纖　豪伢子來了？沒事吧？天冷，地上都結冰了，快進來。

豪伢子扭頭就跑，唐醫生急忙拽住他。

唐醫生 沒事，有媽呢，他回不回我們都好好過年。

豪伢子 他回不回來跟我有什麼關係？

豪伢子甩開唐醫生的手跑走了。

58 日／小鎮衛生院・診室／內景／秀、雷醫生、唐醫生、豪伢子

秀坐在診室裡，雷醫生在給她看病。她的臉色又枯又乾，讓人聯想到一些不好的事情。

雷醫生給秀開完處方，又叮囑了幾句。唐醫生接過雷醫生的處方。

豪伢子匆匆跑來。

豪伢子 滿姨，你怎麼了？得了什麼病？

唐醫生 豪伢子，帶滿姨回家裡休息，我去抓藥。

秀 （垂著頭，有氣無力）沒事。

59 日／衛生院・唐醫生宿舍／內景／豪伢子、秀、唐醫生

豪伢子扶著秀進屋，關上門，給她倒了一碗水。

秀無力地坐在椅子裡。她瘦了很多，沒有一點血色，更沒有笑容。豪伢子一遍遍瞥她，欲言又止。

豪伢子 （終於忍不住）你到底得了什麼病？臉色這麼難看。

秀 說了你也不懂。

豪伢子坐不住，卻又不知道做什麼。唐醫生拿著一提藥進屋。秀起身。

秀 麻煩你了，唐醫生。

唐醫生 莫那麼說。豪伢子，去送送滿姨。

秀 不用了，我想自己走走。

豪伢子剛起身就頓住，望著秀慢慢離開。

60 日／公社中學・校長辦公室／內景／校長、秀

敲門聲。校長從報紙後面露出一雙眼睛。

秀推開門。校長放下報紙，臉上堆起笑容迎上去。

校長 張……老師，對，對不起，上……次我有些著急，但，但是提醒你，也是好意。我，我……

秀 校長，您找我，就為這個？那我知道了，沒別的事就先走了。

校長 哎，等……一下，張老師，你，你這個病假……，你什麼時候生的病，你……看，太忙了，也沒怎麼關心你，你，好些了嗎？

他繞到秀背後，關上辦公室的門，轉身摸了摸秀的辮子。秀一甩頭，把辮子甩到前面。

她想出門，但校長堵在門口，只好往後退了兩步。校長的眼睛緊緊黏住她的胸脯。

校長　你……知道教，教育局的陳，陳局長吧？

秀　怎麼啦？

校長　那……你知道陳局長兒子嗎？陳局長的愛人說他見過你，對你印象很深呢。唉，陳，陳局長的兒子樣樣都好，只是……其實也沒，沒什麼，就是一隻手長了六根指頭。

秀　校長，我記得你有個妹妹，長得滿好看的，就是跟你一樣，說話不俐落……，你要是想做媒，她和陳局長的兒子倒是滿般配的。

校長　你，你……

秀　還有事嗎？

校長　你……你的辮子，在屁股上甩來甩去，實在太妖了。關起門來可以妖，我，我喜歡，可是在外面……

校長向前猥瑣地撫摸秀的辮子，並從辮子上逐漸移向肩膀。秀躲開。

秀　（嫵媚一笑）你喜歡？剛才不是還要介紹給陳局長的兒子嗎？現在變成你喜歡了？

校長　嘿嘿……，秀，其實我……偷偷喜歡你很久了，你，你實在是……太妖了……

校長猛地抱住了秀，秀用力掙脫。

秀　校長，你這裡有鏡子嗎？

校長　要……要鏡子……幹……幹嘛？（迅即會意，惱羞成怒）張，張老師，你，你知道你的檔案吧？你分來的時候，檔，檔案裡可是有尾巴的。

秀　尾巴？什麼尾巴？

校長　裝……什麼裝！你……你自己還能不知道？你在省城念……念了大學，條件……又那麼好，怎麼會到我們這裡來呢？你，你的檔，檔案寫得很……很清楚——在，在校期間，生活作風……有問題。（湊近）不，不過這個情況，別……別人可以知道也可以不知道，就，就看你會不會做人了。

秀表情凝固，僵在那裡。校長趁機一把抱住她，貪婪地向她吻過去。秀奮力掙脫，抽身給了他一記耳光，跑了出去。

校長捂著臉，惱怒地看著秀跑開，發出一陣陰鷙的冷笑。

校長　（咬牙切齒地）跑，跑？跑得了初一跑得了十五嗎？

61 傍晚／知青點・籃球場／外景／知青們、豪伢子、李明

知青們在打籃球，豪伢子慢吞吞地從球場外走過。李明也在。

豪伢子駐足，看著拍來打去的球。籃球朝他飛過來，李明猙獰的笑臉出現在面前。

李明

豬屎伢，來看打球啊？老遠就聞著豬屎味了。

知青們一陣哄笑，李明樹起小拇指，衝他比了一個輕蔑的手勢。

豪伢子落荒而逃，身後傳來口哨聲。

62 傍晚／衛生院・唐醫生宿舍／唐醫生、豪伢子

唐醫生洗碗，豪伢子坐在凳子上發呆。窗外夕陽渾圓而刺目。

豪伢子　媽，你還記得民表舅和文表嫂嗎？

唐醫生　怎麼想起他們來了？

豪伢子　外婆說他們兩個是叫人整死的。文表嫂和文表哥那麼恩愛，不可能跟她公公亂搞，但沒人聽他們說。他們光溜溜的，吊在籃球架下面，就這麼死了。

唐醫生　別胡說，（遲疑）怎麼突然提起這個來了？

豪伢子　（低聲自言自語）我想回唐家山，我想外婆了。

63　傍晚／供銷社門口／外景／秀、售貨員、供銷社主任、路人甲、路人乙、圍觀路人

秀半趴在櫃檯上，用供銷社的錄音機聽磁帶，放的是鄧麗君的歌。

售貨員在櫃檯後面欲言又止。主任湊過來，用手肘撞撞她，對著秀使了個眼色。

售貨員伸手要關錄音機，猶豫著又縮回手。

售貨員　秀，別聽了，你唱吧，你比錄音機裡唱的好聽！

秀睜眼看了看她，甩了甩辮子。人群中許多目光追著她晃動的辮子來回晃動。

秀　唱就唱！

說完就唱起了那首〈千言萬語〉。

路人甲　這是幾年前唱《紅燈記》的那個小姑娘吧？

路人乙　是呵，張家的滿妹兒，越長越水靈了。

（秀的歌聲越來越遠……）

64　晨／公社中學・校長辦公室／內景／秀、校長

秀推門進去，面無表情。

校長　（沉著臉）張，張，張老師，快要放寒假了，有些事……該，該了一了了。

秀　什麼事？

她站在門邊，把門開著，警惕著不給校長靠近的機會。

校長　李……李明的事呵，唐醫生很，很堅持，都鬧，鬧到公社去了！學校決……定了，尊重唐醫生的意見，開，除。可這麼嚴重的事，總……總得有人負責任吧，你是他的班主任老師……

秀　怎麼負責？

校長　學……校決定給你記大過，張，張老師，我知道你剛畢業，經驗還不足……

秀面露嘲諷，緊緊盯著校長，校長面色更難看了，他站了起來。

校長　還，還有，你的……行為，也……得注意，群眾意見很大。

秀　什麼行為？

校長　你……是不是經常去供銷社聽，聽磁帶？

秀　不允許嗎？

校長　聽磁帶當，當然沒問題，可你聽的都是什麼？靡靡之音！文，文革雖然結束了，我們當老師的總還得有些階，階級立場吧。（眼神從秀的臉上移到辮子上，上下掃視著）還，還有，你的……辮子……

秀　我的辮子怎麼啦？也要講立場嗎？

校長　（色迷迷地）太……妖了！你……一個當老師的，怎，怎麼能留那麼長的辮子呢？都到……屁股上了，你本來長得就……妖，這辮子在屁股上甩來甩去，影響太壞了！

秀　妖？我的辮子可是演《紅燈記》的時候留下來的。

校長　可……你，現在是老師，不是……戲子！

秀　戲子？你敢把演李鐵梅的革命演員叫做戲子？

校長　你……別太囂張了，我知道以前你上面有人，可現在不同了！你……現在是鳳凰落地不如雞。等著，早……晚有你的好果子吃！

65　晨／公社中學校門口／豪伢子、其他學生

公告欄貼著一張佈告：處分。初三學生李明……

豪伢子匆匆離開公告欄，向教室走去。所有人都盯著他，對他指指點點。

66　日／公社中學・初三教室／內景／豪伢子、李明、其他同學

李明衝進教室。

李明　豬屎仔，你媽跟張家那個騷貨聯起手來整老子！

豪伢子　嘴巴放乾淨一點！不准這麼說張老師！

李明　老師？哪個不知道她是作風問題才遭趕回來的？哪個男的不知道她妖，還老師？

豪伢子漲紅了臉，兩人扭打起來，學生們興奮地圍攏叫好。

67　午後／供銷社門口／外景／秀、售貨員甲、售貨員乙、零星的顧客

幾個零星顧客在看商品，兩個售貨員在櫃檯上一邊嗑著西瓜子一邊聊天。

售貨員甲　你知道嗎？公社中學的秀原來……（聲音越來越小，幾乎聽不清。）

售貨員乙　我就說呢，她條件那麼好，都已經在省城上大學了，畢了業至少也要嫁個處級幹部啊，別說公社，連地區也不可能再回來。

售貨員甲　縣祁劇團都不要她了，沒辦法，才到公社中學來的。

售貨員乙　你是說她真的那個了？

售貨員甲　什麼真的假的？你是過來人，沒有那個過，屁股會那麼大？

售貨員乙　還真是。

售貨員甲　還有這個（在胸口比劃），走起路來……哎喲，沒有那個過，怎麼可能那麼翹嘛。

秀拿著一盒新磁帶走向櫃檯。

售貨員甲看見秀，連忙咳了一聲，堆起笑容。

售貨員甲　張老師，你又有新帶子了？

售貨員乙　從長沙寄來的吧？

秀　（直直盯著她）你消息可真靈通啊，什麼都知道。

售貨員乙　巴掌大的小地方，李家殺隻雞王家馬上就知道了，再說你的事全是大事。

秀　我什麼大事？你講清楚，剛才你們幾個在說什麼？

售貨員甲　張老師，我們講閒話打發時間，又沒講你的名字，你別太敏感了！

售貨員乙　就是，有人做就不怕有人說。難道還有那麼不講理的，做得講不得？

秀　你講，你再講，看我撕爛你的嘴。

售貨員乙　哎喲，你撕，撕給我看，我倒要看你撕得爛撕不爛！

售貨員乙要從櫃檯後面走出來，售貨員甲攔住她。

售貨員甲　張老師，抱歉啊，今天你的帶子怕是聽不成了，我們領導說了，答錄機是賣的，不能天天聽。

68　下午／公社中學．校長辦公室外／內景／秀、校長

秀向校長辦公室快步走去。校長正從辦公室出來。

秀　（憤怒地）那些話是不是你說的？

校長　我，我，我說什麼了？

秀　你說什麼了你不知道？你不說怎麼供銷社的人都在議論我？

校長　議，議論？嘴，嘴長在人家臉上你管得著嗎？我……倒正要問你，上次跟你說過辮子的事，你打算什麼時候剪？

秀　你做夢去吧！

校長　我，做夢？看，看來你是要頑抗到底了，好，我們就，就開會，讓大……家都說說。

秀　你愛開不開！

69　下午／小鎮街頭／外景／秀、小孩們

秀離開學校，向鐵的裁縫鋪走去。

一群小孩正在跳格子，見秀走來，立即躲到了一邊，拍著手唱。

幾個孩子　（唱）秀的臉蛋漂漂的，
兩隻酒窩笑笑的，
走起路來翹翹的，
兩隻奶子跳跳的……

秀的臉一下子就漲紅了，她剛要罵人，小孩們已一哄而散。她有些無助地往旁邊看了看，氣得渾身發抖，最後飛快轉身離開。

70 下午／公社中學・初三教室／內景／豪伢子、其他學生

豪伢子走進教室。其他同學抬頭看了他一眼，各自低頭做自己的事情。李明的死黨向他比了一個侮辱的手勢。

他走到自己的座位，發現同桌已經將桌子挪開，與旁邊的人併成了一排；前後座位也離他儘量地遠，他的座位周遭成了一片真空地帶。他左右看了看，埋進了自己的座位。

71 傍晚／公社中學・傳達室門口／外景／秀、李大爺

秀攥著磁帶，走進學校大門，傳達室的李大爺叫住了她。

李大爺　張老師，電話，長途電話。

秀小跑著到了傳達室，掩飾不住興奮地拿起了話筒；通話過程中，臉色卻越來越難看，放下電話時胸脯劇烈起伏，臉色已然慘白。

72　傍晚／公社中學．秀的宿舍／內景／秀、豪伢子

秀和豪伢子吃晚飯，兩個人都有些僵僵。

豪伢子一邊吃飯，一邊時不時看秀一眼。秀低頭吃飯，沒有理他。

豪伢子　滿姨……

秀　吃飯。（過了一會兒）小豪，最近唐醫生不下鄉，要不你回家去吧，別住校了。

豪伢子　滿姨，他們孤立我……

秀神不守舍，沒有理他。豪伢子不忿地放下筷子，背上書包。

豪伢子 你也討厭我，是吧？

秀 （心不在焉地）還是先回家吧，小豪。

豪伢子看她一眼，摔門離開。秀呆愣愣坐了一會兒，突然捂住心口，無聲地哭了起來。

73 晨／長途汽車上／內景／秀、其他乘客

秀面色慘白地靠在窗邊，無神地望著窗外。汽車發動，窗外人、建築、景色模模糊糊地退去。

男友 （畫外音）我們到此為止，不必再聯繫了。

秀閉上眼。

窗外下起了雨，雨絲從車窗上滑落。

74 一組鏡頭

清晨。上課鈴聲。一個男老師走進教室。豪伢子抬頭，驚訝得瞪大了眼睛。

男老師 張老師請假了，最近由我代課。課代表是誰？

豪伢子 老師，張老師去哪裡了？

男老師 你是課代表嗎？

豪伢子搖了搖頭。

秀的宿舍外，豪伢子敲門。他敲得很急，越敲越用力。甚至沒有注意到門上的鬼臉。

隔壁的門打開，探出一個亂糟糟的腦袋。

豪伢子 老師，你知道張老師去哪裡了嗎？

鄰居 不知道。（便關上了門。）

豪伢子快快離開，門上扭曲的鬼臉冷笑著。

豪伢子木然地上課、下課。低著頭走進教室，低著頭走出教室。

夜晚。其他的燈亮著，只有秀的窗戶一直黑著。

他低下頭，沉著臉離開。

豪伢子走過小鎮，走過街道，走過供銷社。流言在每個角落相傳。

路人甲 就說嘛，讓人搞了那麼久，一點好處沒撈到，她能甘心嗎？

路人乙 找過去又能怎麼樣？人家該不搭理還是不搭理。

路人丙 可惜了呵，長得那麼妖，省城畫報都上過，按說……

路人丁 可惜啥？又不是第一次！聽說在學校就懷過，差一點畢不了業……

豪伢子落荒而逃。

傍晚的太陽沉下去。

75 夜／長途汽車站／外景／秀、其他乘客及路人

秀紅腫著眼睛下車。她顯得比走的時候更憔悴了，穿去的大衣也不見了，只剩下單薄的毛衣。她搖搖晃晃走出車站。

76 夜／纖的裁縫鋪／內景／秀、纖

敲門聲。纖匆匆裹著棉衣開門。秀斜倒在了她的身上。纖尖叫，緊接著是咳嗽聲。

77 夜／衛生院大門口／外景／纖、門衛

纖急促敲門。傳達室的燈亮了。

門衛　誰？

織　唐醫生，快開門！救命！

78 夜／衛生院・唐醫生房間／內景／唐醫生、豪伢子

唐醫生打開燈，穿上衣服。豪伢子也醒了，唐醫生示意他接著睡，自個兒匆匆出去。

豪伢子坐在床上，看著窗外混亂的影子，聽見自己狂躁的心跳聲。

79 夜／公社中學・會議室／內景／秀、校長、教導主任、其他老師們

白熾燈接觸不良地忽閃。一半房間閃閃爍爍地亮著，另一半則幾乎隱沒在黑暗中。那亮燈的一邊燈管也只是兩頭發亮，中間亮不起來，顯然是鎢絲燒了，沒有更換。

因陋就簡的會議桌由幾張舊桌子拼成。十幾個老師嚴肅地坐在兩側，校長占據了唯一一

把帶把手的椅子；秀病懨懨地坐在下首，和校長斜對著，整個人都掩沒在黑暗之中。

校長　今，今天會議的主題只有一……個，關於……張、張秀老師的辮子。大家都知道，張老師的辮子群眾議論很……久了，我，我勸過她好幾次，她就是不剪，所以只好開這個會，大家討論一下，一個老……師要不要有老，師的樣子？

秀盯著校長，蒼白的臉上微露輕蔑。老師們的目光先是在兩人之間逡巡，最後落在了秀的辮子上。

教導主任　（乾咳了一聲）既然是討論，我就講幾句。老師當然要有老師的樣子。以前老師的儀容儀表是有規定的，解放前都是長袍馬褂，對吧？我們這裡是窮鄉僻壤，條件不好，規定不了那麼細，但張秀老師的辮子，我認為確實不合適。

老師們你看看我，我看看你，最後都先後點頭。其中幾個本來同情秀的人，也擠出笑容，點了點頭。

校長隔著桌子，直直地盯著秀。

秀冷笑著環視老師們。那一張張臉在她眼中扭曲成了猙獰的鬼臉。

老師甲 我同意馬主任的觀點。張老師的辮子不說是資產階級思想作怪吧，至少也跟習俗不符。

老師乙 就是，都到屁股上了！

校長 既，既……然大家觀點一致，那，那張老師，明天，你，你就就把辮子剪了吧。

秀 不可能，辮子是我媽留給我的，也是演《紅燈記》時留下的。

秀憤然起身，一甩辮子，從後門直接離開。

校長陰沉著臉，看著秀離開。

教導主任 （氣憤地）也太狂了！會沒開完就走，還有沒有規矩？

80 夜／公社中學・秀的宿舍／內景／秀

幽暗的燈光下，秀蹲在地上，面前雜亂地堆著信箋和日記。

她木著臉，把東西一件一件扔進臉盆，劃燃火柴扔進去。

東西燃起來，火光映著她了無生氣的臉，幾根頭髮落下來，在火裡發出輕微的響聲。

臉盆很快就堆了一層灰，秀看著灰燼中沒有燒完的信箋，又撿起一根頭髮，淡淡地苦笑著。

81 晨／公社中學校門口／外景／豪伢子

豪伢子背著書包，提著一個小籃子，氣喘吁吁來到校門口。校門口的公告欄裡貼著一張漫畫：豐乳肥臀的秀，對著人擠眉弄眼，長長的辮子垂在小腿上，旁邊寫著一行小字：我妖嗎？

豪伢子愣住了。他面紅耳赤，向秀的宿舍跑去。

82 晨／公社中學・秀的宿舍／內景／豪伢子、秀

秀宿舍的門上也貼了一張漫畫。豪伢子猶豫片刻，伸手撕下來，左右張望後塞進口袋，然後敲門。

門開了，秀站在門口。

秀　你怎麼來了？

豪伢子　滿姨，我媽讓我給你帶的藥。

秀讓他進屋，豪伢子把籃子放在桌上。秀揭開蓋籃子的布。

秀　喲，還有紅棗。

她抓了一把紅棗給豪伢子。

豪伢子　滿姨，你去長沙了？我來找過你，你不在……

秀　（摸了摸他的頭）先去上課吧。

83　日／公社中學．初三教室／內景／秀、學生們

秀表情嚴肅地走進教室，把教材放到講臺上，拆開一盒新粉筆，抽出一根。

秀

學生們交換著目光，小聲地竊竊私語。

安靜了，今天，我們……

她注意到學生們的表情，扭頭去看黑板，一下子便愣住了。黑板上畫著一幅騷首弄姿的畫，長長的頭髮垂在屁股上，旁邊寫了一行小字：我妖嗎？秀手裡的粉筆掉在地上，她轉過身，踩到了一截粉筆。

秀

誰畫的？

學生們低頭不語。秀踩碎地上的粉筆，跑出了教室。

84 日／公社中學／秀、豪伢子／一組鏡頭

走廊上，秀喘著氣停下，一抬頭，看到了牆上的另一張漫畫，畫著巨大的乳房和長長的頭髮，旁邊也寫著三個小字：我妖吧？

秀步履虛浮地走向宿舍。

宿舍外面竟牛皮癬一樣貼著各種小小的漫畫，全是她的辮子和被惡意誇大、扭曲的臉、屁股與乳房，每一張畫上都寫著那三個小字：我妖吧？

她憤怒地撕下那些漫畫，碎紙片紛飛。

豪伢子從教室追出來，撿起撕碎的漫畫，再抬頭，秀已經不見了。

85 午後／公社中學・校長辦公室／內景／校長、秀

秀把厚厚一遝漫畫拍在校長桌上。

秀 這些亂七八糟的東西，你管不管？

校長 你……你說這些漫……漫畫嗎？

秀 作為校長，你能容忍這種傷風敗俗的東西出現在學校裡嗎？

校長 群……眾也有表達自己意見的權利嘛，我怎麼管？我倒正要問，你的辮……子到底剪不剪？

秀 我憑什麼要剪辮子？我的辮子跟你們有什麼關係？

校長　那……那人家看不慣的，說……說點啥，你也管不著吧。

他得意地看著秀，居然哼起了小曲。秀怒視他片刻，轉身走開。

86　公社中學／一組鏡頭

早晨，教室外面的牆上又貼滿了漫畫。

一群學生打鬧著跑過走廊，幾張沒貼牢的漫畫隨風飛起，又慢慢飄落。

豪伢子在教室門口看見秀從走廊盡頭走過來，邊走邊撕牆上的漫畫。碎紙片落了一地。

豪伢子回到教室擦掉黑板上的漫畫。秀站在教室門口，默不作聲地等他擦乾淨黑板。

豪伢子走進廁所，小便池的牆上和蹲位隔板上也貼著那些漫畫。他衝隔板踹過去，疼得彎下了腰。隨後他咬牙切齒，一張一張地撕那些漫畫。

秀茫然而機械地走著。李大爺在撕牆上的漫畫，轉頭看到了她。

李大爺 張老師，到處都是，撕都撕不過來啊。

秀 辛苦了，李大爺。

李大爺 莫這麼說……你還是把辮子剪了吧，那麼多人盯著你，你一個人……

秀 （猛地抬頭）我不！絕不……

秀在宿舍呆坐。窗外扔進一團紙。秀打開，又快速捏成一團。她打開門，衝出去，外面空無一人。她有氣沒處發，只好回到宿舍，長長地嘆了一口氣。

漫畫中那些臉突然活了起來，每張臉都扭曲著，向她逼近，發出怪異的聲音：我妖吧？我妖吧？

她崩潰地捂住臉，然後緊緊地捂住耳朵、閉上眼睛。

男人的口哨聲和女人們的尖聲嘲笑此起彼伏。太陽下許多人影攢動，都是形狀奇詭的黑影。

女人 （畫外音）還真是很妖對吧？要不給你，你要不要？

男人 （畫外音）不，不要，白給都不要！

女人　（畫外音）你這是狐狸吃不到葡萄，就說葡萄是酸的。

豪伢子　（成年後的畫外音）那幾天不僅學校連供銷社的牆上都是漫畫。有的漫畫不僅畫了秀的長髮，還畫了乳房和陰毛。廁所裡的畫像則畫了又塗，塗了又畫，還畫了各種男人的器官在旁邊。有些畫還配了詩，將小鎮上的男人夜裡對她的各種想像表達得淋漓盡致。秀完全被弄成了一個婊子，任何人都可以通過一幅畫去嫖她，而且嫖得正大光明……

87　夜／衛生院・唐醫生宿舍／內景／唐醫生、豪伢子

唐醫生和豪伢子對坐著在吃飯。豪伢子心不在焉，吃兩口就看一眼唐醫生。

唐醫生　你想說啥？

豪伢子　媽，學校和鎮上都貼滿了滿姨的漫畫，還有許多風言風語，你能不能……

唐醫生　（打斷他）你想你媽也沾一身腥嗎？你怎麼跟你爸……

豪伢子　媽！你怎麼能這麼說呢？滿姨沒少幫我們，我想……

唐醫生　你以為那麼輕省？人心複雜，不要瞎摻和！以後離她遠點，知不知道？

豪伢子　那我們也不能不管吧？

唐醫生　怎麼管？是你能管得了還是你媽能管得起？就會添亂！

豪伢子放下筷子，盯著唐醫生。唐醫生繼續吃飯，但吃了沒幾口又放下筷子。

唐醫生　明天是禮拜天，我多做幾個菜，你給她送去……，你避著點人呵！

88　傍晚／公社中學．秀的宿舍／內景／秀、豪伢子

宿舍裡亂七八糟，書桌上蒙著一層薄薄的灰塵，顯然已久不打掃。桌上的梳妝鏡映出秀削瘦的臉。她木然地編著辮子。她的頭髮是毛躁的，隨著編辮子的動作，不斷有髮絲飄落。

敲門聲響了好幾遍，秀才醒過神，起身去開門。

豪伢子站在門口，提著籃子對她笑。

豪伢子 滿姨，今天趕集，我媽做了幾個菜，叫我給你送過來。

秀 （沉默了許久，讓開門）謝謝，坐吧。

豪伢子進屋。他的身後，隔壁的房門悄悄打開，門縫裡，一雙眼睛看著他進了秀的房門。

豪伢子把菜端出來，擺在桌子上。

一個紙團包著小石子從窗外扔進來，砸在他腦袋上，「咚」的一聲，彈到了菜碗裡。

豪伢子捂住腦袋，把紙團撿起來，打開一看，又是一張漫畫，已經被菜湯沾濕。他下意識地把紙團捏在手裡。

秀突然目露兇光，搶過紙團撕碎。

秀 你也畫了對吧？想不到你也這麼髒！你也有媽，要是別人這樣畫她，你心裡怎麼想？

豪伢子大吃一驚，呆愣在那裡。秀突然嚎啕大哭，抱住他。

秀 對不起，對不起，豪伢子……

她的臉貼在他的面頰上，淚水順著她的臉流到了他的臉上。

89 夜／公社中學・秀的宿舍／內景／秀、豪伢子

秀坐在窗邊，半開的窗外只有夜色。

水聲刷刷地流動，豪伢子專心心洗碗。

秀 你背一首前一陣子我給你講過的詩吧。

豪伢子 滿姨，我想聽你彈琴，好久沒聽你彈琴了。

秀苦笑了一下，打開風琴，彈了起來。

那曲子憂傷、綿長，彷彿一個無望之人在悲傷地泣訴。

豪伢子呆呆地站在秀的背後。

豪伢子 （小聲地）滿姨，我很快就會長大的。我長大了會去一個大城市，不管怎樣我都會要你！

琴聲停了。秀吃驚地回過頭，看著豪伢子，又搖了搖頭。

秀　你的意思是我再也不會有人要了？

豪伢子　（慌亂地）不是的，不是這個意思！我是說我喜歡你，無論發生什麼我都會要你的。

秀沒有再接他的話。她試圖繼續彈琴，但很快就放棄了。

秀　淨說蠢話，以後你就會知道你的話有多蠢了！

豪伢子　（突然抱住秀）不是的，滿姨，不是的，我說的都是心裡話，不是蠢話！

秀任由豪伢子抱著，一動不動地流下了眼淚。

90　夜／公社中學／一組鏡頭

秀的鄰居悄悄出門，向傳達室走去。

夜色中一排矮樹發出了奇怪的聲音。

由遠而近的電話鈴聲，燈光從遠處一盞一盞亮起來。

秀的窗子昏暗地亮著一盞燈。

夜越來越深，雨越下越大，那盞燈忽明忽暗，眼看著就要被吞噬了。

一道閃電兇惡地閃過……

91　夜／衛生院・唐醫生宿舍／唐醫生

驚雷聲。接著是敲門聲，由輕而重，又急又重。

唐醫生下床，拉亮燈。

唐醫生　誰？

雷醫生　唐醫生，我是雷醫生！學校打電話來問豪伢子在不在家？大風大雨的，非讓我來問，多好笑呢！今天不是禮拜天嗎？又不上課，下這麼大的雨，他不在家，還能去哪？

唐醫生猛地拉開門。白熾燈下，她的臉上混雜著不安與恐懼。

92　夜／公社中學・秀的宿舍／秀、豪伢子

蛇形閃電閃過，一陣驚雷兇惡地在窗外響起。秀和豪伢子幾乎同時尖叫起來，嚇得緊緊地抱在了一起。

雨一直在下，彷彿在沒遮攔地發洩這個世界的悲傷。豪伢子和秀相互擁抱著，藉著彼此的身體傳達著安慰與鼓勵。秀撫摸著他的頭，讓他趴在了自己的腿上。過了很久，秀往窗外看了看。

秀　這雨看來是停不下來了，你就住在這裡吧。

豪伢子　（成年後的畫外音）這麼多年過去了，我依然清晰地記得我們在巨大的驚雷聲中抱住的那一瞬間。我抱著秀，卻不知道如何進一步表達心中席捲而來的恐懼與激情，我身體的顫抖和心靈的痛苦都太劇烈了，完全超過了一個還在養病的少年的承受能力。她的頭靠在我胸口上，我用嘴唇吻去了她的淚水，陶醉在愛情和憐憫之中，充滿了莫名的欲望與衝動。那個時刻我真是下定了決心要用自己的一生去保護她，我甘願為她放棄一切……

93　夜／山路上／外景／唐醫生、校長、鄰居、李大爺、雷醫生等人

暴雨中，一片手電筒光亂晃著，幾個人影正向學校跑去。

94　夜／公社中學・秀的宿舍／內景／秀、豪伢子

深夜，豪伢子和秀睡著了。豪伢子睡在床的一頭，秀睡在另一頭。

豪伢子緊緊地抱著秀的腿，來回翻動掙扎。

豪伢子　啊——

秀　（猛然驚醒）怎麼了，你怎麼了？做噩夢啦？

秀試圖坐起來，但豪伢子渾身發抖，緊緊地抱著她的腿，滿頭都是汗。

秀　（搖晃他）醒醒，醒醒，你抱著我的腿幹什麼呀！

豪伢子終於鬆開了手。秀掀開被子，爬到他的身邊。豪伢子赤裸裸地顫抖著縮成了一團。秀低頭看了看自己，發現自己的腿上黏糊糊地流了許多髒物。

秀　你已經是大人了，我不該留你的。

豪伢子緊緊地咬住被角，小聲哭了起來。

急促的敲門聲，緊接著，門就被踹開了，有人拉亮電燈，光線刺目。

校長、唐醫生、雷醫生、鄰居、門衛李大爺等一群人衝了進來。其中一個人拉開被子，露出秀的大腿和豪伢子赤裸裸的身體。

校長　看……你，你們看看，這階級鬥爭不抓行嗎？

唐醫生衝到秀的面前，狠狠地給了她耳光。

唐醫生　我真是瞎了眼了，連小孩都不放過，不要臉！騷貨！

豪伢子撲過去，試圖保護秀，被唐醫生一耳光抽開。另幾個人架起了秀。

校長 帶走，帶到公社去。

95 晨／公社中學・校門口・傳達室門外／外景／學生們、幾個老師、李大爺

學生們紛紛走進校門。幾個老師在向李大爺打聽什麼。

老師甲 李大爺，昨晚到底發生了什麼事？

李大爺 發生了什麼事？鬼事！鬼扯蛋的事。

老師乙 聽說張老師被帶走了？她和王豪在床上被抓了個現行？

老師甲 李大爺，你當時也在現場吧，到底怎麼回事？給我們講講。

李大爺扭頭走開。

甲乙老師仍在竊竊私語，校長走過來，兩人和校長打招呼，隨後便沒事似地走向各自的

教室。

上課鈴聲。早讀的聲音隨後傳來。幾隻麻雀飛落在校門頂上，雨後的天空又高又遠，天空一片寂靜。

校長站在傳達室門外，李大爺欲言又止，校長安撫地替他摘掉落衣服上的線頭。

校長　李大爺，張老師做了那樣的醜事，會影響學校的聲譽的，你是老同志了，又是證人，什麼該說什麼不該說心裡要有數。

李大爺　校長，您放心。張老師怎麼樣？學校會怎樣處分她？

校長　處分？李大爺，這可不只是生活作風問題，她已經犯罪了，是教唆和流氓罪。她現在被關在公社派出所，很快就會有結論的。

校長瞇著眼往太陽升起的方向看。

96　日／公社派出所／內景／秀、派出所所長、幹警

一束陽光從高牆上的一小扇條窗照進來，照見漫屋灰塵。

秀蓬頭垢面，關在一間昏暗的屋子裡，她縮在一個牆角，地上全是脫落的頭髮。

所長在桌角磕著他的旱煙煙槍。

一名幹警站在桌邊。

幹警　所長，都五天了，外頭都在喊我們給個說法，可她死都不承認和那個男孩有那個事。

所長　不承認？她的意思是她和那個小男孩什麼也沒做唄。

幹警　是，現場她的衣服也是整整齊齊的。

所長　衣服能說明什麼？深更半夜在一張床上，那個小男孩光著身子，她的腿上還有精液，這鐵證如山的，她還不承認？

幹警　她說是小男孩做夢做的，當時她睡著了，什麼都不知道。

所長　做夢做的？那個小男孩也就十四五歲吧，你十四五歲做過這樣的夢嗎？

幹警　我？沒有，那不可能！

所長　（若有所思地）除非，除非她能證明自己是……處女。

幹警　對，她也要求給她做體檢。

所長　她要求做體檢？

幹警　是，她要通過體檢來證明自己是清白的。

所長　那好，你跟衛生院聯繫一下，唐醫生不是搞計畫生育的嗎？就讓她來做這個檢查。

幹警 要是體檢結果是處女呢？

所長 那就說明她什麼都沒做，也不存在什麼流氓犯罪。（看看幹警）可是可能嗎？她還是處女？你認為可能嗎？

97 日／衛生院・手術室／內景／唐醫生、兩名幹警、秀

秀被兩個幹警押著走進手術室，唐醫生穿著白大褂在手術室整理器械。

秀抬頭看了唐醫生一眼，唐醫生避開了她的眼睛。

98 日／衛生院院內／外景／看熱鬧的人們、幹警、唐醫生

看熱鬧的人在通往手術室的地方伸長脖子。

唐醫生從手術室出來，對守在門口的幹警附耳低語。

幹警 （萬分愕然）你說什麼？她還是……

唐醫生 是的，她還是處女。

所的人都驚呆了，他們僵硬地站著。

秀慢慢地從衛生院大門走出來。她的頭髮幾乎掉光了。兩個公安押著她上了警車。

唐醫生心情複雜地目送警車揚塵而去。

豪伢子還在房間裡砸東西。

隨後他的臉緊緊地貼在窗玻璃上，那張臉多麼憤怒而無望呵！

全劇終

後記

《一小片浮雲》由三部相互獨立的中篇小說——〈一小片浮雲〉、〈第一次〉、〈海狼——一首抒情詩〉構成，三部中篇小說完成後給了雜誌社，《中國作家》二〇一八第一期曾發表過作為中篇小說的〈一小片浮雲〉。但編輯同時告訴我：中短篇沒人讀，你得弄成長篇。我與出版界鮮有來往，不瞭解圖書市場的狀況，編輯的忠告我也無從判斷。但他的話讓我下意識地做了一個動作——我在電腦上將這三部原本相互獨立的中篇小說放在一起，以第一章〈一小片浮雲〉、第二章〈第一次〉、第三章〈海狼——一首抒情詩〉的方式進行了編排。得，一個字、一個標點符號都沒改，長篇小說《一小片浮雲》就這樣誕生了。我很遺憾犧牲了三部中篇，也很慶幸得到一部我還算滿意的長篇。這是一件我至今也不能理解的奇異之事。寫作也許的確存在某種神奇，好作品也大都源自於神的安排。單靠人力我們怎麼能處理那些神祕得幾近於天然自成的結構與關係呢？三部相互獨立的中篇小說天然自成地構成了一部新的長篇小說，對我而言真彷彿做夢一般。

事實上《一小片浮雲》脫胎於我二〇一八年匆匆寫就的一部長篇小說——《折騰》（二〇〇八年中國北京作家出版社初版、二〇二二年臺灣秀威以《赤腳狂奔》為名再版）。二〇一九年香港的幾個年輕人提出將其中的〈第一次〉改編成電影，同年我將其延伸出了一首近五百行的長詩。於是這次秀威的繁體中文版便由長篇小說〈一小片浮雲〉、長詩〈浮雲之歌〉及電影劇本〈一小片浮雲〉構成。這樣的出版安排在我是為了檢視多文本寫作之成敗，亦是為了與深具文學探究心的朋友分享文本轉換的心得與快樂。看三部相互獨立的中篇小說如何天然自成為一部新的長篇小說，再看它如何分娩成一部電影及一首長詩。我當然也相信秀威的這個安排，會帶給有心的讀者十分特別的閱讀體驗。

我畫畫、寫詩、寫小說、改編電影，也做影像與裝置——互文性創作是我的工作方式與快樂之源。除了《一小片浮雲》，長篇小說《懸空的椅子》原本只是我的裝置作品，而影像《抖床單》、裝置《床》、《勞斯萊斯》、《雷鋒！雷鋒！》則源自於《懸空的椅子》的某些情節。同一個主題或故事，我總是會以不同的文本與材料去呈現，並使之既相互獨立，又相互纏繞。這當然也是我的文本試驗，一種文本會強化、詮釋、解構另一種文本，從而產生更為豐富、更為複雜微妙也更為奇特、重大的意義。我期待我的藏家讀我的小說與詩，也期待我的讀者能夠看到我的電影與展覽。唯其如此，我們的精神與心靈才能在一個更廣闊的背景中深入交流。感謝秀威做了這麼奇妙有趣的出版安排，謝謝中研院研究員楊小濱先生、秀威資訊總經理宋政坤先生、編輯伊庭小姐和人玉小姐，也謝謝那些同時讀我的詩、小說、劇本和看我的展覽的有心人。

唐寅九

二〇二一年十一月十六日

貓空－中國當代文學典藏叢書4　PG2656

一小片浮雲

作　　者　唐寅九
責任編輯　孟人玉
圖文排版　陳彥妏
封面設計　劉肇昇

出版策劃　釀出版
製作發行　秀威資訊科技股份有限公司
114 台北市內湖區瑞光路76巷65號1樓
電話：+886-2-2796-3638　傳真：+886-2-2796-1377
服務信箱：service@showwe.com.tw
http://www.showwe.com.tw
郵政劃撥　19563868　戶名：秀威資訊科技股份有限公司
展售門市　國家書店【松江門市】
104 台北市中山區松江路209號1樓
電話：+886-2-2518-0207　傳真：+886-2-2518-0778
網路訂購　秀威網路書店：https://store.showwe.tw
國家網路書店：https://www.govbooks.com.tw
法律顧問　毛國樑　律師
總 經 銷　聯合發行股份有限公司
231新北市新店區寶橋路235巷6弄6號4F
電話：+886-2-2917-8022　傳真：+886-2-2915-6275

出版日期　2022年4月　BOD一版
定　　價　480元

讀者回函卡

Printed in Taiwan

國家圖書館出版品預行編目

一小片浮雲 / 唐寅九著. -- 一版. -- 臺北市 :
釀出版, 2022.04
面； 公分. -- (貓空-中國當代文學典藏叢書 ; 4)
BOD版
ISBN 978-986-445-594-2(平裝)

857.7 110020720